新潮文庫

# 一人ならじ

山本周五郎著

# 目次

# 一《いち》人《にん》ならじ

# 三十二刻

一

「到頭《とうとう》はじめました」

「そうか」

「長門《ながと》どのでも疋田《ひきだ》でも互いに一族を集めております。大手の木戸を打ちましたし、両家の付近では町人共が立退《たちの》きを始めています」

「ではわしはすぐ登城しよう」

「いやただ今お触令《ふれ》がございまして、何分の知らせをするまで家から出ぬようにとのことです。騒動が拡《ひろ》がってはならぬという思召《おぼしめし》でしょう。しかし用意だけはいたしておきます」

父と兄とが口早に話している隣りの部屋から、娘の宇女《うめ》が間の襖《ふすま》を開けて現われた……面長のおっとりとした顔だちであるが、今は色も蒼《あお》ざめ、双眸《ひとみ》にも落着かぬ光があった。

「兄上さま、ただ今のお話は本当でございますか」

「いま見てきたところだ」

「疋田でも一族を集めておりますの？」

「それを訊《き》いてどうする」

父の嘉右衛門《かえもん》が睨《にら》みつけるのを、宇女は少しも臆《おく》せずに見返して、

「次第によってはわたくし、すぐにまいらねばなりません」

「なにを馬鹿《ばか》な、おまえは疋田を去られたのだぞ。どんなことが起ころうと疋田とはもう関《かか》わりはないのだ。いいから向うへ退《さが》っておれ」

「わたくし疋田の妻でございます」

宇女は平然と云《い》った。

「……お舅《しゅうと》さまの仰付《おおせつ》けで一時この家へ戻ってはおりますが、まだ主馬《しゅめ》から離別された覚えはございませぬ」

「理屈はどうあろうと、嫁《か》した家から荷物ともども実家へ戻されれば離別に相違あるまい、この方に申分こそあれ、疋田に負うべき義理はないのだ、動くことならんぞ」

「宇女……退っておれ」

兄の金之助《きんのすけ》がめくばせをしながら云った。宇女はもういちど父の顔を見上げた。そして落着いた声で、

「父上さま、宇女は疋田の嫁でございます」

そう云って静かに立った。

嘉右衛門はぎろっとその後姿を睨んだが、それ以上なにも云おうとはしなかった。

金之助は家士を呼ぶために立っていった……このあいだに自分の居間へ入った宇女は、手早く着替を出して包み、髪を撫《な》でつけ、懐剣を帯に差込むと、仏間へ行って静かに端座した。

宇女が疋田家へ嫁したのは去年、寛永十七年の二月であった……疋田は秋田藩佐竹《さたけ》家の老職で二千三百石だし、宇女の家は平徒士《ひらかち》で二百石余の小身だったが、疋田の嗣子主馬が宇女をみそめ、たっての望みで縁が結ばれたのである。嘉右衛門は初めから反対だった。身分が違いすぎるのと舅になる疋田図書《ひきだずしょ》が権高な一徹人で、この縁組をなかなか承知しなかったという事実を知っていたからである。しかしついには主馬の懇望が通って祝言《しゅうげん》が挙げられ、宇女は疋田家へ輿入《こしい》れをした……良人《おっと》は愛してくれたけれども家格の相違に比例して生活の様式も違うし、そのうえ家士と小者を加えると八十人に余る家族なので、異なった習慣に馴《な》れつつこの人数の台所を預かる苦心は大抵のことではなかった。

良人の主馬は中小姓であった。そして新婚半年にして、主君修理《しゅり》大夫義隆《よしたか》に侍して江戸へ去った。参勤の供だから一年有半の別れである。出立の前夜、彼は妻を呼んで云った。

――初めての留守だ、父上と家のことを頼むぞ。

その他にはなにも云わなかったが、良人から初めて聞く「頼む」という言葉は、宇女の心を強く引緊《ひきし》めた。

舅の図書とはそれまでほとんど接触がなかった。別棟になっている彼の居間へ朝夕の挨拶《あいさつ》に出るだけで食事も身辺の世話も若い家士たちがしてきたのである……それが、主馬が江戸へ出立すると共に、急に宇女に命ぜられるようになった、なぜそうなったかということは間もなく分った。つまり初めから宇女を嫌っていた図書は、主馬の留守の間に彼女を疋田家からおおうとしたのである。そして宇女がそう気付くより先に、図書はそうする口実を握ってしまった。

――家風に合わず、主馬が帰藩のうえ仔細《しさい》の挨拶をする。

という口上で、その年の霜月に実家へ帰された。数日後には持っていった荷物も返されてきた。

怒った嘉右衛門が何度も交渉したが、疋田ではすべて主馬が戻ったうえでと云って退《ひ》かない。またそれを押切ることのできない身分の懸隔もあって、離別とも、一時の別居ともつかぬ形のまま年を越し、すでに弥生《やよい》なかばの今日に至っているのであった。

「母さま、宇女は疋田へ帰ります」

彼女は仏壇に香を炷《た》いて合掌した。

「家の事を頼むと云って、良人は安心して出府いたしました。いま疋田には大変な騒動が起こっております。わたくしこれからまいりますが、今度はもう戻ってはきませんん。お別れでございます」

眼を閉じて、ややしばらく頭を垂れていたが、やがて立上ると、包みを背にくくりつけ、長押《なげし》の薙刀《なぎなた》を取下ろして玄関へ出ていった。

「……宇女」

金之助がそっと追ってきた。

「やはり行くか」

「兄上さま」

宇女は振返って兄を見上げた……微笑さえ含んだ静かな眼であった。金之助も愛情の籠《こも》った眼で妹を瞶《みつ》めながら頷《うなず》いた。

「よし行け、骨は拾ってやるぞ」

二

将監台下《しょうげんだい》にある疋田家は沸返っていた。

家士に鎧櫃《よろいびつ》を背負わせた老人や、具足を着け、大槍《おおやり》を担《かつ》いだ若武者や、騎馬で乗りつける人々が、八文字に押開いた表門の中へ踵《くびす》を接するばかりに吸込まれていく……その度に、門前から奥まで到着した人の名が呼上げられ、高々と歓声があがった。

老いも若きも、みんな息を弾ませ、眼を輝かしていた。

「よう来たな、玄蕃《げんば》腰が伸びるか」

「吐《ぬ》かせ、わしが来ずに戦ができるか。お主こそ老眼で過《あやま》ちすなよ」

「伝七《でんしち》、功名競《くら》べだぞ」

「なにを、長門の首は拙者のものだ」

そんな応酬が元気に飛んだ。

「すぐに奥へお通りください。すぐに奥へ……」

家士たちが連呼していた。

壕《ほり》をめぐらしたこの屋敷は広さ三町歩に余る。厚さ三尺もある築地塀《ついじべい》が三方を囲み、背後は将監台の叢林《そうりん》と崖《がけ》になっていた。構の中には百坪足らずの母屋《おもや》が鍵形《かぎがた》に延び、高廊架で別棟の隠居所と通じている。武庫が三棟、厩《うまや》二、家士長屋三、他に小者部屋、物置作事場などの建物がある。作事場は疋田家が藩から委托《いたく》された火薬製造所であって、その改良研究が図書の任務の一になっていた……これらの建物のほかは、ほとんど菜園であった。

乗着けてきて繫《つな》がれた馬は、厩前から武庫の方まではみだし、昂《たかぶ》った嘶《いなな》きや蹄《ひづめ》で地面を蹴《け》立《た》てる響きが、右往左往する家士や小者たちの物々しいざわめきを縫って、屋敷いっぱいに異常な緊張感を漲《みなぎ》らせた……到着した人々はただちに広間へ通った。全部で六十人を越したであろう、一刻《いっとき》足らずの内に疋田一族はほとんど顔が揃《そろ》った。

疋田図書が出てきた。

彼は五十九歳で、一寸も厚みのある白髪《しらが》まじりの濃い眉《まゆ》と、並外れて巨《おお》きな眼とが、色の黒い骨張った顔をひどく圧倒的なものにしている。背丈は六尺一寸。「図書どのが高下駄を穿《は》いて傘を差すとお城の門につかえる」と云われたくらいであった。

「いずれも、早々に御苦労なことじゃ」

座につくとすぐ、彼はよく徹《とお》る力の籠った声で云った。

「かねて承知の通り、山脇《やまわき》長門との悶着《もんちゃく》の間柄であったが、このたびついにかような事に相成ってしまった。お上《かみ》のお留守中ではあり、堪忍《かんにん》のなる限りはしてきたのだが、これ以上の忍耐は卑怯《ひきょう》の貶《そしり》をまぬかれない。この白髪首を賭《か》けて武道の面目を立てるつもりじゃ」

「だが、よく聞いてもらおう」

図書は一座を見廻して続けた。

「……このたびの事は長門とわしの喧嘩《けんか》じゃ、一族おのおのにはなんの関わり合いもない。こうして駈込《かけこ》んでくれたのは過分に思うが、どうかおのおのにはこのまま立退いてもらいたい」

「なにこのまま帰れと仰有《おつしや》るか」

「成り申さぬ、さようなこと不承知じゃ」

「我等は妻子と水盃《みずさかずき》をしてきたのじゃ」

「不承知でござるぞ」

「我等は一歩も動きませんぞ」

一時に皆が騒ぎだした。

しかし図書は黙ってその鎮《しず》まるのを待っていた……彼には一族の人々の気持がよく分っている。彼等が図書のため、疋田家の名聞《みようもん》のために死のうとしてきたことはたしかだ。しかしその他にもう一つ理由がある。それは秋田藩に於《お》ける廻座《まわりざ》と家中《かちゆう》との長い反目不和であった。

佐竹家はもと常陸《ひたち》の地で四十万石余を領していたが、秋田へ転封されるに当って半地の二十万五千石に減ぜられた……その時、水戸時代に佐竹へ貢《みつぎ》していた近国の大名十九人が、その城地を捨てて新たに秋田へ随身してきた。この人々を「引渡し廻座」と称し、家中譜代とは別格に待遇されていた。譜代の家臣たちからみれば、しかし彼等はもと降参人である。伊達《だて》や上杉や、北条《ほうじょう》、里見などの諸勢力に覘《ねら》われることを怖《おそ》れ、佐竹の翼下に庇護《ひご》を乞《こ》うた人々である。佐竹が秋田へ移封されるに当って、もし随身しなければ改易離散に及ぶ運命にあったのだ。

——たかが食客同然の者ではないか。

家中の臣にはそういう肚《はら》があった。

ところでこれに対して廻座の人々には、自分たちがかつては、小さくとも一城の主《あるじ》だったという矜恃《きょうじ》がある。それで廻座という別格の位置を楯《たて》に横車を押す事が多かった。

## 三

山脇長門は廻座の胆入格《きもいりかく》であり、疋田図書は譜代中での名門である。二人は互いの性格が合わぬだけでなく「廻座」と「譜代」と、対立する勢力の代表的位置のために、長いあいだ悶着を繰返してきた間柄にあった。

それがついに来るところへ来たのだ。廻座の者は政治に参与することを許されていない。これはその格別の位置によるものであるが、それが長いこと彼等の不満の種であった。政権を与えられない格別の待遇は床の飾物だ。そこで彼等は参政の権利を持とうとしはじめた……むろん譜代の人々は反対である。なかんずく疋田図書は矢表に立って、廻座の特殊な位置を説き、はっきり譜代とのけじめをつけた。

——廻座は幕府に於《お》ける外様《とざま》である。幕府の政務が譜代の手にあるが如《ごと》く、お家に於ても政治は譜代の者が執るべきである。

図書の説は、主筋の佐竹一門もこれを推すところとなり、廻座一統の希望は潰滅《かいめつ》した……長門と図書との争いはこれで爆発した。喧嘩というものは理屈で始まって腕力に終る。長門は憤懣《ふんまん》を暴力に訴えた、図書もまた避くべからずとみて、ついに受けて起《た》ったのである。

「まず落着け、みんな鎮まってくれ」

図書はやがて声を励まして云った。

「おのおのが図書のために死んでくれようという心は忝《かたじけ》ないが、一族の助力を借りたと云われてはわしの面目が立たぬ」

「しかし長門でも一族を集めておりますぞ」

「向うは知らぬ。図書には図書の考えがある。おのおのには察しがつくまいか……この争いが拡《ひろ》がれば、廻座と譜代との全部に波及する。お家が二手に別れて争闘に及んだらどうなるか、この争いはどこまでもわしと長門の間で喰止めなくてはならん。疋田一族でこの理屈の分らぬ者はあるまい」

今度は誰もなにも云わなかった……図書はにっと唇で微笑しながら、

「わしは初めからこの白髪首を賭けている。この首一つで廻座の幾人かを冥途《めいど》へ掠《さら》っていければ安いものじゃ。相手の多いほど首の値打も増す訳じゃでの。そうであろう」

図書の真意は分った。こうなると梃《てこ》でも動かぬことは知れている。もう引揚げるより他にない。人々はそう悟った……図書はその気配を見て取ったので、すぐ銚子《ちょうし》と土器を命じて別盃《さかずき》を交わし、猶予《ゆうよ》なく人々を退去させた。

「わしの意のあるところを家中へ伝えてくれ、例《たと》えどのような仕儀に及ぼうとも、決して手出しをしてはならぬと。よいか、おのおのの力で固く押えてもらわねばならんぞ」

江戸にいる主馬にもなにか遺言があるかと思ったが、その事にはついに一言も触れなかった。

かくて一族の人々は去った。

表門が閉ざされた……裏も脇も、通用口も、みんな厳重に閂《かんぬき》が入れられた。家士五十三名、小者十八名、他に十二名の奴婢《おんな》はとっくに逃がしてあったので、図書とともに七十二名が立籠った訳である……図書は敵をこの屋敷へ引付け、機をみて一挙に決戦する考えであった。幸い邸内には充分の火薬があるし、家士たちの多くは火術の心得があるから、多勢の敵を引受けるには、防御にも決戦にも非常な強味である。備えは手早く固められた。小者たちが伐《き》ってきた茨《いばら》や青竹で逆茂木《さかもぎ》が作られ、築地塀の内側へ結込まれた。表門を除いた各門には防材を組み、石を積上げて侵入に備えた。

図書は書類の整理を終ろうとしていた。襖や障子を取払い、什器《じゅうき》を片付けた家の中はがらんとして、庭の若葉の光が青々と板敷に映じている……まだ武家屋敷では畳を用いていなかった時代で、床板は黒光のするほど磨きこまれている。その板敷へ青々と映ずる若葉の色は、図書にとって毎年のけざやかな、生々とした眼のよろこびであった。

「申上げます」

若い斎田小五郎《さいだこごろう》が庭前へ走ってきた。

「……なんだ小五郎」

「山脇の使番が表御門へ馬を寄せました」

「来おったか」

図書は立って玄関へ出ていった。

小具足《こぐそく》を着けた若武者が一騎、表門の外に馬を乗着けていた。彼は図書が玄関へ出てきたとき、馬上に身を起こして弓を執直《とりなお》し、羽黒の矢を番《つが》えてひょうと射かけた。矢は玄関の左の柱に突立ってぶるぶると震えた……宣戦の矢である。若武者はそれを見届けると、馬首を回して疾駆し去った。

「六郎右衛《ろくろうえ》」

図書は控えている家扶に向って、

「皆の者に盃をとらす。庭へ集まれと云《い》え」

そう云って奥へ入った。

戦備を終った者たちは、武装に改めて参集した……図書は精巧の鎧直垂《よろいひたたれ》に伝家の腹巻を着け、拝領の太刀を佩《は》いて、床几《しょうぎ》を書院に据えさせた。家士は上に、小者たちは縁下に、人数が揃うと図書から順に別盃が廻された。さかなには十八歳になる槁田藤三郎《こうだとうさぶろう》が起って平家を朗詠しながら舞った。

そして、いよいよ合戦を待つばかりとなった。

四

死を前にして、しかもまだその期《とき》の来ない、僅《わず》かな時間は怖ろしいものだ。恐怖と気臆《きおく》れは、そういうとき人の心に忍込む。図書はそれを知っていた。そして恐らく、小者たちの中から少数の逃亡者が出るであろうと考えていた……しかしその心配はなかった。五手に別れて部署に就いた人数は、ようやく迫る黄昏《たそがれ》の光のなかで、落着いた。そして明るくさえある声で呼交わしながら、元気に動き廻っていた。

図書は心の内で微笑した。

——うん。

——これなら存分にひとあてできるぞ。

けれどその時、鉄砲組の速水左右助《はやみそうすけ》が、血相を変えて意外な報告に駈けつけてきた。

「申上げます。一大事でございます」

「落着け、どうしたのだ」

「火薬が水浸しになっております」

「なに、火薬がどうしたと」

図書はぎょっと色を変えた。

「何者がいたしましたか、倉前に揃えました分も、倉の中に有る分も、すっかり水浸しにしてしまいました。一発分も使える薬がございません」

「六郎右衛、見てまいれ」

家扶がすぐに左右助とともに走っていった。

戻ってきた六郎右衛門から、それが事実だと聞くと、図書は沈痛な呻《うめ》き声をあげた……攻防共になくてはならぬ鉄砲だ。その火薬がいまは一発分も残らず水浸しだとすれば、戦わずしてまず最も重要な武器を喪《うしな》ったことになる。善き決戦の機を摑《つか》むべき、その機会の選択力もまた、図書の手から奪取られたのだ。

「外から入込んだ者はございません。曲者《くせもの》はお屋敷内にいて、先ほどのお盃のあいだにやったものと思われまする」

「屋敷内にさような痴者《しれもの》が居ると思うか」

「かような事が出来《しゅったい》しますれば、どのような事をも考えなければならぬと存じます。ことに小者たちの中には新参者も居《お》りまするし」

六郎右衛門の言葉が終らぬうち、

「……御執事」

と叫びながら兵粮《ひようろう》番小者がはせつけてきた。

「御執事まで申上げます。誰か庫屋の酒瓶《さかがめ》を打壊した者がございます。過失ではございません。五瓶とも石で叩割《たたきわ》りましたので、酒は全部流れてしまいました」

茫然《ばうぜん》として、六郎右衛門は図書の顔を見た。図書は静かに頷《うなず》きながら、

「よし、分っている」

と低い声で云った。

「……わしが壊せと申付けたのだ。勝祝いをする戦ではない。酒は不用だからそうさせたのだ。戻っておれ」

「はっ」

小者はただちに走り去った。

六郎右衛門には図書の心が分った。家士たちの気持を動揺させないためにそう云ったのである。しかし……火薬といい酒瓶といい、こう続けさまに変事が起こるようでは、もう屋敷内に敵と通謀する者があることは疑いない。

「如何《いかが》……如何計らいましょう」

「なによりもまず」

そう云いかけて、図書の眼はふと奥の方へ向いた……静かに奥から、一人の女が出

てきたのである。図書の巨《おお》きな眼は驚きのために瞬《まばた》きを忘れたようになった。宇女であった……彼女は黒髪を束ねて背に垂らし、白装束の腰紐《こしひも》をかたく締上げた凜々《りり》しい姿で、薙刀《なぎなた》を右手に抱込《かいこ》み、敷居際《しきいぎわ》まで進んで膝《ひざ》をついた。

「宇女ではないか」

図書は嚙付《かみつ》くように叫んだ。

「誰の許しを得てこれへまいったぞ」

「はい思召《おぼしめし》に反《そむ》くとは承知　仕《つかまつ》りました。けれど家の大事と承り」

「ならん！」

図書は片足で床板をはたと踏んだ。

「そちはもはやこの家の者ではない。よしこの家の者たりとも、今は女童《おんなわらわ》の出る場合ではないのだ。出て行け」

「わたくしは疋田の嫁でございます」

宇女は少しも怯《ひる》まぬ眼で、舅《しゅうと》の顔をじっと見上げながら云った。

「疋田の家の大事ゆえ、こなたさまの思召に反くのを知りつつまいったのでございます。良人《おっと》主馬から去ったと申されぬ限り、わたくしここを一歩も動きはいたしませぬ」

「馬鹿《ばか》が。この家に居る七十余人、今宵《こよい》を限りに死ぬるのだぞ」

「承知のうえでございます」

静かに、微笑さえうかべている宇女の面を、図書は烈火のように睨《にら》んでいたが……

ふと、稲妻のように頭へ閃《ひらめ》いたものがある。

「宇女、しかと返辞をせい、火薬を水浸しにしたのはそちであろう」

「はい」

「酒瓶を砕いたのもそうか」

「はい、わたくしがいたしました」

家扶はあっと低く叫んだ、図書は拳《こぶし》で膝を打った。衝上《つきあ》げてくる忿怒《ふんぬ》を抑えることができないらしい。

「訳を申せ、仔細《しさい》があろう申せ！」

「別に仔細はございませぬ。義父上《ちちうえ》さまがお申付けあそばすことを、わたくしが代っていたしたのでございます」

「わしがなぜ左様なことを申付けるのだ」

宇女は答えなかった。答えずにじっと図書の眼を見上げていた……その刹那《せつな》である。

凄《すさ》まじい矢風と共に、一本の矢がひょうと空を飛んできた。そして、図書の肩をかすめて、後の壁へぷつっと突立った。

「あ、危ない！」

と六郎右衛門が叫ぶより疾《はや》く、宇女が身を翻《ひるがえ》して図書の前へ立塞《たちふさ》がった……続けざまに二の矢、三の矢、四の矢、ふつふつと飛んでくる矢の、二本までが宇女の袖《そで》を貫いた。

五

射込んできた矢の二本までが、宇女の袖を縫い、一本は床板を削ってからからと鳴りながらはね飛んだ。図書は床几に掛けたまま黙っていた。

家扶の六郎右衛門は「おみごと」と云いたげな眼で、宇女の横顔を見上げていた。

「攻寄せたぞ」

「山脇が寄せたぞ、いずれもぬかるな」

「持場へつけ」

家士たちの絶叫が聞え、わっというどよめきが屋敷の内と外とに巻起こった……時に寛永十八年四月十九日酉《とり》の上刻（午後六時）であった。

押寄せた山脇の人数は二百人を越していた。彼等は三方から取囲み、鬨《とき》をつくって詰寄せたが、屋敷の中からは一発の銃声も一本の矢も飛ばず、また斬《き》って出る様子もなかった。

むろん、急戦を期してきたのである。夕闇《ゆうやみ》の迫ると共に、先手の一部は築地塀《ついじべい》を乗越え、敢然と邸内へ斬込んだ……しかしその人々は、塀の内側に逆茂木の結ってあることを知らなかった。それをむざと跳下りた者の多くは、切殺《きつそ》いだ青竹に自ら突刺さって斃《たお》れたし、危うくまぬがれた者も、待構えていた槍組《やりぐみ》の手で一人も残らず突伏せられてしまった。

図書は書院の床几を動かずにいた。

一台の燭《しょく》が、色の黒い骨張った彼の横顔を、ちらちらと揺れながら赭《あか》く染めていた……その左側に宇女がいた。薙刀を伏せ、片膝をついたまま、これも石のように動かない。しかし全身の神経は図書の危険を護《まも》るために、弓弦《ゆみづる》の如《ごと》く緊張していた。

「ここにいてはならん、退《さが》れ」

図書はなんども繰返して云ったけれど宇女は返辞もせず、動く気色もなかった。

やがて、西の脇門《わきもん》の方から、物を打壊す重々しい響きが聞えてきた……敵が築地塀を突き崩しに掛っているらしい。味方の加勢を呼ぶ声が起り、けたたましい喚声が邸内に飛び交った。

——あの火薬さえあったら。

図書はさっきからその事を考えていた。ここで鉄砲が使えたら、引付けるだけ引付けておいて、つるべ討ちに浴びせ、怯む隙《すき》に斬って出て一挙に決戦することができたのに。

——なぜ火薬を水浸しにしたのだ。しかもこのおのれが命ずる事をしたという。

わっという鬨声が西の脇門で起こった。築地塀が突崩されたのであろう。重々しい地響きに続いて、味方の呼交わす鋭い叫び声が聞えた。

「六郎右衛、見てまいれ」

「はっ」

縁下に控えていた家扶が走っていった。

宇女は薙刀を持直した。危険が迫ったとみたのであろう。図書はその横顔にちらと眼をやったが、彼女の眉宇《びう》は静かで、呼吸も常に変らず落着いている。そして必死の決意だけが、薙刀を握るその手指にはっきりと現われていた。

六郎右衛門がはせ戻ってきた。

「申上げます。西の脇御門に沿って六尺あまり、築地塀が突き崩されました。十二三名斬込んでまいりましたが、これを斬って取りましたので、後手は続かぬ模様でござりますぞ」

「穴はすぐ塞がねばならんぞ」

「防材を集めてやっております」

その答えの終らぬうち、裏門の脇に当って再び、築地塀を崩す重苦しい音が響きだした。そして、それと同時に、また二十人ほどの人数が塀を乗越えて邸内へ侵入してきた。

聞く者の肌に粟《あわ》を生ずるような悲鳴が起こった……築地塀から跳下りた寄手の者たちが、前者の如く逆茂木《さかもぎ》に身を突貫かれたのである。そしてすかさず走寄る槍組の家士たちが、端からそれを討止めてしまった。

ずしん……ずしん……ずしん。

築地塀を突き崩そうとする響きは、運命の跫音《あしおと》のように、無気味な、圧《お》しつけるような震動を屋敷中に伝わらせた。そこへはすでに防ぎの人数が詰め掛けているのだが、突崩されるのを待つ空虚な、そして掻拶《かきむし》られるようなもどかしさ苛立《いらだ》たしさに、みんな眼を光らせ、ぶるぶると総身を震わしていた。

図書は不意にはたと膝を打ちながら、

「六郎右衛、水を持て」

と叱《しか》りつけるように命じた。

家扶が立つより早く、宇女が走ってゆき、金椀《かなわん》に水を満たして戻った……図書は外向いたまま取って飲み、黙って残りを宇女に返した……そして宇女がその残った水を、いちど額まであげ、隠れるようにしてそっと啜《すす》るさまを、彼は眼の隅から見ていた。

――水盃《みずさかずき》。

そういう言葉が図書にふと思出された。

ずしん……ずしんずし……ずしん。頭から圧えつけられるような響きはまだ続いている。西の脇門の方では卒然と打物の音が起こり、走ってゆく人の跫音と、互いに呼交わす叫びとが闇を縫って聞えてきた。

六

図書は再び眼の隅で宇女を窺《ぬす》み視《み》した。

切迫する死を前にして、彼女がいつまで耐えられるか、その落着いた態度の、どこから恐怖が仮面を破るか、それを見究めてやろうというような、冷酷な視線であった……しかし宇女は依然として色も変えず、その唇のあたりには、むしろ微笑《ほほえ》んでいるかと思えるほど、平明な表情が表われていた。

不意に四辺が静かになった。

人々はどきっとした。築地塀を突き崩す音が止《や》んだのである……押被《おしかぶ》さるような重苦しい響きがはたと止んだとたんに、量り知れぬひろがりを持った一瞬の静寂が、まるでそれに代る響音の如く邸内の人々を押包んだのである。

「……どうした」

図書が思わず床几《しょうぎ》から立つと、物見にいた一人が走ってきて叫んだ。

「申上げます。寄手は人数を纏《まと》めて退陣仕りました」

「なに、陣払いだと」

「残っているのは見張りの者だけでございます」

脇門の方の動揺も鎮《しず》まっている。……ただ遠く、退却する敵のどよめきの声だけが、ひどくかけはなれた感じで聞えてきた。このあいだに三方から物見が走ってきた。報告はみな同じである。図書はしばらく考えていたが、

「油断なく警備を続ける。それから交代に食事を採るようにせい」

そう云《い》って、自分の円座に腰を下ろした。既に亥《い》の上刻（午後十時）になっていた。

攻撃を中止した敵は、逆襲に備えて二丁あまり退き、そこで篝《かがり》を焚《た》いて息を入れていた……図書は湯漬けを食いながら、六郎右衛門の調べてきた報告を聴いた。斬込ん

できた敵は五十七人、そのうち討取ったもの三十二、重軽傷のもの二十余人、これに対して味方は討死三名、浅手六名……これが二刻《とき》半の戦果であった。

畠《はたけ》の方で、小者たちが死体を片付けたり、敵味方の負傷者の手当をしたりするざわめきが聞えていた……図書は食事を終るとすぐ、家扶を従えて庭へ下りていった。みんな元気であった。表門脇の築地塀の一部が、外からの打撃でひどく歪《ゆが》んでいたが、まだ急には崩壊しそうもなかった。西の脇門に沿って突崩された所には、防材と石とが積まれてあり、そこから斬込んでくる敵が、味方にとってどんなに討取り易《やす》いかよく分った。もしそれが二倍の広さであったら、恐らく防戦は困難なものになったであろう。

母屋《おもや》の裏手へ廻ると、宇女が小者たちを指図しながら何事かしていた……図書が食事にかかると共に、彼女はどこかへ去っていたのである。そっと近寄ってみると、そこには夥《おびただ》しい蓆《むしろ》が積んであり、それを水に浸している様子であった。……図書はしばらく見守っていたが、なんのためにそのような事をするのか見当がつかず、そのまま書院へと戻った。

その夜はついに敵の攻撃はなかった。

図書は家士たちを交代で眠らせ、自分も居間へ入って横になった。勝つべき戦ではない。たとえ勝ったとしても命はないものと定まっている。見苦しい死にざまさえしなければよいという考えが、横になるとすぐ体も心も伸び伸びとさせた。

宇女はそれから更に半刻ほども姿を見せなかった。屋根の上へ誰か登った様子と、それを指揮する彼女の声が二三度聞えた。

――なにをしているのだ。

そう思う気持が、図書の考えを再び宇女の方へ呼戻した。そして主馬が初めて彼女の話を持出した時の、大きな失望と怒りとが胸へ甦《よみがえ》ってきた。

図書にとって、主馬は大事な一粒種というだけでなく、自分のすべての希望を賭《か》けた自慢の息子であった。幼少の頃からこれはものに成ると思ったのが、案の如くめきめき才能を伸ばし、若くして君側に抜擢《ばってき》されて篤《あつ》く用いられた。もし国老の位置に就く日が来たら、おそらく佐竹一藩に又となき名老職となるであろう……図書はそのときのために、妻を選ぶにも念に念を入れたのである。家柄も才色も良人の位置にふさわしいものでなければならない。そして当時は事実、どんなに優れた条件を備えた嫁でも、主馬のためなら縁組ができたのである。それにもかかわらず……主馬は平徒士《ひらかち》の娘などを選んだ。彼女は図書から主馬を奪取ってしまったのだ。

――疋田の子が、小身者《しょうしんもの》の平徒士の娘などを娶《めと》る、そんな事が許せるか。

――わしは許さん。

結局は主馬の強引な主張を通し、宇女を家に迎えてからも、図書の心にはその気持が抜くべからざるものになっていた。

「……およりあそばしましたか」

そっと囁《ささや》くような声がした。

眠ったものと思って、宇女が忍んできたのである。黙って眼を閉じたままでいると、静かに衾《ふすま》を衣《き》せ掛け、部屋の敷居外へ退いて端座した。

図書は初めから宇女を憎んでいた。彼は宇女がまるで格式の違う家庭に入って、失策と齟齬《そご》を繰返すのを冷やかに見ていた……そういう見方をすれば、日常の質素な身なりも、控えめな挙措動作も、習慣のつまらぬ喰違いも、すべて疋田家という家柄を傷つけるもののように思える。図書は自分の眼に狂いがなかったと信じた。

――平徒士の娘はやはり平徒士の娘だ。

そう見極めをつけた彼は、主馬が江戸へ出府するのを待兼ねて、宇女を実家へ戻してしまったのである。

## 七

図書のように育ち、図書のような性格の者は自分の思考を客観する習慣を持っていない。自分が善しとすることは他人にとっても同様だと思う。彼は息子の若き過《あやま》ちを撓直《ためなお》したのだと信じ、宇女に対しては自分が解決の責任を執ると決めていた。それですべて方がついたものと考えて疑わなかった……だから、一家必死と定まったこの場合に、宇女が帰ってきたことは正に彼の意表を衝《つ》く出来事であった。単に帰ってきたことが意外なばかりでなく、火薬を水浸しにし酒瓶《さかがめ》を砕き、征矢《そや》の前に図書の楯《たて》となった態度など彼が「平徒士の娘」だと見ていた鑑識とはかなり懸隔《かけへだ》ったものであった。

――だがどうして火薬を使えなくしたのか、なんのために酒瓶を砕いたのか。

図書は同じ考えの上を往《ゆ》きつ戻りつしていた。

僅《わず》かな小競《こぜ》り合いがあっただけで、夜が明けた。

敵は遠巻きにしたまま、時折り烈《はげ》しく矢を射掛けるが、華々しく突込んでこようとはしなかった。……急戦を不利とみて、持久的に疲れるのを待とうとするらしい。またこのあいだに、新しい武器を調達していたことも、後になって分った。

午《ひる》になり、夜が来た。

同じような状態である。時に小人数で塀際《へいぎわ》まで寄せてくるがひと矢当てるとすぐ退《ひき》去《さ》ってしまう。そしてまた別の方面から同じ程度の攻撃を仕掛けてくる。明らかに奔命に疲らせる策である。開門して一戦を促す矢文が何本も射込まれたし、斬《き》って出ないのを卑怯《ひきょう》だと罵《ののし》る声も聞えた……しかし味方の戦士は敵の四分の一に過ぎない。狭い街中へこの対数で出れば、昨夜の例とは逆に、待構えている敵の餌食《えじき》となるだけである。

——あの火薬さえあったら。

図書は又してもそれを思った。

山脇勢が再び総攻めを開始したのは、更にその翌日の夕頃からであった……敵は疋田邸の正面にある民家の屋上に鉄砲を伏せていた。むろん邸内ではそんな事は想像もしなかった。三年以前から秋田藩では火薬の私蔵を禁じてあったので、疋田家が火薬庫を押えている限り鉄砲は使えないのである。しかし山脇長門は二日のあいだにそれを調達してきたのであった。

戦は日没と共に始まった。

書院の床几に掛けていた図書は、寄手の攻撃が今度こそ必死を期したものだということに気付いた。敵の焚く篝火は前夜に倍し、夕闇《ゆうやみ》の空を赤々と焦《こ》がしている。寄せてくる動きも思切ったもので西側から侵入してきた一部はほとんど前庭の方まで斬込んだ……戌の上刻(午後八時)になると、塀際へ取着いた一部が、三カ所で築地塀を崩しはじめた。そして同時に、まるで予想もしない武器が、焔《ほのお》を吐きながら飛来し、
書院の軒に突当って凄《すさ》まじく炸裂《さくれつ》した。
それは火箭《ひや》であった……しかもかつて見たことのない新しいものだ。拇指《おやゆび》ほどもあ
る鉄の矢の尖《さき》に、火薬筒と油に浸した石綿が着けてある。的へ突立つと共に火薬筒が
炸裂し、油綿の火を建物へ燃移す仕掛けになっている。
——火箭だ！
図書がそう気付いて愕然《がくぜん》としたとき、側《そば》に控えていた宇女が庭へとび下りていって、
「蓆を下ろして……水を！」
と大きく叫んだ。
すると屋根の上で答える声が聞え、土庇《どびさし》の上へ蓆が垂れてくるのと一緒に、ざあっ
と飛沫《しぶき》をあげながら水が流落ちてきた……火箭は続けざまに十四五本も飛んできたが、
濡《ぬ》れた蓆に遮《さえぎ》られて、いたずらに炸裂の火を吹散らすだけだった。
宇女はすぐ元の場所へ戻った。
図書は黙っていた。一昨夜、彼女が小者たちを指揮して、蓆を積上げては水に浸し
ていた訳がようやく分った。こういう襲撃に寄手が火を使うことは定法である。図書

はじめ誰もそれに気付かなかったのは初めから必死を期していたからでもあるが、若い宇女がその手配をしたという事は図書の心を強くうった。

ずしん……ずしん。ずしん……ずしん。

鈍く重い響音、三カ所で築地塀を突き崩す緩慢な重苦しい響きは、打物の音と叫喚とを圧倒して屋敷いっぱいに広がった……この三カ所の崩壊する時が、疋田一家の討死をする期《とき》である。家士たちの眼にも、今やその時の近づきつつあることがはっきりと表われていた。

橋田藤吉、速水《はやみ》数馬（左右助の弟）、和下軍兵衛の三人が走ってきた。彼等は縁下に揃《そろ》って片膝《かたひざ》をつきながら、

「開門をお許しください」

と叱りつけるような声で叫んだ。

「踏込まれて、お屋敷内で死ぬのは残念です。斬って出ることをお許しください」

「築地はもはや四半刻《しはんとき》も保《も》ちません。寄手はすぐ踏込んでまいります」

「お許しください」

「斬って出させてください」

「ならん！」

図書は押切って叫んだ。

「まだその期ではない。持場へ帰って下知《げじ》を待て、死ぬ時は図書が先途をする。急ぐな」

三人は歯噛《はが》みをしながら走去った。

すると間もなく、書院の正面に当る塀の中へ、外から燃えさかる松明《たいまつ》をばらばらと投入れてきた。活物のように、闇を跳《おど》って飛込む幾十本とない火は、そのまま庭へ散乱して篝のように、四辺を焦がした。

——なにをしようとするか。

図書は思わず床几を立って広縁へ出た。

敵はその機会を覘《ねら》っていたのだ。図書が広縁へ出るとたんに、向うの民家の屋上に伏せてあった五挺《ちょう》の鉄砲が一斉に火を吹いた。

「あっ！」

と悲鳴をあげながら、宇女が図書の前へ両手をひろげて立塞《たちふさ》がった。しかしその刹《せつ》那《な》に、図書は大きく、

「危ない！」

と叫びながら、宇女の体を縁下へと蹴落《けおと》した。そして自分は、右手で腰骨を押えな

がら、よろよろとそこへ膝をついていた……五弾の内一弾が、彼の腰骨を草摺《くさずり》はずれに射抜いたのであった。

六郎右衛門の叫びで、三人の家士がはせつけた。宇女は突落されたとき足を挫《くじ》いたが、皆と共に図書を抱上げて居間へ運んだ……図書は片手を振廻しながら、

「いかん、書院に置け。奥へ入れてはならん」

と懸命に叫んだ。そして叫びながら、彼は凄まじい地響きと共に築地塀が崩壊し、敵味方の挙げる決戦の鬨声《ときのこえ》を、昏迷《こんめい》する耳の奥で朧《おぼ》ろげに聞いた。

# 八

図書が意識を取戻した時、側にいたのは宇女であった。

明るい光が部屋いっぱいに漲《みなぎ》っていた。どこか遠くで人の話し声が聞えた。まるで遥《はる》かな過去からの声のように、遠くて静かな調子だった……図書の感覚には、崩壊する築地塀の地響きや、決戦の雄叫《おたけ》びや、物具の撃合う鋭い音や、悲鳴や叫喚が生々と残っている。

体中がまだそれらの響音で揉返《もみかえ》しているようだ。それなのに、いま彼の周囲はまるで嘘《うそ》のように静かだった。

「御気分は如何《いかが》でございますか」

宇女が顔を寄せながら訊《き》いた……図書はこの謎《なぞ》を解こうとするように宇女の眼を見上げた。決戦はどうなったのか、山脇勢はどうした。味方の者は？　……しかし彼にはそう訊くことはできない。

「……六郎右衛は、どうした」

「はい、ただ今お客間で、角館《かくのだて》様からの御上使を接待申上げております」

「……角館様……？」

角館には藩主修理《しゆり》大夫義隆《よしたか》の弟、佐竹義寘《よしとも》が一万石を以《もつ》て分家している。そこから上使が来ていると聞けば、図書にもおよそ事情が分るように思えた。

「六郎右衛門を呼べ、御上使を受ける」

「御気分は大丈夫でござりますか」

「いいから呼べ」

宇女は立っていったが、すぐに戻ってきた。図書は起直ろうとしたけれど、身動きをしただけで劇痛がひどく、そのため殆ど全身が痺《しび》れるかと思われた……宇女は下座へ退《さが》って平伏した。

上使として来たのは角館の御旗本頭、柿沢壱岐介《いきのすけ》、副役は沼内《ぬまうち》市郎兵衛、沢田源十郎であった……三人とも具足に陣羽織で、上座に通ると図書の会釈《えしゃく》を受けてから、壱岐介が、山脇長門との私闘について譴責《けんせき》の上意文を読みあげた。

「……但《ただ》し」

末尾に至って壱岐介は声を改め、

「長門儀、一族一門を集動して取詰めたるに、その方こと上を憚《はばか》り、固く門を閉ざして出《い》でず、また御預けの火薬に水を注いで大事に至らざるよう手配をせし事、自分難儀の折柄《おりから》、最も神妙の至《いたり》と思召《おぼしめ》さる。追而《おって》江戸表より沙汰《さた》あるまで謹慎を命ずるもの也《なり》」

作法通り上意の達《たっし》が済むと、壱岐介は座を退いて図書の枕辺へ膝を寄せた。

「疋田どの、お館《やかた》より傷所の養生大切にせよとのお言葉でござるぞ……よく辛抱なすった。聞けば一家七十余人で山脇一族二百幾十人を支えること三十二刻、お預かりの火薬には手も着けずとはさすがでござる。山脇は恐らくお取潰《とりつぶ》しであろうが、疋田家は武名を挙げましたぞ」

「御挨拶《あいさつ》まことに恥入る」

図書の声は震えていた。

「……このうえはただ、一日も早く切腹のお沙汰の下るよう、よろしくお計らい願いたい。しょせん、初めより生きながらえる所存の図書ではござらぬ。この趣お館様へしかとお伝えくだされい」

「承った。しかしまずくれぐれも養生を大切になされい」

上使は帰っていった。

色々な事が分った。築地塀を突き崩して雪崩《なだ》れ込んだ山脇勢は、しかし厳重な逆茂《さかも》木《ぎ》に阻《はば》まれ、死を期した疋田の家士の切尖を喰って幾度となく敗退し、決戦の期を得ずして夜明けを迎えた……そこへ、老臣たちからの急報によって、角館から式部少輔《しきぶしょうゆう》義賓が、自ら三百の兵を率いて到着したのである。味方にとっては救いであり、敵にとっては絶望の時であった。

山脇の死者九十余、味方の死者三十二、傷者二十七という戦果を聴きながら……図書はひそかに上意文の「火薬」の条《くだり》を反芻《はんすう》していた。そればかりではない。もし酒があったなら、戦気を鼓舞された家士たちは、恐らく勢いの趣くままに斬って出たことであろう……不思議な感動が湧《わ》いてきた。図書は全身の感覚で宇女の前に感謝したい欲望を感じた。しかし彼はそれを懸命に抑えつけながら、

「……六郎右衛」

と叱《しか》りつけるように呼んだ。

「はっ」

「大橋へすぐ使いにまいれ、宇女が無事だということを知らせるのだ。案じているであろう、急いで行け」

「畏《かしこ》まりました」

「待て……」

起《た》とうとする家扶を呼止めて、

「……それから、宇女の荷物を、取戻すように計らってまいれ。よいか」

宇女は病床の裾《すそ》の方で、床板に平伏しながらそれを聞いていた。円い肩が微《かす》かに顫《ふる》えているのは泣いているためであろう。

――これで快く死ねる。

図書は、かつて覚えたことのない、身も心も軽々とした感じで、宇女の背を見やりながらそう思った。外はいつか雨になっていた。


（「国の華」昭和十五年九、十月号）

# 殉死

一

「どういうわけなんだ、いったいこれはどうしたというのだ」八島主馬《やしましゅめ》はすこし腹立たしそうにまわりの人々を見まわした、「まるでめしゅうどを警護しているようではないか、五郎兵衛、きかせてくれ、これはどういうわけなんだ、みんな此処《ここ》でなにをしているんだ」「まあ待て、仔細《しさい》はいまに話す」久米五郎兵衛がなだめるように云《い》った、「なにもそこもとを窮命しているわけではない、おれたちはまあいわばとのい詰めのようなものなんだから」「とのい詰めだって」「云ってみればそんなところだ、いいからもう少しこうさせて置いてくれ」主馬はぶきげんに向き直り、仏壇の鉦《かね》をうちならしてふたたびしずかに誦経《ずきよう》をはじめた。

故ごしゅくん因幡守《いなばのかみ》浅野長治侯が逝去《せいきよ》したのは五日まえ（延宝三年正月九日）のことだった。そして今日は鳳源寺《ほうげんじ》で葬《ほうむ》りの礼がとりおこなわれた、その式に列して家へかえると、まもなくいま此処にいる五人の者がたずねて来て、そのままそばに付いてははなれないのである。べつに用事があるともみえなかった、話すこともとりとめて緊要と思えるものはなかった。そのくせもう宵も過ぎようという時刻なのにうごくけしきがない。──いったいどういうわけなのか。主馬は唱名しながらもそのことが胸につかえてしかたがなかった。

宵がすぎると冷えがきびしくなってきた。この備後《びんご》のくに三次《みよし》はまわりを山にかこまれているし、山陰国境からふきおろしてくる雪まじりの風は骨までとおる凜烈《りんれつ》なものである。主馬は三次の冬はこれがはじめてだった、かれは江戸家老をつとめる八島主計の二男で、ずっと江戸屋敷のつとめだったが、去年の春ごしゅくんのおぼしめしで初めて国許《くにもと》へお供をして来た。幼年からおそばに仕え、「くにもとでは福尾庄兵衛、江戸では八島主馬」といわれるほど篤《あつ》い寵《ちょう》をうけていた。だからいまごしゅくんの逝去にあったかれには、はじめてきびしい山ぐにの冬がひとしおお身にしみるように思えるのであった。「たいそう冷えます、笑止ながらおしのぎにはなろうかと存じまして」家扶がそう云って、温めた桑酒をはこんできたのはもう九時に近い頃だった。みんなよろこんで杯をとった、けれどそれでも座を立とうとはしない、火桶《ひおけ》のそばへにじり寄って言葉もなく主馬のようすを見まもっていた。──ぜんたいこれはどういう意味なのか、またしても考えがそこへもどったとき、ようやく主馬に思いあたることがあった。──そうだ、それにちがいない。

五日いらい自分のあたまから去らなかった思案が、そう思い当ったときあらためてはっきりと意識の表面へあらわれてきた、それで主馬は誦経をやめてふりかえった。しかしかれが口をきろうとするまえに、家扶の案内で富沢右市郎がはいって来た。「どうした、まだ知れないか」待ちかねていたように五郎兵衛がきいた。右市郎はあるじに会釈《えしやく》して坐《すわ》った。「ようやくわかった」「どこにいた」「鳳源寺の墓前にいた、いや」とかれはみんなのおどろきを抑えるように、「大丈夫なにごともない、無事だった、御墓前にお伽《とぎ》をしていただけだ」「やる心配はないのか、誰かついているのか」「誰もついてはいないがたしかだ、おれが逢《あ》ってよく話して来たんだ、かれもそんなつもりはないらしい」この問答を聞きながら主馬は、「庄兵衛だな」とすぐに推察した。「もうわかったろう八島」久米五郎兵衛がふり向いて云った、「御葬礼が終るとまもなく福尾庄兵衛がどこかへみえなくなった、そこもとと福尾とはおそば去らずの御寵遇であった、もしや追腹《おいばら》でも切りはせぬかと老職がたのご心配で、福尾のゆくえを捜すのといっしょに、此処へもわれわれを遣わされたのだ」

「福尾は鳳源寺の御墓前にいた」と富沢右市郎がひきとって云った、「かれはそこでお伽をするそうだ、しかし決して追腹は切らぬと云っている、八島、そこもとも殉死の禁のきびしいことは知っているはずだ、かるはずみなことはせぬだろうな」

「そのことなら」主馬はしずかに答えた、「かねて御老職からおはなしのあったときお答え申したとおりだ、まちがいはない」

「それがたしかならわれわれは帰る、ながい邪魔をして済まなかった」庄兵衛のぶじなことがわかって安心したのであろう、そう云ってようやく六人のものは立ちあがった。

二

雪が降っていた。かみの毛も凍るかと思われる北風がおりおりどっと吹きつけて来る、それは輪奐《りんかん》たる鳳源寺の七堂の屋根に雪けむりを巻きあげ、境内の松林を颯々《さつさつ》と鳴りたたせた。枝をふるわせ梢《こずえ》を揺って蕭々《しょうしょう》と鳴りたつ松林のなかに、故因幡守長治の墓所はあった、塋域《えいいき》は石でたたみあげてあるがまだ碑はなく、喪屋《もや》のなかに位牌《いはい》が安置してあるだけだった。墓所の脇《わき》のあたらしい土の上に福尾庄兵衛が端坐《たんざ》していた、頭から雪まみれだった、肩と膝《ひざ》には二寸あまりも積っていた、右がわに大小が置いてあるのだが、そのかたちなりに積った雪の下に埋もれていてみえない、瞑目《めいもく》した顔つきは石のように、硬く、ひきむすんだ唇は微塵《みじん》もゆるがぬ意志のつよさを表わしているが、肉躰《にくたい》はその意志を裏切るようにぶるぶると顫《ふる》えていた。

着てきた笠《かさ》と雨具をぬぎ、雪の上へ膝をついた弟の勝之丞《かつのじょう》は、その顫えている兄のからだを見て胸をつき刺されるように思った、「これではおからだに障《さわ》ります、兄上、お伽をなさるお心はよくわかりますが、せめて雨や雪の日は屋敷へおかえり下さい」「いくたび云ってもおなじことだ、大殿御他界のおり兄は死んでいる、御禁制ゆえ追腹を切らぬだけで心もからだも故殿のお供をしているのだ、兄のことはもう考えるには及ばぬ、そのほうはかねて申付けたとおり当お上への御奉公、両親への孝を専一にはげむがよい、もうなにを申しても口はきかぬ、帰れ」「それでは兄上」と勝之丞はなじるように云った、「葛木《かつらぎ》との縁組はどうするのですか、兄上は破約をすると申送って此処へおいでになったそうですが、さくじつ葛木から父上まで挨拶《あいさつ》がありました、小松どのはどこまでも約束の日を待つと云っておられるそうです、内さかずきも済んでいることゆえ、わたくしもそう云われるのは当然だと存じます、兄上、あなたは小松どのの一生を無になさるお考えですか」

庄兵衛は答えなかった。かれは老職をつとめる福尾庄左衛門の長子で二十六歳になる、おっとりとしたまるい性格で誰にも好かれていた。役目は書院番であるが因幡守が在国のときは主馬とおなじおそば去らずで、ことに文雅の道ではなくてはならぬおはなし相手だった。かれはまえの年の秋に、おなじ家中で御勘定方元締役をつとめる葛木八郎左衛門のむすめと縁談がととのい、内盃《うちさかずき》までしたのであるが因幡守の病臥《びょうが》のため延び延びになっていた。そしてついにその逝去にあうと、かれは葛木へは書面で破約を申送ったうえ此処へ来てしまったのである。「兄上、お返辞はいただけませんか」「………」「小松どのを不憫《ふびん》とはお思いにならないのですか」庄兵衛は黙っていた、答えられないのではなく、答える必要がないという意志がはっきりみえている、勝之丞はもうなにを云っても無駄だと思った。それで持って来た行厨《こうちゅう》をそこへさし置き、「お食事をここへ持参いたしました、では勝之丞はおいとま仕《つかまつ》ります」そう云ってしずかに立ちあがった。

石段をおりてゆく勝之丞の背へ、はげしく雪を巻いて風が襲いかかった、もういちど兄のほうへふりかえり、笠の紐《ひも》をかたく結んでから、かれは方丈のほうへと去っていった。庄兵衛は眼をとじ、両手を膝にそろえたまますこしも動かない。しかしそれが、きめたことを貫きとおす無念無想のすがたであるか、それとも去来する煩悩《ぼんのう》俗念を抑えつけているすがたであるかはにわかにきめがたいことであろう。江戸から来た八島主馬とかれとは、因幡守長治に百年のおりがあったらともに殉死するであろうと云われていた。当時は諸方の藩に殉死の風がさかんで、太守の不幸があると少なくて二三人、もっとも多い場合には二十数名に及んだこともあった、したがって主君の寵遇をうける者は、おのれもひとも、万一のときは泉下《せんか》まで供をすべきものと暗黙のうちにきめていたのである。庄兵衛も主馬も、ひとがそう思うばかりでなく、自分たちもむろんその覚悟だったにちがいない、けれども寛文三年五月に幕府から殉死の禁令が発せられたので、追腹を切ることができなくなったのである。……禁令はきわめて厳重なものだった、禁を犯した者はその血族まで罰せられ、なお主家にさえ累《るい》が及ぶのである。代表的なものは宇都宮城主の奥平忠昌が死んで家臣の杉浦右衛門兵衛が殉死したとき、幕府は奥平家を山形へ移封し二万石を削った、そして杉浦の二子を斬罪《ざんざい》に、婿《むこ》二人と外孫を追放に処したのである。この例のきびしさは殉死の風がいかに根づよいものであったかということを示すもので、同時にそれ以来おおいに禁令の実があがったことも事実だった。つまり殉死はもはや主家に禍《わざわ》いを及ぼす不忠な行為ということになったからである。

三

たしかにそれは事実だった、けれどもそれですべてが決定したのではない。「腹を切って泉下への供をする」という習慣は、そのことのなかに武家の名誉と誇りとがあったと同時に、当然おいばらを切るべき者がおくれた場合には卑怯《ひきょう》の名を避けることができない、みれん者といわれ臆病者《おくびょうもの》と云われる、幕府の禁令がきびしく主家にわざわいの累を及ぼすという事実がはっきりしていても、しかし「だから殉死をしない」ということは、世間のおもわくとおのれの良心とのふたつの面から考えて、そうたやすく解決のつく問題ではなかったのである。

因幡守の葬礼がおこなわれた日に庄兵衛はこの墓所へ来た、身のまわりの事はすっかり始末したし、縁組の約束もことわった、かれの口からは云わないにしても、御墓所のお伽に一身を捧《ささ》げる覚悟だということはあきらかだった。寒気のもっともきびしい季節である、松林にかこまれてはいるが石でたたみあげた塋域は吹きさらしだった、風雪をよける物もなく寒さをふせぐなに物もなかった、庄兵衛はその寒さと風雪にさらされた墓畔に、まったく身ひとつで端坐したのである。はじめ寺僧は夜だけでも庫《く》裡《り》へはいるようにとすすめた、寒さを凌《しの》ぐために衣服の上へかさねる物を持って来たりもした。しかし庄兵衛は鄭重《ていちょう》に謝辞して受けなかった。——あっぱれな覚悟だ。——追腹を切る以上だ。家中の人々はそう噂《うわさ》をしあい、墓畔をおとずれては労をねぎらった。そういう反響が庄兵衛にとってどれほどのものであったろう、かれは迷惑がるようすさえもみせず、ただ黙々と眼を閉じているばかりだった。食事は日にいちど、それを運んで来る者があればたべるし、なければ幾日でも無しで済ませた、用に立つほかは膝を崩さず、また端坐したまま眠った。「追腹を切る以上だ」という評は、肉躰の艱苦《かんく》をべつにしても不適当ではなかったのである。

弟が来た日の夜のことだった、雪の降っているときは思いのほか温かいもので、十時の鐘をきいてから間もなく庄兵衛はとろとろとまどろんだらしい、ふとものの けはいで眼がさめたかれは、自分のすぐうしろにしずかな人の呼吸の音をききつけた。

「……勝之丞か」こえをかけたけれど返辞はなかった、そのときからだへ雪がかからぬのに気づき、みるとうしろから傘がさしかけられてあった。庄兵衛はふりかえって見た。

若いむすめだった、たしかめるまでもなく葛木八郎左衛門のむすめ小松である。伏せたおもての濃い眉《まゆ》と、寒さにめげず艶々《つやつや》とゆたかな頰のあたりが、雪明りにくっきりと冴《さ》えてみえる。さすがに庄兵衛は心をうたれた、思わずはげしい言葉が口をついて出ようとした。むすめは九百石老職の家にそだてられた、武家だからあまやかした育てかたはしないにしても、まだ十八歳の、男とは鍛えかたのちがうからだである、このような無理が続くわけはない。庄兵衛はそう思った。——黙っているほうがよい、なまじ拒んだりしてはかえって意地をおこさせるもとだ。無情ではあるがそう考えて、かれはそのまま黙って眼をつむった。うしろではときどき居住いを変えるらしく、思出したように身動きのけはいがするほかには、人がいるとも思えぬほどひっそりとしていた。そうして夜半をよほど過ぎてから、庄兵衛はいつものとおり端坐したまま眠った、そしてしらしらと明ける頃に眼がさめてみると、むすめの姿はもうそこにはなかった。――いつか帰ったとみえる。そう思いながらかれは明けがたの雪に埋まった境内のかなたを見やった、ひとりとぼとぼとその道を帰ってゆく小松の姿がみえるように思えた。

四五日して雨が降った、すると初更の頃になってまた小松が来た、そして明けがたまでうしろから傘をさしかけていた。その雨があくる日のひる頃から雪になり、二日のあいだ小やみもなく吹雪《ふぶ》き続けた。その二日めの夜半、小松が来て傘をさしかけようとしたとき、庄兵衛ははじめてしずかに云った。「あなたがそうして此処へおいでになる気持はよくわかりますが、わたくしの覚悟はいつぞや申上げたとおりです、半年や一年のことならまたべつでしょうが、これはいつ終るということがらではないのです、あなたがそのようにまことを尽して下さるのは有難いが、しかしそうやって一生おわることはできません、途中でやめなければならぬことはわかりきっています、……どうか今後はおいでにならないで下さい、おいでにならずとも、今日まであなたの示して下すった真心は忘れは致しません、おわかりですか」

# 四

むすめは答えなかった、庄兵衛はかなりながいあいだ返辞を待ったけれど、なんの答えもないので重ねて云った。「本当にもう無用です、あなたがそうしている理由はすこしもないのです、どうかお帰り下さい」「おゆるし下さいまし」小松はしずかな、しかしかたく心をきめた者の落ちついたこわねで云《い》った、「わたくしよくよく考えたうえのことでございます、こう致すのがわたくしにとってただひとつの生きる道でございます、ひと眼にはかからぬように致しますゆえ、どうぞこのままおゆるし下さいまし」「…………」それを押し返して拒むべき言葉は庄兵衛にはなかった。けれどもまたよろしいと云える立場でもないのである、かれはやはり自然のなりゆきに任せるほかはないときめた。

小松のことはなかなか世間には知れなかったが、庄兵衛の評判は伝説的に尾鰭《おひれ》がついてひろまった、そして当然の比較として八島主馬がその対照にされはじめた。――いったい八島主馬はどうしたんだ、その後とんと沙汰《さた》がないではないか、――負けぬ気のつよい男だからいまに庄兵衛とはちがったなにか思切ったことをするぞ。――福尾に先を越されてみればへたなまねはできぬからな。ことがらの厳粛さはしだいに薄れて、人々の眼はいつかしら卑《いや》しい興味を追うようにさえなってきた。けれども主馬はどうするようすもなかった。因幡守の逝去で役どころをなくしたかれは、日々おのれの屋敷のなかで弓をひいて暮した、馬を駆って西城川《さいじょう》をさかのぼり夜になって帰ることなどもあった、定日にはちゃんと登城をした。――なんだ、まだ碌々《ろくろく》としているのか。そういいたげな家中の者の眼にも、かれはすこしもめげる風がなかった。それがあまり平然としているので、ついには口にだして諷諫《ふうかん》する者さえあったが、主馬の態度はいささかも変らなかったのである。

こうして二月となり三月となった。三次盆地をとりかこんでいる山々の嶺《みね》の雪もいつか消え去り、朝夕の霞《かすみ》が濃くなるにしたがって、野づらの下草は萌《も》えはじめ日だまりのあたりには桃と桜が咲きだした。そしてその春とともに江戸から新しい主君が国入りをした。因幡守長治のあとを継いだ式部少輔長吉《しきぶしようゆうながよし》は、実は浅野の宗家である安芸守光晟《あきのかみみつあきら》の三男である。はじめその兄の長尚が養嗣子となったのだけれど、病歿《びょうぼつ》したためさらにそのあとへはいったのであった。はじめての国入りなので五六日は政務をみるために費やした。それから建立《こんりゅう》の成った故因幡守の墓所へ参詣《さんけい》の礼がおこなわれ、つづいて家臣たちの引見《いんけん》の式があった。その式のあと、老臣たちに御酒くだされの宴がひらかれたとき、長吉は墓畔に侍していたのは何者であるかとたずねた。老職のひとりが仔細《しさい》を言上した、式部少輔はあきらかに感動したようすだったがそのときはなにも云わず、さりげなくはなしをそらしてしまった。しかしそれから数日して作事奉行が呼ばれ、――御墓所の内に小屋をつくってやれ、庄兵衛一代を限ってかれに与える。そういう申付けがさがった。小屋を作っても墓から離れていては入るまい、そう察したうえの思切った恩典である、異例ではあったが反対する者はなかった。そして間もなく小屋が建つと庄兵衛は案外すなおにそこで夜をすごすようになった。

三月の末に役々の任免があった、当時どこの藩でも家臣の職はほとんど世襲になりつつあったが、代替りには多少の更迭《こうてつ》はまぬかれない、そのときも重だった役には変りはなかったが、二三異動のあったうち八島主馬が国詰めお側用人《そばようにん》にぬかれたことは家中《かちゆう》の人々をおどろかした。主馬の父は江戸家老であるし、俊敏な才分も衆目のみとめるところで、将来老職となるべき人物という点では、その抜擢《ばつてき》もさして不当ではないのである。けれども一方に福尾庄兵衛のことがあり、それと対照して家中の評判がきわめて悪いおりからだったので、人々がおどろいたのも無理ではなかった。――だがまさか主馬はお受けはすまい。――それよりもおそらく江戸へ帰任を願うだろう。そう思う者が多かった。しかし主馬は辞退しなかった。お達《たつし》のあった日から城にあがってその職に就いた。むしろ壮快なほど、きっぱりと割り切ったかれの態度に、かえって人々が威圧をさえ感じはじめたとき、式部少輔長吉の新しい政治が活溌にうごきだした。その中心はいままであまりかえりみられていなかった農業の振興にあった、耕地の整理や用水路の改廃が計画された。また三次は良質の木炭をだすので名があり、そのためとかく濫伐《らんばつ》に傾いていた山々の植林、ついでは生糸、酒などという重だった産業の改良と指導にも手をつけたのである。そしてこれらの事業はすべて藩主長吉と主馬とのかたいむすびつきを土台とし、全藩のちからを集めてめざましく活動しはじめた。

五

三次の城中には発蒙閣《はつもうかく》という天象観測の建物があった。因幡守長治の建てたものであるが、近年ほとんど忘れられていたため、屋根も壁も朽ちて立ちぐされ同様になっていた、それをとり壊そうという話がでたとき、主馬ひとりが反対して云った。——農事を振興するには天象季候をよく案じなければならない、むしろ発蒙閣を増築し、天文家を招いて研究をさかんにすべきである。長吉がその説を採った、そしてすぐに発蒙閣の増改築がはじめられたのである。

その工事を起こしてから間もなくのことだった、主馬が現場へ来て、作業方の者と工事のようすを見まわっていると、下支配をしていた若侍たち四五人のなかまが、かなりこわだかに主馬の悪口を云うのが聞えた。「江戸そだちは利に賢いな、寵《ちょう》をうけた殿が御他界あそばしても、御禁令で痛い腹を切らずとも済んだし、そうなれば御恩も帳消しだという顔でうまく出世だ、この世をばわが世とぞ思うと云いたげではないか」「武士の道をまもった福尾はお小屋をひとつ賜わっただけだし、命だいじと身をまもった者はお側御用の出頭だ、つまりまじめに勤めるのが馬鹿者《ばかもの》さ」「だいたい江戸にいた時分からよろしく御前をとりまわしていたのさ、先殿でなければ当お上、なにしろ殿の御意にいりさえすれば家中の意見などはとるに足らぬからな」「これからは勤めぶりも考えてしないととんだことになるぞ」

そこまで聞いた主馬はつかつかとかれらのほうへあゆみ寄った、こちらもそれを待っていたというようすで向き直った。

「お上のお名が出たからひとこと云おう」主馬はしずかな調子で云った、「正月いらい貴公たちのかげ評判は耳にしていた、じかにこの耳で聞いたこともある、江戸そだちは薄情だ武家の道を知らぬ、故殿の御恩を忘れているなどと」

「…………」

「だがもし拙者が江戸そだちの薄情者なら、貴公たちは田舎者の道理知らずだ」

「なに、田舎者だと」
「待て、喧嘩《けんか》をしに来たのではない、これまでは黙って貴公たちの悪評をきいていた、だから今日は拙者の申すこと貴公たちが聴く番だ、いったい貴公たちは先年の御禁令をどう考えている、殉死の禁は追腹を切りさえしなければよいということか」
「そのほかに解釈のしようがあるか」
「あるとも、禁令の御趣意は、ただ追腹を切らなければよいというだけではない、生きて御奉公すべしという意味だ、これまで諸方の藩にも例のあるとおり、太守の喪に当って幾人いく十人の殉死があった、君臣の情さもあるべきことながら、そのなかには有為の人材があったにちがいない、生きていればなおりっぱに御奉公のできる者が、いかに君臣の情とは云えあたら屠腹《とふく》して果てるというのは、国家という大きいところからみて無益な損失だ、……ごしゅくん百年のあとにも藩家はある、お世継もすなわちごしゅくんではないか、ひとりの殿に殉じて、家臣たちがみな屠腹したり世を捨てて墓守りになったとしたらどうなるか、それが武家の道だと云えるか、まことの武士なら生きぬけ、殉死すべき命を生きて御奉公に捧げよ、……御禁令の趣意はそこにある、拙者はそう解釈する、貴公たちこれを誤っていると思うか」
「八島どのにおたずね申す」

そう叫んでひとりの若侍が前へ出て来た、福尾庄兵衛の弟、勝之丞であった。「いまあなたは兄を誹謗《ひぼう》なすった」「貴公は誰だ」「福尾勝之丞、庄兵衛の弟です」「拙者がなんと誹謗したのだ」「言葉をさしてはいない」勝之丞ははげしくかぶりを振り、ぐっと相手の面上を指さしながら叫んだ、「生きて御奉公をするのがまことの武士と云い、世を捨てて墓守りになるのは無益なわざだと申された、まことに兄は武士でない、武家の道にはずれておるか、もういちどたしかに聞かせて頂きましょう」

「ばかな、拙者は禁令の解釈をのべたばかりで福尾やおのれの批判をしたのではない」

「逃げ口上はよせ、御墓所のお伽《とぎ》をしているのは兄いちにん、墓守りといえば兄をさしたに相違ない、主馬、いいわけあるか」勝之丞は大剣へ手をかけた。

「福尾はやまるな、城中だぞ」つれの若侍たちがおどろいて抱き止めた、はなせともがき叫ぶ勝之丞の顔を、主馬は冷やかに見かえしたまま去っていった。

六

「もう西城川へ鮎《あゆ》がのぼりだす頃だな」庄兵衛は竹の濡《ぬ》れ縁に腰をかけ、鳳源寺の本堂の大屋根ごしに北のほうを見やった。故因幡守の塋域《えいいき》のなかに建てた小屋である、ふた間きりの狭いながら、背戸には筧《かけい》でひいた水が絶えず清冽《せいれつ》な音をたてていたし、厨《くりや》もあった。……かれは故殿の百日忌が済んでからは、墓畔の土に坐《すわ》ってお伽をするのは日の出から日没までにして、あとは賜わった小屋のなかで看経《かんきん》したり写経に時をすごしていた。

「兄上、兄上は口惜しいとはお思いにならないのですか」濡れ縁の上にかたく坐った勝之丞は、ぽろぽろと涙をこぼしながら云った、「人も多くいる面前で、主馬どのははっきりそう申されたのです、勝之丞にはがまんがなりません、福尾の家名にもかかわると存じます、兄上はそうお思いになりませんか」

庄兵衛は眼を転じて城下町のほうをみた、霧が立っていた。四方を山にかこまれた三次盆地は春から秋へかけて霧がふかい、それは「霧の海」とも呼ばれる名だかいもので、朝夕はほとんど盆地の上を覆《おお》いつくし、少し高いところからみると、丘陵や山々が島のように霧海へ浮いてめずらしい展望となる、……いま庄兵衛の眼にその霧の海のいちぶが見え、黄昏《たそがれ》かかる光りをあびて刻々に巻きたち揺れうごくさまが眺められた。

「主馬の申すことにまちがいはない」庄兵衛はしっかりとした口調で云った、「禁令の御趣意は生きて御奉公せよということだ、故殿の御恩にむくゆるには、追腹を切るよりどこまでも生きて、お世継のため藩家のために御奉公するのが道だ、そのくらいの道理がおまえにわからないのか」

「では、では兄上は、どうして兄上はそうなさらなかったのです、なぜこのように御墓所のおまもりをなすっているのですか」

「誰かがしなければならぬから」庄兵衛は低く呟《つぶや》くように答えた、「おれか、主馬か、あの場合いずれかひとりは故殿のお供をしなければならなかった、主馬は才分の高いおとこだ、お家のために無くてはならぬ人物となろう、主馬を失いたくなかった、おれか主馬かとなれば主馬を生かして置くのがお家のためだった」

勝之丞は啞然《あぜん》として兄の顔をみまもった。庄兵衛は霧海を見やったまま続けた。

「主馬は意地がつよい、おれが先を越せばかれは決してその真似《まね》はしない、それがよくわかっていた、だからおれは此処《ここ》へ来た」呟くような兄の言葉は勝之丞の心を一語一語針のように刺した、啞然と見あげていた眼をいつか膝《ひざ》へおとし、勝之丞は拳《こぶし》でそっと涙を押しぬぐった。

「だが考えちがいをしてはならぬぞ、兄がこうして御墓所のお伽をしていられるのはこのうえもない果報なのだ、同時にそれが主馬を生かす役にもたった、兄にはこれほどの満足はない、主馬の申した言葉を口惜しいなどと思うのは身びいきのつまらぬひがみだ、おのれのまことを生きぬくために他人の批評を案ずる要はない、そんな無用なことを考えるいとまがあったら、御奉公に一倍の精をだすがよい、わかったか」

はいと云って勝之丞は両手をついた、兄の覚悟は単純ではなかった、故殿に殉ずる壮烈なしかたと思ったが、その裏にはもっと大きな、おのれを無にして有為の人材を生かす配慮があったのである。——主馬どのがこれを知ったら。そう思った気持がそのまま通じたように、庄兵衛がはじめてふりかえって云った。「いま申したことは他言ならぬぞ」「はい」「もう暮れる、帰るがよい」そう云うと、かれは濡れ縁から立って背戸のほうへ出ていった。……風が立ちはじめていた、海のように盆地をとざしていた霧が、風に吹かれてにわかにゆらめきだした。古い杉林のなかを丘のはずれまであるいていったとき、その深い林のなかにある小径《こみち》から、葛木のむすめ小松の姿があらわれた、小さな包みをかかえて、黄昏のうすあかりの中にあゆみ出て来た姿はまぼろしのようにも﨟《ろう》たけてみえた。「おそくなりました」ふりかえった庄兵衛の前に、小松はあかるく頰笑みながら会釈《えしやく》して云った、「きょうは御好物の仔鮎《こあゆ》を持参いたしました」

（「キング」昭和十八年一月号）

# 夏草戦記

# 一

慶長五年（一六〇〇）六月のある日の昏《く》れがたに、岩代《いわしろ》のくに白河郡の東をはしる山峡《やまかい》のけわしい道を越えてきた一隊百二十余人のみしらぬ武者たちが竹置《たけぬき》という小さな谷あいの部落へはいって野営をした。……かれらは馬標《うまじるし》も立てず、旗さし物もかかげていなかった。みんな頭から灰をかぶったように埃《ほこり》まみれで、誰の顔にも汗の条《すじ》が塩になって乾いていた。疲れきっているとみえてむだ口をきく者もなく、部落へはいるなりぱたぱたと地面へからだを投げだす者が多かった。部将は三十二三になる眼のするどい小柄で精悍《せいかん》そうなからだつきの男だったが、村へ着くとすぐ二人の副将をつれて村長《むらおさ》の家をおとずれた、そしてそこを宿所にきめ、各隊の番がしらを呼び集めて野営の命令をだした。

隊士たちは静粛に列を解いた、甲冑《かっちゅう》や具足をとり草鞋《わらじ》をぬいで、谷川の畔《ほと》りや噴き井のまわりへ汗を拭《ふ》きに集まった。そこにも此処《ここ》にもたくましい裸が往《ゆ》き交い、水音がこころよくあたりにひろがったが、やっぱりむだな話しごえはどこにもおこらなかった。荷駄《にだ》を曳《ひ》いて来た二十余人の足軽たちは三カ所にわかれて兵粮《ひょうろう》をつくり、それを手ばやく各隊へ配ってまわった。日没のはやい谷峡《たにかい》はもうすっかり昏れて、空には星がきらめきだしていた、風のないむしむしする宵だった。蚊の群れが八方から寄ってくるなかで、武者たちは笑いごえもたてず兵粮をつかった、湯を啜《すす》るにも音を忍ばせるし、隣りの者と話をするのも声をひそめた、「済んだ者は腰兵粮をわけるから荷駄へ集まれ」そう伝えてまわる使番の声もどこかしら押えつけたように低かった。そしてすっかり終ると、かれらは黙々として鎧《よろい》や具足をつけ、新しい草鞋をとりだして穿《は》いた、銃隊は火縄をかけ、槍隊《やりたい》は差したばかりの鞘《さや》をはねた、こうして今にも合戦を始めそうな支度をしてから、はじめてかれらは思い思いの場所で横になった。……このあいだに十人の兵が、部落のまわりへ立番（立哨《りっしょう》）のために出てゆき、また副将のひとり相良《さがら》官兵衛が二十余人の兵をひきいて、先鋒隊《せんぽうたい》として夜道へ向って進発していった。すべてが手ばしこい順序と、ひきしまった沈黙のうちにおこなわれたので、つい隣りの村の住民たちでさえ、これだけの兵が野営をしているとは気づかずにしまったくらいであった。

竹置の部落はひっそりと夜を迎えた、平常と少しも変らない静かな夜だった、露をむすびはじめた叢《くさむら》のそこ此処から涌《わ》きあがってくるように虫の音が冴《さ》え、おちこちの森で鳴く梟《ふくろう》のこえがきみのわるいほどはっきりと谷に木魂《こだま》した。しかし時刻はまだそれほどおそくはなかった。かなり更《ふ》けたと思われるのに、谷あいの下のほうで十時を打つ寺の鐘がきこえて来た、そしてその余韻《よいん》がしずかに尾をひいて消えてしまうと、村長の家からそっと部将が出てきた、うしろは残った副将のひとりが、がんどう提燈《ぢようちん》を持ってついていた。

「今日はえらかったとみえてみんなよく眠っているな」あちらに一団こちらに一団とぐっすり眠っている兵たちを見まわりながら、部将は低いこえでそう呟《つぶや》いた。

「あの峠《とうげ》で精をだしきりました」副将はときどきがんどう提燈で寝ている兵たちを照しだした。

「荷駄がどうかと案じましたが、今日の峠越えがあれで済めばあとは大丈夫でしょう」

部将はひどい蚊だなと云《い》いつつ、木下闇《このしたやみ》の道を拾うようにして、部落の東の端のほうまで出ていった。立番の哨戒《しようかい》はきびしく守られていた、かれらは二人が近づいてゆくと、樹蔭《こかげ》の闇からするどく誰何《すいか》した、闇のなかで、持っている銃の火縄がちらちらと動いた。部将はその一人ひとりに労《ねぎら》いの言葉をかけた、

「眠いのにご苦労だな、知ってのとおりわれわれは覘《ねら》われている、立番の役は全隊士の命を預かっているのも同様だ、掟《おきて》を忘れずしっかり守ってくれ」

「そのほう掟の条目を知っているだろうな」副将がそばから云った、「覚えておるとおり申してみい」

「はっ、立番を仰付《おおせつ》けられたる者は」と暗がりのなかで番士はかたちを正しながら、低いけれど力の籠《こも》った調子で答えた、「許しなくしてその持場を動くべからず、万一その掟に触れたる者は、仔細《しさい》を問わず死罪たるべきこと」

「……よし、仔細を問わずということを忘れるな、たのむぞ」そして二人はまた他の方へとまわっていった。

立番の者に会うごとにおなじ問答が繰り返されたが、それはいかにもこの一隊の危険なことを示しているものだった。こうして二人が部落の南のはずれへまわっていったときである、狭い桑畑のつづく闇のかなたで、

「待て、誰だ、動くな」という誰何のこえが聞え、ぱたぱたと人の走る足音がした。

「……なんだ」部将が足をとめた。

「夜襲でしょうか」うしろにいた副将がそう云いながら前へ出た。しかし物音はそれっきり絶えて、こんどはなにやら訴えるような若い女のこえが微《かす》かに聞えてきた、

「ちょっとみてまいります」そう云って副将が走っていった。

部将は道の上にじっと耳を澄ましていた。身のまわりは虫の音でいっぱいだった、

寝鳥でも立つのであろう、左がわの叢林《そうりん》の奥で、ときおりばたばたと翼の音がするほか、あたりはひっそりと夜のしじまに包まれていた。間もなく副将が戻って来た、かれは肩と腰に包物《つつみもの》を結びつけた農家風の若い娘をひとりともなっていた。

「お旗がしらにお会いしたいと申しますのでめし連れてまいりました」

「おれに会いたい、……なに者だ」

「わたくしは初と申します」娘はまだ震えのとまらぬ声で云った、「三日まえに棚倉《たなくら》の在で、御家来のお世話になりましたので、それと、少しおたのみ申したいことがございましたので……」

「おまえ独りなのか、伴《つ》れはないのか」

はいと云う娘のようすをみて、敵の探索ではないと認めたのであろう、部将はうなずいて、ではこちらへまいれと云って宿所のほうへ戻っていった。

二

かなり疲れてもいるし空腹でもあるようだったので、宿所へつれて戻るとすぐに汗をぬぐわせ、また家の者に命じて食事をさせた。かの女は十七歳くらいの眉《まゆ》のはっきりした眼の大きな顔だちで、からだは成熟しかかっているのに人を見る表情はまだまるで少女らしい、その年ごろの娘によくみかけるようすの娘だった。言葉に訛《なまり》があるのでたずねると陸前《りくぜん》のくに柴田の生れで、これからそこへ帰る途中だということだった。

「それで、どうしてここまでたずねて来たのか」食事がすんでから、蚊いぶしの煙のゆらめく端近《はしぢか》に坐《すわ》って、部将はしずかに娘のはなしを促した。

初はまるい膝《ひざ》の上にきちんと手を揃《そろ》え、つつましく眼を伏せて語りだした、年のわりにしては気性のしっかりした生れつきとみえ、むだの少ない要領を得たはなしぶりであった。……かの女は下野《しもつけ》のくに大田原の麻商人をしている叔父の家に、三年まえから手つだい奉公をしていた。それがこの夏のはじめころ、上杉景勝と徳川家康とのあいだに戦がはじまるという噂《うわさ》がひろまり、いよいよ危ういようすにみえるので、故郷の柴田から父親が心配して迎えに来た、叔父も帰ったほうがよいと云うので、すぐに支度をして父といっしょに出立したが、そのときはもう白河口は通行がむつかしくなっていたから、磐城《いわき》をまわってゆくつもりで棚倉へさしかかった。おりあしく夜道になってしまい、宿を捜しているところへ、いきなり浮浪の野武士たちが出て来て父娘《おやこ》をとりかこんだ、

「わたくしを庇《かば》おうとした父はすぐうち倒されてしまいました」娘はそのときの恐怖

を思いかえすように、肩をすくめながら云った、「わたくしもうだめだと存じました、ひとりの手が肩へかかったとき舌を噛切《かみき》ろうと致しました、そのとき御家来の方が来あわせて助けてくだすったのです。……父は頭と背中にひどい怪我《けが》をしておりました。御家来の方はその手当をしてくださいましたうえ、なおお持ちになっていたお薬をも置いていってくださいましたが、父は年もとっていますしからだも弱っていましたためか、その夜明けちかくにはかなくなってしまいました」

娘は朝になるのを待って、附近の農家の者に助力をたのんだ。人々はすぐに集まって来てくれた、寺から僧も来た、そして見知らぬ土地とは思えない心の籠った茶毘《だび》がおこなわれて、父親は一片の骨となった。

「あの包みが父の遺骨でございます」初はそっと眼がしらを押えながらつづけた、「その村の人たちはしきりにひき留めてくれましたけれど、わたくしは一日も早く故郷へ帰りたいと存じまして、ふり切るようにして立って来たのでございます」

「それはまことにきのどくなことだ」部将はいたましそうになんどもうなずいたが、「しかし故郷へ帰るのに、どうしてこんなところまで追って来たのか」

「はいそれは」云いかけて娘はしばらく口籠るようすだったが、すぐ思いきったという調子で、「それはあの、助けて頂いた御家来の方にお会い申して、そのときのお礼やら、父の最期《さいご》のもようをお話し申上げたいと存じました、そしてそのうえで、もしおゆるしがかないましたなら、御荷駄のあとに跟《つ》いてゆかせて頂けますようお願い申したいと存じまして……」

陸前までの道は遠く、ましてこの騒ぎのなかを娘ひとりの旅は無謀というよりほかにない、兵たちといっしょなら大丈夫と考えた気持は尤《もっと》もであるし、身の上の哀れさはつよく部将の心をうごかした。けれどもこちらの事情はもっときびしく、危険はさらに大きい、到底むすめの足などでついてゆける道次ではないのである。

「そのときの隊士の名は知っておるのか」

「はい、……三瀬新九郎さまとうかがいました」

「ああ三瀬か」思い当るとみえて部将はふりかえった、「ちょっと三瀬を呼んで来てくれ」

「あれは此処にはおりません」脇《わき》にいた副将が答えた、「相良の尖鋒隊《せんぽうたい》に加わってもう出発いたしました」

そうかと部将は残念そうにうなずいた、娘の初は不安そうにこちらを見あげていた。

「いま聞くとおりだ、その者はもう此処にはいない、尖鋒隊というものに加わってさきへ出発してしまった。またこの人数といっしょにゆきたいとのことだが、われわれは山々谷々の嶮岨《けんそ》な道を突破しなければならぬし、事情は云えぬが絶えず敵につけ覘われている、いつ不意を襲われて合戦になるかも知れないので、とても女の足でついて来られるものではない、新九郎にはおまえが礼に来たことをよく伝えてやるから、夜が明けたら須賀川《すかがわ》へでも下りて、しかるべき人をたのんで故郷へ帰るがよい」

理を尽した部将の言葉に、娘は眼を伏せながらはいと答えた。けれども眉のあたりには心のきまった、確固とした意志の表白があるようにみえた。かの女はしずかに立ち、背負って来た包みの一つを持って戻ると、

「途中でみつけましたので求めてまいりました、皆さまにめしあがって頂こうと存じまして……」そう云いながら包みを解いた、中からは早熟《わせ》のみごとな梨《なし》がころころと転げだした、それを拾い集める娘の手が、ほの暗い燈《ひ》あかりに思いがけないほど白く嬌《なま》めかしくうつしだされてみえた。

明くる早朝、まだ天地の暗いじぶんに、この一隊は北へ向って進発していった。銃隊が先頭になり、槍隊、抜刀隊とつづき、しんがりには荷駄十二頭《こ》という順で、……かれらは暁の濃い霧を押しわけ、山峡のけわしい道を踏んで、樹の間がくれに黙々と遠ざかっていった。部落の人々はながいことそれを見送っていたが、やがて思い思いに散ってしまうと、村長の家から昨夜の娘が道へと出て来た、すっかりと足拵《あしごしら》えをし

て、背中には遺骨の包みを結びつけていた。かの女は笠《かさ》をあげて谷のかなたを見やり、きゅっと唇をひきしめながら、しっかりとした足どりで武者たちのあとを追ってあるきはじめた。

三

小谷弥兵衛は伊達政宗《だてまさむね》の家臣で侍大将をつとめていた、「松皮菱《まつかわびし》の差物」とさえいえば名のとおるもののふで、ことに先駆《さきが》けを戦うのに巧者《こうしゃ》だった。その年六月、徳川家康が会津征討の号令を出すと、伊達政宗はすぐに兵をまとめて帰国の途についた。そして下野のくにへはいると間もなく、小谷弥兵衛に特別の任務をさずけ、百五十人の隊士をつけて先行を命じたのである、特別の任務とは、間道《かんどう》を強行して敵の白石城へ迫り、本軍攻撃のあしばを確保することだった。……常陸《ひたち》の佐竹も磐城の岩城貞隆も敵である、会津はもとより上杉の本領だから、白石へ強行するには阿武隈《あぶくま》山系の峡間の嶮路《けんろ》をゆかなければならなかった。弥兵衛は副将として吉岡小六、相良官兵衛のふたりをきめ、兵糧《ひょうろう》、弾薬を十五駄の馬に積んで出発した。吉岡小六は磐城のくに相馬《そうま》の生れであり、相良官兵衛は岩代の田村の庄の出である、それで二人は交互に尖鋒隊となって道次の案内に立ちつつ、白河の旧関のあたりから山道へとわけ入ったのであった。

季節は夏、道は嶮岨をきわめた。そのうえ夜になって宿営すると、どこから忍び寄って来るのか不意に敵の銃撃をうけた、これはまったく思いがけぬことで、隊士たちは一時かなり昏乱《こんらん》したが、弥兵衛は即座に「応戦してはならぬ」ときびしく命令をだした、「各隊は分散して伏せ斬《き》り込んで来たらひっ包《くる》んで討つ、そうでなければ一弾も応射してはならぬぞ」昏乱しかけた兵はすぐに鎮《しず》まった。夜襲は烈《はげ》しかった、大がかりなものではなかったが、誘い出そうとする戦法があからさまだった。第一夜には兵を五人と馬を一頭やられた、次の泊りは無事だったが、第三夜にはまた兵四人と荷駄を一頭失った。どうして山峡の間道をゆくこの小谷隊を敵が嗅《か》ぎだすのかわからなかった、かれらはまるで見てでもいるように、正確に宿営地へ襲って来てはわずかながら必ずいくらかの損害を与えるのだ。かれらがどうしてこっちの行動を探知するか、それがわからぬ限り防ぐ方法は一つしかない、つまりどこまでも警戒を厳にし損害をできる限り少なくすることだ。弥兵衛は「立番」の定をきびしくした、現今の立哨に当るもので、……ゆるしなくして持場をはなれたる者は理由の如何《いかん》にかかわらず死罪たること、そういう規律をかたく申しわたしたのである。暑熱と嶮路を冒して強行する兵士たちは、宿営地へ着くともうへとへとだった、その疲労しきったからだでなお立番に立つのは、刀を交えて戦うよりも苦しく辛《つら》い、けれどもそれは文字どおり全隊士の生命を預かる役目なのだ、ほんの一瞬のゆだんがどのような損害をまねくかも知れない、「定にそむく者は死罪」という掟は決してきびし過ぎはしなかったのだ。

竹置をしゅったつした小谷隊は、鮫川の上流にあたる谿谷を渉っていった。弥兵衛は道が高くなっているところへ来るたびに、伸びあがってうしろを見かえり見かえりした。……やっぱり跟《つ》いて来る、あるときは黒ずむほどの樹立に蔽《おお》われた急な坂を、あるときは身の丈をぬく夏草にはさまれた蒸されるような埃《ほこり》立つ道を、また樹《き》も草もなく、ぎらぎらと日光のじかに照りつける岩地を、ゆうべの初というあの娘がけんめいにこの隊のあとを追って来るのが見える。列の中へいれてやろうか、弥兵衛はなんどもそう思った、また荷駄の背へ乗せていってやろうかとも、――けれどこの隊の目的の重大さを思うとそれは不可能だった。道のぐあいで、ときどき娘の姿がしばらく見えないことがある、すると弥兵衛はほっとして、ああやっとあきらめたなと思うのだが、間もなく娘はまたあらわれる、背に遺骨の包みを結いつけ、少し前跼《まえかが》みになって、叢林の中から、崖《がけ》のかどから、とぼとぼと、しかしけんめいに追って来るのがみえるのだった。磐城領の宮下という部落で、さきに来ていた相良官兵衛の尖隊と合し、そこで弁当をつかった、四半刻《しはんとき》の足休めである。大きな朴《ほお》の木の下で腰兵粮《こしびょうろう》をひらきながら、弥兵衛は使番をやって三瀬新九郎を呼ばせた。新九郎はすぐに来た、二十四五になる背丈の高いからだで、面長の眼の澄んだ、おとなしそうな顔つきの若者だった。お召しでございますかといってかれが面前へ立ったとき、小谷弥兵衛はうんとうなずいたなり言葉に詰った、棚倉での出来事を訊《き》こうと思って呼んだのだが、いまさらかれに訊くことはないと、また初という娘のことを話したところで若者の心をいたずらに騒がせるだけである、つまり呼んでみてもしかたがなかったのだ。

「三瀬新九郎でございますがなにか御用ですか」

「うん、……そのほう、今日からおれの下へつかぬか、相良へはおれからそう申してやるが」

手もとで遣ってみたいとふと思いついたのでそう云った。新九郎はけげんそうに眼をみはっていたが、

「有難うございますが、できることならこのまま尖隊に置いて頂きたいと存じます」

「おれの下では窮屈とでも思うのか」

「さようなことではございません、ただ尖隊におりますほうが、わたくしにははたらき甲斐《がい》があるように思えますので……」

尖隊は道をしらべ、敵の状況をさぐりつつ本隊を導くのが役目だった、ほねもおれ

るがそれだけやりがいもある、新九郎がそこから離れたがらないのも無理ではないだろう、もともとその場の思いつきで云《い》ったことだから、弥兵衛はそれでもと押しつける気はなかった。ではいいから今のましっかりやれと云い、新九郎の去ってゆくうしろ姿を見送りながら「いい若者だな」と呟《つぶや》いた。まじめな、よごれのない顔つきだし、口の重そうな、いかにも北国人らしい厚みのあるひとがらが温かく印象にのこる。初という娘とその父親を救ったことなどはさして問題ではないけれども、隊士のなかでも誰ひとり知らぬらしいのがゆかしく思えた。……ああいう者がいざというときにめざましくはたらくのだ、白石の合戦には眼をつけていてやろう。弁当をつかいながら、弥兵衛は心たのしくそんなことを思いつづけるのだった。

四

戻って来た新九郎をみると、相良官兵衛が呼びとめて「なんの用だった」と訊いた、新九郎はありのままを答えた。官兵衛は顎骨《あごぼね》の張った眉《まゆ》の太い、唇をいつもへの字なりにひきむすんでいる頑固そうな男で、なにか気にいらぬことがあるとぺっぺっと唾《つば》を吐きちらす癖があった。かれは今もその癖を出しながらひどく気にいらぬげに鼻を鳴らした、

「冗談じゃない、尖隊からおまえを抜かれて堪《たま》るものか、しかしそれで済んだんだな」

「はい元のままでよいことになりました」

「じゃ早く弁当を済ませるがいい、今日はこれから吉岡隊と交代だが道が長いからな」

　新九郎は自分の場所へ戻って腰兵粮をひらいた。そしてかれが麦藁堆《むぎわらやま》の蔭《かげ》へ坐《すわ》ると間もなく、吉岡隊の戸田源七という若者が来て、なにげないようすで、「よく晴れるな」と空を見あげながら云った。青々と晴れあがった空を、まぶしそうに眼を細めて見あげながら、けれどその眼はゆだんなくあたりの人の眼をうかがっている、「行軍には辛くなろうがひと雨ほしいものだ、こう晴れ続きでは堪らない」新九郎は口のなかの物をごくっとのんで、ほとんど聞きとれぬほどの声ですばやく云った。

「……なにごともない、そっちはどうだ」

「……なにごともない」と源七もすばやく答えた、「今日はおれのほうが尖隊だそうだ、なんだかそろそろ尻尾《しっぽ》をつかめそうな気がする」

「なにかそんな緒口《いとぐち》でもあるのか」

「まだなんとも云えないが」そう云って源七は指をぴっと鳴らした、「……しかし、とにかく近いうちにきっと……」

「慎重にやれ、しくじるとそれまでだぞ」

うんとうなずきながら、源七がそ知らぬ顔で元のほうへ去ってゆくと、新九郎はなにごともなかったように弁当をつづけた。……かれが相良隊にとどまりたいと主張したのは、はたらくかいがあるという単純な理由だけではなかった、三度めの宿営地で敵の夜がけをくったときかれはふとある疑いを感じたのである、この隊が白石へ強行することは隠密《おんみつ》で、伊達の本隊でも知っている者は少なかった、しかも山峡《やまかい》の知られざる間道をゆくのだから、よし敵が探り当てたにせよ、かくまで正確に宿営地を襲うことは尋常では不可能な筈《はず》だ。もちろんその点は誰しも不審だったろう、けれども敵地のなかを潜行してゆくという事実がそのくらいの抵抗は予想させたから、損害をできるだけ少なくしようと努めるほかにはあまり関心をもつ者がなかったのである。新九郎はそうではなかった、かれは「内通者」ということを疑ってみた、隊士のなかに敵へ内通し、宿営地のてびきをする者があるのではないか、乱世のことでほかに例のないことではなし、ことに隊士たちは多くこの附近から北へかけての出身である、上杉領にふかい縁故のある者もいよう、そう考えてみると敵の夜襲の正確さがますます疑わしくなる、そこで新九郎はひそかに戸田源七とはかって隊士たちを監視しはじめた。源七は同郷の古い友達で、かれより一歳だけ年長だったが自分では新九郎のひとがらに敬服して兄事していた。二人とも無口な性質で、向き合っていても話などはろくろくせず、口で云うよりも心で語りあうという風だったから、こういう場合にはくだくだしい説明なしにぴたりと気持が合った。……内通者がいるとすれば尖隊の中だ、少数で先行しながら道をしらべ敵状をさぐって本隊を導く、つまり全隊の行動をきめるのだからその中にいるとみていいだろう、二人の意見はそう一致した、さいわい新九郎は相良隊にいたし源七は吉岡隊にいる、両者とも交番に尖隊をつとめるので好都合だ、……どのようなことがあっても他人に悟られるな、かたくそう誓いあって、二人はひそかに監視をつづけて来たのである。源七はいま、「そろそろ尻尾がつかめそうだ」と云った、事実なにかみつけたとすれば要慎《ようじん》のかいがあったというべきだ、新九郎はふと眼をあげて蟬《せみ》しぐれの湧《わ》くような樹々の梢《こずえ》を見やった。

宮下を発した小谷隊はその夜、三笹という部落で宿営した。竹置ではめずらしく夜襲が無かったので、ことによると敵の追蹤《ついしょう》からのがれたかと思い、また今夜こそあぶないぞという気もした。するとはたして午前一時ころになって「夜がけだ」という立番の叫びが聞え、ほとんど同時にごく近いところから敵が銃撃をあびせて来た、こちらはもう数回の経験で馴《な》れているから、全員はすぐ分散してそれぞれ遮蔽物《しゃへいぶつ》のかげへ身を隠したが、敵もまたこっちの応戦しないことをみきわめているとみえ、前へ前へと大胆に進みながら撃ちかけた。いちばん接近したものは火縄を吹くありさまさえ見えたほどである。

「よく飽きもせずに撃ちやがる、やつらは撃てるだけ撃ってはやく荷を軽くしたがっているんだぜ」「鉄砲だけ撃っても突っ込んで来ないところをみるとやつらの刀は錆《さ》びついているに違いない」「上杉ではなくって撃ち過ぎと名を変えるがいい、ぷっ、畜生、おれの髭《ひげ》をかすりあがった」そんな囁《ささや》きがあちらこちらに聞えた。新九郎は古い樫《かし》木の幹にぴったり身をよせかけ、敵のようすと、あたりにひそんでいる味方の者たちとをじっと見まもっていた。今この瞬間にも、敵へなにか合図をしている者があるかも知れないと思ったからだ、銃弾はしばしば樫木を打った、そしてばらばらと樹皮をはね飛ばしたり、幹を抉《えぐ》ってうしろにいる新九郎の頬をかすめたりした。

「これあたまげたなあ」すぐ右がわの堆肥《たいひ》の山のかげで妙な声をあげる者があった、「この騒ぎのなかでおれの頬ぺたを蚊が喰った、よっぽどかつえていたんだなあ」それを聞いてまわりにいた四五人のくすくす笑うこえがした。新九郎も思わず苦笑した。矢内武左衛門という男で、とんでもない時に拍子もないことを云ってよくひとを笑わせる、黒川在の僧家の出だそうだが、合戦になると大胆ふてきなたたかいぶりでいつもぬきんでた手柄をたてる若者だった。そのころから、銃声が左へ移りだした、はじめ敵は正面と右翼へひっしと撃ちかけていたのだが、ようやく左へ左へと移りだし、ときおりどっとさそいの鬨《とき》をあげた、いちどはひそんでいる松林の中から十四五人ばかりとびだして来さえした。銃火の閃光《せんこう》でその姿をみつけた味方の兵たちは、抑えようのない闘志をそそられたとみえていっせいに呻《うめ》きごえをあげた、「出てはいけない」「動くな」そういう戒めの叱咤《しった》がなかったら、おそらくかれらは斬って出たことだろう、敵のようすはあきらかにその機をさそうもののようだった。

その夜の損害は大きかった、兵八名と足軽三名が討死し、ほかに負傷者が十名ほどあった。夜明けのさわやかな光のなかで、死者を荼毘《だび》にする煙がゆらゆらとたちあがるのを見かえりながら、しかしながくは名残りを惜しむいとまもなく、かれらはまた黙々と北へ向ってしゅっぱつした。

## 五

楢葉《ならは》の郡と田村の庄との境にまたがる大竹山は、阿武隈山系のなかでもぬきんでて高く、そのふところには夏井川、木戸川、大滝根川などの深い源流谿谷をいだいている。三笹から夏井の谿流を渡って来た小谷隊は、二日めの昏《く》れがたに、大竹山の両がわの高原にある波山という部落に着いて野営をした。……片方は叢林《そうりん》の密生した山の急な斜面だし、高原の左は段さがりに低くなって、三春郷へ通ずる大越《おおごえ》のあたりまで見とおすことができる、眺望がひろいので、敵襲に備えるには究竟《くっきょう》の場所だった。めずらしく尖隊もいっしょの陣泊りで、晩には鶏が煮られたり、少しずつではあるが酒もくばられた。山へはいって以来はじめての馳走《ちそう》だし、高原の夜の思いがけない涼しさもなにやら拾いものをしたようで、みんな久しぶりに、気持の浮きたつのが感じられた。

「おいみんな、おれたちのあとから若い娘が跟けて来るのを知っているか」ひとりがわずかな量の酒をさもたいせつらしく、舐《な》めるようにして啜《すす》りながらそう云いだすと、「なんだきさま知っていたのか、眼のはやいやつだ」と云う者があり、おれも知っているぞ、おれも見たなどと、四五人がわれがちにその話をはじめ、まだ気づかなかった者はなんだなんだと興ありげに膝《ひざ》を寄せて来た、「えへん」とはじめに話しだした男がきどった咳《せき》をして「年はまず十六か七だろうな、いいから黙って聞け、まるぽちゃでふんわりと棉《わた》の花のように軽そうなからだつきだ、遠山に霞《かすみ》のかかったような眉、山茱萸《やまぐみ》の実をふたつ重ねたようなおん唇、髪は」「烏《からす》の濡《ぬ》れ羽色さ」「黙れ黙れさような通俗なものではない、まずおれの見たてを云えば、おれの見たてを云えばさ」「やっぱり烏の濡れ羽色か」くすくすと抑えつけたような笑いごえがおこった、「冗談はぬきにして、その娘が跟けて来るというのは本当か」「いやに乗りだして来るな、本当だよ、足弱の凬にも堪えぬという身で、山坂いとわず追って来るんだ」「いったい誰を追って来るんだ」「伊五右衛門さまえのう……といってな」「こいつ暑気が頭へきたとみえる」こんどはわっと笑いごえが高くあがった、しかし自分たちの声に自分たちでおどろき、しっと云いあいながら慌《あわ》てて肩をすくめたり口を塞《ふさ》いだりした。いったいどこまで事実なのかと、まじめに問いかけられると誰もたしかだと云える者はなかった、竹置から此処《ここ》へ来るまでにそういう娘を見かけたことは見かけたが、それがおなじ者であるか、はたして小谷隊のあとを追って来るのかどうかはむろん知るよしもない、「阿武隈の狐《きつね》だろう」しまいにはそんなことを云いだす者もあり、やがて話はほかへ移ってしまった。

そのなかまから少しはなれたところで、藁束《わらたば》の上に寝ころんでいた新九郎は、その話を聞きながらふと記憶のどこかにそういう娘のおもかげがひそんでいるように感じた。……誰だったろう、十六か七の年ごろで、自分を追って来るような娘、……なんだかすぐその顔が思いうかびそうだった、故郷の者かしらん、それともかみがたの者かしらん、たしかにそういう娘がいそうに思えるのだが、そしてその声音まで聞えそうなのだが、しかしつきつめて考えると故郷にもかみがたにも、こんな山峡の奥まで自分を追って来るような娘はいる筈がなかった。かれはそっと頭を振りながら、若さというものはこんな些細《ささい》な話にもつまらぬ空想をはたらかせるものだと思って苦笑した。そこへ「涼しい晩だな」と云いながら戸田源七があゆみ寄って来た、かれは新九郎と並んで藁束の上へ仰向きに寝ころび、両手を頭の下に敷いてふかく息をついた。美しく澄みとおった星空が手の届きそうなほどにも低くみえる、薄い綿雲が二つ三つながれているばかりで、きらきらと耀《かがや》く群星をさえぎるものもない。源七は投げ出した足をだるそうに組み直しながら「このあいだのは思い違いだった」と囁いた、それから声を高くして「こうしていると故郷を思いだすなあ」と云った。するとまるでそれに答えるもののように、少しはなれたところからさんざ時雨《しぐれ》をうたいだす者があった。……さんざ時雨か萱野《かやの》の雨か、音もせで来てという、伊達軍の出陣凱陣《がいじん》にうたわれる歌である、さすがに声はひそめているが、三人五人とそれに和す者があり、やがて暗がりのそこ此処から虫の音のわくような合唱になっていった。それはもう凱陣の歌ではなく、やみがたい望郷のおもいだった、敵地をくぐって強行するはりつめた時間から解きはなたれて、身も心もふるさとの山河へはせもどるいっときの詠歎《えいたん》だった。

「こんな晩はこれがさいごだろうな」新九郎がしずかな調子で云いだした、「こういう美しい星空を見ているとおれはきまって思いだす話がひとつある、かみがたにいたとき会った老人から聞いたのだ、老人はもと織田右府公の幕下にいたいわば無名のさむらいだが、長篠《ながしの》の合戦のとき本陣にいて見たことだという、……あのとき甲斐《かい》の武田勝頼の家来に多田新蔵という者がいて、敗戦のとき不幸にも織田軍の手に捕えられ、信長公の本陣へ曳《ひ》かれて来た」

「多田というと多田淡路守《あわじのかみ》のゆかりの者か」

「淡路守の二男だそうだ」新九郎は藁束の上でちょっと身をずらし、星空をじっと見あげながらつづけた、「……信長公は淡路守の子と聞いて、多田ならばおなじ美濃《みの》のくにの出身である、あらためて自分に随身せぬかと云われた、新蔵は黙っていた、信長公はさらに悪源太もいちどは縄にかかった、戦場では捕虜となることも無いためしではない、自分の家来になるなら食禄《しょくろく》も望むほどはとらせよう、そういって熱心に随身するようすすめた、けれどもやはり新蔵は黙っていて答えない、そこで信長はその縄を解いてやれと命じた、警護の士は命ぜられるままに新蔵のいましめを解いた、そのときである……」そこまで云《い》いかけて、ふいに新九郎は身を起こした、向うから自分の名を呼びながら来る者があるのだ、「ちょっといってくる」そう云ってかれは立っていった。

呼びに来たのは使番だった、小谷弥兵衛が用事だという、すぐに宿所へゆくと弥兵衛と吉岡小六が表に出て待っていた。「ああご苦労」と弥兵衛は新九郎の礼をさえぎりながら云った、「実は立番の者が急病でひとり欠けたのだ、気のどくだがそのほう代りに立って貰《もら》いたい」「はい承知いたしました」「ではすぐ支度をして来い」「支度はできております」「そうか、ではこれが番の銃だ」そう云って弥兵衛は火縄の付いた銃をわたし「申すまでもあるまいが立番の掟《おきて》を忘れるな、銃には弾丸一発、敵の夜がけを認めたときのほかは撃ってはならない、いいか」「はい」ご苦労ともういちど云って弥兵衛は宿所へはいった、新九郎はすぐ吉岡小六に案内されて自分の持場へとでかけていった。

かれが番に立った処《ところ》は、この高原の部落から大越へくだる裏道の切通しの上で、松林のあるちょっと広い台地のような場所だった。独りになると、かれは銃の火縄が見えないように脇《わき》へ隠し、細い松の四五本かたまっているところを選んで立番についた。まだそう更《ふ》けてはいない筈なのに、独りになってみると高原の冷える夜気が身にせまるようにも感じられ、そのためか虫の音も心ぼそげで、なんとはなく晩秋のような気がするのだった。そういえば今日ここへ来る途上の崖道《がけみち》で、美しい苔竜胆《こけりんどう》の咲いているのを見た、そのときのあざやかな眼にしみるような紫が、新九郎には今もまざまざと印象にのこっている、……子供のころ山へ茸《きのこ》を採りにゆくとよくあれが咲いていた、そういう回想がなおさら秋のおもいをそそるのであろう、新九郎は松の幹にもたれかかって、しずかに星のまたたく空を見あげるのだった。

一刻《とき》ほども経《た》ったであろうか、部落のほうから人の足音が聞えて来たので、かれはすぐ道のそばまで出ていった。足音はずんずん近づいて来る、かれは銃を持ち直して誰何《すいか》した、部将の見まわりだとは思ったがそれが立番の役目なのだ、相手はすぐ「おれだ」と云いながらこちらへ寄って来た、相良官兵衛だった。かれはがんどう提燈《ちょうちん》をさし向けながら「なんだ三瀬か」と云った。

「そのほう今夜が立番に当るのか」

「はい急病人が出ましたそうで代役を仰《おお》せつかりました」

「それはご苦労だな、しっかりたのむぞ」

そう云って官兵衛はゆこうとしたが、ふとなにか思いだしたというようにふり返った、そしてめずらしくうちとけた調子で云った。

「そのほうの勤めぶりはおれがよくみている、人のいるところで云えることではないが、折があったら身の立つように推挙するつもりだ、白石へ着くまでの辛抱だと思ってもうしばらくがんばってくれ、わかったな」

新九郎は黙っていた、そういう言葉には答えようがなかったのである。官兵衛はなおなにか云いたげだったが、ひょいと片手を振ってそのまま向うへたち去ってしまった。……なぜあんなことを云うのだろう、新九郎は元の位置へ戻りながらそう呟《つぶや》いた、つい先日は部将の小谷弥兵衛から自分の下へ来ないかと云われたし、今また副将の相良官兵衛からそういう特別な言葉をかけられる、自分では決してそんな勤めぶりはしないつもりだった、ぬきんでて上役の眼につくような勤めは偽りである、そう信じて日常を慎んできたのに、二人からおなじような贔負《ひいき》を受けるのは心外だった。……やはりおれのどこかに純粋でないものがあるのかも知れない、これはよくよく注意しないといけないぞ。そう反省しながら、ふとかれはびっくりしたように切通しのほうへふり返った。

——相良どのが切通しをおりてゆく。

新九郎は思わず銃をとり直した。

## 六

相良官兵衛は切通しをおりていった。新九郎はおのれを反省しながら、その耳は無意識のうちに官兵衛の足音を追っていたのだ、夜露に湿った道を草鞋《わらじ》でゆくのだから、聞えるほどの足音はない筈《はず》だった、新九郎がそれを聞きとめたのは「勘」である、そしてその勘がたしかだとみるなり、かれはなかば反射的に銃をとり直して台地の斜面をすべりおりた。

下は段畑になっていた、かれは星あかりをたよりに、物音をしのばせながら下へ下へとおりていった。瓜畑《うりばたけ》があった、番小屋のような小さな建物があり、一段さがったところに水車が廻っていた、落ちてゆく水はそのまま田へひくのであろう、石で畳んだ堰《せき》へとまっすぐにはしっている、堰についてくだり、かなりな高さの堤をとびおりると桑畑だった、そこからはすぐ左がわに切通しから曲ってくる坂道が見える、新九郎は桑畑のなかに踞《かが》んで、息をひそめながらじっと坂道を見まもった。……なんのために官兵衛のあとを跟《つ》けるか、かれはあらためて自分にたしかめる要はなかった、たとえ相手が誰であろうともこんな時刻に宿所をはなれるのは不審である、それだけでかれは自分のとるべき態度をきめた、そのことの結果がどうなるかは問題ではない、全隊士のために「内通者をつきとめる」ただそれだけでよいのだ、そのほかのことは八幡《はちまん》、どうあろうとも神のしろしめすままである。

ひたひたと、湿った土を踏む足音が近づいて来た、坂道の片がわに楢の並木がつづいている、ときどきがんどう提燈の光がちらちらと樹《き》の間に動いた、足音は新九郎の正面をとおって右へゆく、並木の出はずれた道は、すぐにみっしり枝葉をさし交わした藪《やぶ》のなかへはいる、足音がその藪のなかへ消えてゆくのを待って、新九郎は桑畑からそっとぬけだした。そして道へあがって藪の入りくちまでいったが、すぐにうしろへさっと身をひいた、闇《やみ》のなかのついそこで人のけはいが感じられたのだ、かれは道の脇へひそんでじっと耳をすました、息詰まるような瞬間だった、暗がりで人の姿はまったく見えないが、ひと言ふた言なにやら囁《ささや》きあうのが微《かす》かに聞えた、そしてすぐに足音の一つは向うへ去り、一つはこちらへ戻って来る、新九郎は身を踞めてそれをやり過した。

戻って来たのはまぎれもなく相良官兵衛だった、かれは新九郎のすぐ眼の前をとおって、坂のほうへと大股《おおまた》に登っていった。新九郎はそこへ銃を置き、足音をしのばせてうしろからしずかに追いついた、

「お待ち下さい」

とつぜんうしろから呼びかけられて、官兵衛はあっと叫びながらふり返った、新九郎はその驚愕《きょうがく》の真向を叩《たた》くように、ずかずかとあゆみ寄りながら云った。

「三瀬新九郎です、いまの始終を見ていました」

「……なに、なに」

「すっかり見ていたんです、ご弁明がありますか」

それは念のためのたしかめだった、しかしその言葉が終らぬうち、官兵衛はいきなりがんどう提燈を投げつけ、するどく叫びながら抜き討ちをあびせかけた。もちろん期したことである、というよりもむしろそれは事実がたしかめられた証拠だった、――まちがいない、という確信はそのまま「斬《き》る」という決意につながった、官兵衛の抜き討ちを躱《かわ》しもせず、新九郎は踏みこんでちからいっぱい大剣を打ちおろした。ものを吐くような喚《わめ》きごえと、強い手ごたえがあり、官兵衛は道の上へだっとのめった、新九郎はさらにその頸《くび》の根へ一刀いれてうしろへとび退《すさ》った。……官兵衛は起きあがろうとして二度ばかり頭をあげたが、間もなく大きく溜息《ためいき》のような呼吸をして、動かなくなった。

新九郎はそれでもなおしばらくようすを見ていたが、やがて大剣を押しぬぐって鞘《さや》へおさめ、元のところへ戻って銃を取って来た。それから死体をひき起こしてふところをさぐった、あまり話ごえが聞えなかったところをみると密書でもとり交わしたに違いない、そう思ったのである。ふところにはなにも無かった、燧袋《ひうちぶくろ》をあけてみた、腹巻も解いてみた、そしてようやく、武者鉢巻の下から小さく折り畳んだ紙きれをみつけだした、しずかにひろげてみると、ごく薄く漉《す》いた紙になにか書いてある、新九郎は銃の火縄をとり、その火を押し当てるようにして書いてあるものを検《あらた》めた。それは大竹山から天王山までの道次を書き、宿営地と思えるところに朱を入れた図面だった、しかもその余白に註《ちゅう》して、相馬利胤《としたね》の部将近藤主膳が兵五百騎をもって常葉口《ときわぐち》に伏せているということが記してある、常葉口といえば此処から三里ほどさきの谷合で、もちろん明日の道次に当っている、「危ないところだった」と新九郎は肌寒くなる気持で呟いた。紙片をふところへ入れて立ちあがったかれは、すぐに官兵衛の死体を担《かつ》ぎあげ、右がわの叢林《そうりん》へわけ入って百歩ばかり奥の笹簇《ささむら》の中へ隠して戻った、道の上にとび散った血潮のあとを踏み消し、落ちている死者の持物を桑畑の中へ投げこみ、すっかりあとを片づけると、はじめて銃を取って坂道をおのれの持場へと馳《か》け登っていった。滑りやすい坂を登りつめて、松林のほうへ曲ろうとしたときである、いきなり闇のなかから「待て、なに者だ」と叫んで、がんどう提燈を真向へさしつけられた。とつぜんでもあったし息もつかずに馳けあがって来たので、かれにはすぐ返答ができなかった。誰何したのは小谷弥兵衛だった、うしろには吉岡小六がいた、「おまえは三瀬新九郎だな」弥兵衛はあゆみ寄りながら云った、「どこへいっていた、おまえは立番ではなかったのか」

「立番でございました」

「立番には掟がある、知っているか」

「はい」新九郎は姿勢を直して云った、「ゆるしなくして持場を離れたる者は、仔細《しさい》を問わず死罪たるべきこと」

弥兵衛は聞き終るなりくるりと踵《くびす》をかえし、うしろにいた吉岡小六に向ってはっきりと云った、

「三瀬新九郎は掟にそむいた、帯刀をとって宿所へ曳け」

## 七

戸田源七がはなしを聞いたのは三更を過ぎてからだった。かれはすぐ宿所へ馳けつけた、吉岡小六は行燈《あんどん》のそばでなにか書き記しているところだったが、源七をみると黙って自分の前にある席をさし示した。いったいどうしたのですかという源七の質問に対して、それはむしろおれのほうで知りたいことだと小六は答えた。

「お旗がしらといっしょに見まわりにいったらかれがいない、用でも足しにいったかと声をかけたが返事がないのだ。あれに限って掟にそむくようなことはない筈だ、お旗がしらもそう云われた、すると四半刻も待ったろうか、やがてかれが切通しを馳け

登って帰って来たのだ」

「なにか申しませんでしたか、出ていった理由は云わなかったのですか」

「此処《ここ》へつれて来てから、お旗がしらとおれで繰り返し訊問《じんもん》した、けれども頑として理由を云わない。掟にそむきました、御法どおりに願います、……その一点ばりだった、どうしようもないのだ」

「ではやはり、死罪でございますか」

「明け七つがその刻限だ」

小六はそう云いながら、今まで書いていたものの上へ眼をやった、それはやがて新九郎の死罪に当って読むべき申渡し状だった。源七はしばらく黙っていたが、やがて面をあげながら「お願いがございます」と云った、「わたくしと三瀬とは幼少からの友でございました、ことに宵のうちかれから聞きかけた話がございます、今生《こんじょう》の別れに話の残りを聞きたいと存じますが、おゆるし願えませんでしょうか」小六はそっと襖《ふすま》のかなたへ眼をやった、そこにはおそらく小谷弥兵衛が寝ているのであろう、小六はその寝息を窺《うかが》っているようすだったが、やがてうなずいて云った、「……向うの隠居所にいる、番士にはおれがゆるしたと申せ」「ありがとうございます」源七はうしろから追われるように宿所を出ていった。

その建物は庭はずれにあった。うしろは古い樫木《かしのき》を隔てて崖にのぞみ、左右はあばら竹と小松の植込になっている、ささやかではあるがいかにも旧家の隠居所という感じだった。源七は表に立っている二人の番士にゆるしを得たということを伝えて家の中へはいった。なかは八畳ほどのひと間きりで、新九郎はいま水髪《みずがみ》にゆい直したばかりの頭を撫《な》でていた、煤《すす》けた行燈の光がゆらゆらと揺れながら、片ほうの壁に大きくかれの影をうつしていた。

「さっきの話が中途だった」源七はそう云いながらあがった、「それで番がしらにおゆるしを得て来た、話の残りを聞かしてくれ」

「話の残り、ああ多田新蔵のことか」新九郎はにっと微笑した、「そうだった、あれが途中できれたままだったな……」

源七はむずと坐《すわ》りながら新九郎の眼をみまもった。新九郎はちらと戸口を見た、二人の番士はどうやら庭のかなたへ去ったようである、おそらくは旧友の別れの邪魔をしたくないというつもりであろう、新九郎は「こちらへ」と源七を眼で招きながら、ふところから先刻の紙片をとりだした。

「これは密書だな」源七はひらいて見て眼をみはった、「では内通者をつきとめたのか」

「つきとめた、それをよく見てくれ、此処から天王山までの道筋と宿営する場所が書いてある、朱を入れてあるのがそうだ、つまり宿営地は敵がきめていた、われわれは敵がきめた場所へ陣泊りをしていたんだ、これでは夜がけは思うままだし、むしろ損害の少なかったのがふしぎなくらいだ」

「なに者なんだ、その内通者は誰だ」

「それは云《い》えない、いずれはわかるだろうがおれの口からは云えない、だが心配しなくてもいい、そいつはおれが斬った」

そう云ってかれは自分の右手をじっと見た、源七はいろいろな感情がつきあげてきて、しばらくはなにも云えなかった。いま眼の前にいる友は間もなく死罪になるのだ、おなじ故郷に生れおなじ風雪のなかで育ってきた、いくたび共に戦塵《せんじん》を浴びたことだろう、いくたびいっしょに生死の境をくぐったことだろう、その友がいま首の座に直ろうとしている、しかもその罪は罪と呼ぶことのできぬものだ、むしろ全隊士の生命を危険から救った功名でさえある、これをむざむざ死罪にしていいだろうか、

「おれはそう思うのだが……」源七は眼を伏せたまま云いだした、「事情をすっかり話すべきだと思うのだが、どうだろう、……掟《おきて》はたしかに掟だ、けれどもこんどの場合は違う、内通者をみいだして斬ったということは全隊士の安全をまもったので、つ

きつめて云えば立番をする根元を断ったのだ、ここで死罪になる法はない、おれは不承知だ」

「しかしそれでどうなる、事情を話したらどうなるんだ」

「少なくとも死罪にはならぬ筈だ」

「そうかも知れない、だが死罪をまぬがれたとして、さてどうなるんだ」新九郎はじっと友の顔を見た、それからしずかにかぶりを振ってつづけた、「死ぬことなど問題ではない、肝心なのはどう生きるかだ、おれは生きた、こうと信ずることを為遂《なしと》げたんだ、仔細を問わず死罪だという、軍の掟を枉《ま》げてまで、命を助かろうとは思わないよ」

しずかなこえだったが動かしがたい決意がこもっていた。まさしく、かれにはもういささかの未練もなかった、掟にそむいて罪死するという不名誉も他人からみてのことで、自分がなにをしたかは自分がいちばんよく知っている、真実さえたしかなら死の名目などは末の末だ、……おれは生きた、そういう確信をもって死ねるだけでも、もののふと生れたかいがあったというべきである。

「その詰を忘れてはいけないぞ」新九郎はふたたび指を密書の上へ置いた、「この常葉口には相馬軍の伏兵がいる、此処からさきの陣泊りは、この図面に印してある場所を避けるんだ、わかったな、それから……これは預けて置くから、おれの始末が済んだらお旗がしらにさしだしてくれ、そのまえにはいけない、かたく約束したぞ」

源七は答えなかった、わたされた紙片をふところへおさめながら、堪《たま》りかねたようにくくと噎《むせ》びあげた。新九郎はちょっと眼を閉じ、遠くのもの音を聞きすましでもするように、しばらく息をひそめていたが、間もなく低い呟《つぶや》くようなこえで話しだした。

「その縄を解いてやれという信長公の命をきいて、警護の士がそばへあゆみ寄り、多田新蔵のいましめを解き放した。……そのときだった、新蔵はがばとはね起きると、かたわらに有りあう槍《やり》をとり、ずぶずぶと四五人、まわりにいた織田家の士を眼にもとまらず突き伏せた。すさまじい早技だった、織田家の人々はあっといって瞬時そこへ立ち竦《すく》んだ、それからはじめて抜き合せ、……四方からとり詰めて、ようやく新蔵を討ち止めたという」

そこまで云いかけたとき、新九郎の閉じた目蓋《まぶた》を縫ってふっと涙が溢《あふ》れ出た。

「老人から聞いた話はそれだけだ、おれはこの話を思いだすたびに泣ける、これをよく味わってくれ源七、ただあたりまえに聞きながしてはいけない、ここにもののふの精髄があるんだ、おのれの名も命もない、どんな窮地に立ってもさいごまで闘いぬく、この心をよく味わってくれ、……それにくらべれば、おれの死などはめぐまれているよ」

夏の夜は明けるにはやく、いつか障子が仄《ほの》かに白みだしていた、新九郎はそっと涙をぬぐい、手を伸ばして行燈の火を消した、それからしずかに立ちあがって障子をあけた。……すぐ前にある樫木もおぼろに、崖《がけ》のかなたはいちめんの濃霧だった、それであけた障子の間から煙のようにその霧が巻きこんで来た。

「来てみろ源七、おまえの好きなすばらしい霧だぞ」

## 八

ふしぎな一夜だった。

隊士のなかでも精兵とみられた若者が掟にそむいて死罪におこなわれたし、副将のひとり相良官兵衛がゆくえ知れずになった。どこへいったかもわからないし、夜が明けても戻って来なかった、手わけをして附近を捜したけれども、まるで消えてしまったように踪跡《そうせき》がない、さきを急ぐ小谷隊はそれ以上そこに留《とど》まってはいられないので、時刻よりは少しおくれたが、北へ向って進発した。銃隊を先頭に、槍組、抜刀隊とつづき、そのあとから足軽たちが荷駄を曳《ひ》いて、土埃《つちぼこり》をあげながら遠ざかっていった。

その小さな部落は、かくてまた元のようにひっそりとなり、高原の乾いた道の上には、ときおり吹き過ぎる微風がくるくると埃の渦を巻きあげていた。小谷隊が去ってから一刻《とき》ほども経《た》って、その乾いた道をひとりの娘がその部落へはいって来た。背中に包みをゆいつけて、笠《かさ》も着物も埃まみれになって、……草鞋《わらじ》の緒にでも食われたのであろう、右足を少しひきずるようにしてとぼとぼとあるいて来た。そうして村はずれへさしかかると、そこに遊んでいた四五人の子供たちに呼びかけた。

「おまえさんたち、此処をたくさんのおさむらいが通ったのをお見でなかったかえ」

「通ったんじゃないよ」子供たちのひとりが不平そうに答えた、「おさむらいさんたちは此処で泊ったんだよ、おらの家なんかいちばんえらい人が泊ったんだぜ、なあ」

「そうだ、二人もだなあ、兄やん」

娘はそうと云って微笑した。

「それでその方たちはもうごしゅったつなすったの」

「ああいっちまったよ、いくとき家へ泊ったえらい人がおらに銭をくれたっけ、でもお祖父《じい》さんが銭を持ってちゃいけないって取りあげられちゃった。それで、うん、もういっちまったよ」

「兄やん」その弟とみえる幼い子が云った、「家へ泊ったえらい人はお寺さまへも銭をくれていったじゃないか、兄やんにくれたよりもどっさりさ」

「おまえ知らないんだ、あれはくれたんじゃないんだよ」

「くれたんじゃねえ」そばにいたべつの子が舌たるい調子で説明した、「お寺さんへはくれたんじゃねえよ、あれは死んだおさむらいの墓の……お墓の……なあみんな」

「そうだお墓のあれだよ、お墓の、おとむらいの銭だよ、父《と》うがそ云ってたから」

なにげなく聞いていた娘はそこではっとしたようだった、「死んだおさむらいとはどうしたのか、病気で亡《な》くなったのか」そうせきこんでたずねた。子供たちはよく知らないとみえて、娘のせきこんだ問いには誰もはっきりとは答えられなかった。

「どうしてだか知らないよ、朝はやく大勢のおさむらいが集まってた、そしてそのあとでみたら墓ができてたんだ、誰も知りやしない、そしてみんないっちまったんだよ」

「その墓はそこに見えてるよ」

そう云ってひとりの女の子が道の左がわを指さした。そこは桑畑にはさまれて、かなり広く夏草の生い繁《しげ》った原になっている、道から五十歩ばかりはいった原のなかに、ひとところ土が掘り返されて、新墓と思えるものができていた。娘はそれを見ると「ではちょっと拝んでいきましょうね」と云って原のなかへはいっていった。……二尺あまり盛りあげた土の上に、表へただ名号だけ書いて、ほとけのぬしの名のない小さな墓標が立っている、娘はあたりに咲いている夏草の花を手折《たお》ってその墓に供え、しずかに膝《ひざ》まずいて合掌した。

「あの方ではないでしょうけれど、あの方とごいっしょにいらしった方ですのね、どうぞ成仏《じょうぶつ》あそばしますように……」

かなりながいあいだ、口のうちで唱名念仏していたが、やがて娘は立ちあがって膝をはたき、そっと目礼をして道へ出た。子供たちは興を失ったものか、もう向うのほうで蜻蛉《とんぼ》を追うのに夢中である。娘は背負った包みの結びめを直し、いかにも痛そうに右足をひきながら、ふたたびとぼとぼと北へ向ってあるきだした。小谷隊のあとを追って、……そのたより無げな足どりをせきたてるように、ときおり道から埃を巻きたてる風が、草原のなかにある墓をも吹きはらっていた、娘の供えたのは夏草の名もなき花である、それがなんと似つかわしかったことだろうか、墓のあるじもついにおのれの名は立てなかったのだから。……一年と経たぬうちに墓標は倒れるであろう、盛りあげた土はすぐ崩れるに違いない、しばらくすれば元のように夏草が生い繁って、そこに墓のあったことさえ忘れられてしまう、だが、そうしてすべてが無くなっても、そこに死んだ三瀬新九郎のたましいだけは無くなりはしないのだ、新九郎にはかぎらない、どれほど多くのもののふが夏草の下にうもれたことだろう、その人々は名も遺《のこ》らず、伝記もつたわらない、かつてあったかたちはあとかたもなく消えてしまう、だがそのたましいは消えはしない、われらの血のなかに生きている、われらの血のつづくかぎり生きているのだ。

夏の日はようやく大竹山の樹々《きぎ》の上にたかくなった。

（「講談雑誌」昭和十八年三月号）

# さるすべり

一

「かねて御推量もございましたろうか、治部少輔《じぶしょうゆう》（石田三成）こと、上方《かみがた》において挙兵をつかまつり、伏見はすでに落城と申すことでござります」おどろくべき言葉を耳にして、思わず起きあがろうとしたが、あやうく自分のいる位置に気づき、浜田治部介《はまだじぶのすけ》は息をころしてじっとしていた。衝立屏風《ついたてびょうぶ》の向うでは使者がつづけて云《い》う、「急報によって内府（徳川家康）には小山の陣をはらい、江戸へ帰城とあいさだめましたが、こなた少将（伊達政宗《だてまさむね》）どの御所存はいかがにございましょうや、もっとも御妻子は大阪おもてに質としてござあることゆえ、いちがいにお味方のあいなりがたき次第も、人情しかるべしと内府存じよりにございます」

「中途ながらその御趣意はしばらく」政宗がよくとおるこえで使者の口上をさえぎった、「内府さま御恩顧はまさむね夢寐《むび》にも忘れ申さぬ、たとえ妻子を質としこれを焚《やき》殺《ころ》さるるとも、神明に誓って内府さまへのお味方に変心はおざらぬ、この儀はしかと申上げておきます」「お言葉ねんごろには存じまするが、御老臣がたともよくよく御談合あそばされませんでは」「政宗存じよりに反《そむ》く家来はいちにんもおり申さぬ、御念におよばず内府さま御采配《ごさいはい》を承りましょう」

使者は押しかえして老臣との会議をもとめた、政宗は一存の動かざることを誓いぬいた。くどいと思われるほどのやりとりがあって、それならばと使者はかたちを正し、家康の軍令を伝えた。

「少将さまにはすみやかに白石城をひきはらい、岩手沢（陸前《りくぜん》玉造郡）に陣をととのえて会津を御牽制《ごけんせい》なさるべしとのことにございます」「白石より退却せよと仰《おお》せあるか」政宗は意外なことを聞くというように、ややこえをはげまして反問した。

徳川家康が会津征伐の令を発したのは慶長五年六月のことだった。伊達政宗はすぐに大阪を立って奥へくだり、七月十二日に陸前のくに名取《なとり》郡の北目《きため》城へはいった。本城は岩手沢にあるのだが、それより遥《はる》かに挺進《ていしん》して陣をしいたのは、はやく敵地を侵して戦果を大にするためで、すなわち時を移さず白石城へ攻めかかった。白石城は上杉氏の北辺のまもりとして最前線であり、甘粕景継《あまかすかげつぐ》を将とし精兵すぐって守備に当っていたが、伊達軍の巧妙な戦法にもろくも潰《つい》え、七月二十五日ついに開城した。この白石攻略には二つの意義があった、それは上杉氏の前線拠点の破砕と、旧領の回復とである、つまり白石城のある刈田《かった》郡と、その附近の信夫《しのぶ》、伊達などの諸郡は数年まえまで政宗の領地だったのだ。この二つの意義をもつ白石から撤退せよという、政宗にとって意外でもあり不満でもあるのは当然のことだった。

「前進せよとの御采配なれば」とかれは云った、「全軍の命を賭《と》してもつかまつるが、退却せよとの仰せは憚《はばか》りながら御無理かと思われる」「その御挨拶《あいさつ》はごもっともでございますが」しかしと云って使者は膝《ひざ》を正した。

石田三成の挙兵は会津の上杉景勝とかたい連繋《れんけい》のうえにある、徳川本軍が会津征討の陣を解いてかみがたへ向えば、上杉勢はそれを追尾して石田軍と挟撃《きょうげき》の策にでるのはわかっている。そこで伊達軍がいったん本城へ退き、城備をかためて待機すれば、上杉はこれを無視して動くことはできない。もし伊達軍が敵地である白石城にとどまって上杉の総攻撃をうけるとする、勝敗は時の運で、もしも敗軍におちいった場合には、徳川軍の背後は裸になってしまうのだ。したがって上杉氏を会津へくぎづけにして置くためには、伊達軍を安全な位置にさげ、いつでもうって出るぞというにらみをきかしていなければならない。

「これは小山の帷幄《いあく》においてくりかえし討議された軍配でございます、お味方の御誓言にあやまりなしとなれば、この軍配にも御違背なしというかたきお約定《やくじょう》をねがいます」否応《いやおう》なしという意味を含めて使者はその口上を終った。政宗は低くうめきながら、かなりながいこと思案していた、いかにも不本意のようすだったが、やがて心を決めたとみえ、撤退することを承知した。「よろしゅうおざる、たしかに白石より退軍つかまつりましょう」「御退陣くださるか」おおと肩の荷をおろしたような使者の太息《といき》が、衝立屏風のかげまではっきりと聞えた。

二

政宗と使者とが去るとしばらくして、浜田治部介がようやく衝立屏風のかげから出てきた。肩幅のひろい筋肉質の逞《たくま》しいからだで、眉尻《まゆじり》の少しさがったおっとりとした顔だちである。年は二十七歳になり、政宗のはたもとで物頭をつとめている。かれは午睡《ひるね》をしていたのであった、そこは白石城本丸にある屋形のひと間で、これまでほとんど使われたことがないし、裏庭からつめたい山風が吹きとおるので、ときどきやってきては午睡をした、ところが今日はとつぜんしゅくん政宗がはいって来たのである。衝立屏風のかげにいたので気がつかなかったのであろう、こちらも気がついたときはもうおそかった、そして思いもよらぬ密談を聴くはめになってしまったのだ。額にふき出ている汗を押しぬぐいながら、かれは渡り廊下から遠侍《とおざむらい》のほうへ出ていった。そのようすにはもう重大な秘事をもれ聞いたというけぶりは微塵《みじん》もなかった、かれはふだんから無口で、動作もいずれかというと重たく、おくに言葉でいうと「はっきとせぬ」風貌《ふうぼう》をもっていた。またこれまで数度の合戦にのぞんでもさしてめざましい功名があったわけでもなかったが、どこかにひとをひきつけるところがあるとみえ、上からも下からもたのもしがられていた。

「ああ御物頭」廊下を走って来た若ざむらいがいかにも嬉《うれ》しそうな声で呼びかけた、「岩手沢から行李《こうり》がとどきました、いま荷おろしをしております」「そうか、それはよかったな」「すぐにおいで下さい」そう云ってなおほかへ知らせにゆく若ざむらいとわかれ、治部介はいそぎ足に二の曲輪《くるわ》へと出ていった。

そこではいま大手のほうから荷を運びこんでいるところで、人足たちのえいえいというかけ声が城壁にいきおいよく響いていた、あっちからもこっちからも、聞き伝えた兵たちが馳《か》けて来ては、人足の列の両がわに群れをなした。ずいぶん待たれた行李だった、大阪を夏のはじめに出て、季節はいま秋を迎えようとしている、将も兵も身のまわりの品々をとり替えなければならない、武器ものの具も補充しなければならない、そして本城から届く行李にはこれらのほかに故郷のたよりがある、兵たちにとってはことにそのたよりがなにより待たれるものだった、そしていま、かれらはその行李を眼の前に見ているのだ。

「待て待て、荷おろしを待て」兵の群れを押しわけて、そう叫びながら治部介が前へ出てきた、「まだ荷をおろしてはいけない、おろしたものはそこへ置け、荷駄や車に附けてある分はそのままでしばらく待て」「それはどういうわけですか」勘定奉行手附の若ざむらいが走って来た。

「べつに仔細《しさい》はないけれども、上からお指図のないうちに荷おろしをしてはいけないと思う、少し待つほうがよいだろう」

「仰せですが行李が着けばお指図がなくとも荷おろしだけは致すのがしきたりです」

「しきたりは定法《じょうほう》ではない、到着したものは到着したものなんだから、そうせかせかしなくともよいだろう、とにかく少し待て」

人足たちの列はもう止っていた、あたりがにわかにひっそりとなり、そのしじまを待っていたもののように「組へ集まれ」の竹法螺《たけぼら》が鳴りだした。時ならぬ合図なのでみんな少しいろめきたった、どうしたのだ、前進か、敵か、そんなことを云い交わしながらそれぞれの部署へと走っていった。治部介は散ってゆく兵たちのあとから、いつものゆっくりした足どりで本丸へ登ってゆくと、向うからさっき廊下で会った若ざむらいが走《は》せおりて来るのとであった、「ああ御物頭」「どうした」「残念ながら行李は送りもどしです、いったいどうしたんでしょう、わけがわかりません、送りもどしです、いそぎますからこれで」かれはそう叫びながら、汗まみれになって馳けおりていった。本丸の巽曲輪《たつみぐるわ》が治部介の持場だった、そこにはすでにかれの五人の家士が、隊士百五十人を集めて待っていた。かれは点呼をしてから詰所へのぼった、そこには同僚の物頭たちが寄ってざわざわしていたが、治部介は腰をおろすひまもなかった、お召しという知らせが来たからである、かれは扈従《こじゅう》の者について本丸櫓《ほんまるやぐら》へのぼった。

待っていたのは、主君政宗と片倉景綱のふたりであった。扈従の者もすぐにさがり、人ばらいのようすにみえた、「このたび仔細あってわれら岩手沢へ帰陣することにきまった」政宗がみずから云った、「それについて、この白石の城をそのほうに預ける、全軍退城のくばりで兵は残せない、手まわり五十騎でまもるのだ、ただし北目に片倉を置く手はずだから、会津より反攻してまいった節は知らせしだいに援兵を出す、決してみごろしにはせぬがどうだ」平伏したまま治部介はしばらくなんの答えもなかった。

三

あまり返辞がないので、景綱がたまりかねて促そうとしたとき、ようやく治部介はおもてをあげて云った、「お人も多いなかでかような大役を仰せつけられ、このうえの面目はございません、なれども若輩者のことでございますから、然《しか》るべき城代を上にいただき、わたくしはその手足となってはたらきとう存じます」

「申し分はもっともであるがこの場合はそのほういちにんにかぎるのだ、そのほうにすべての方寸をまかせるから受けい」

殿には殿のおぼしめしがあるのだと、景綱もそばから言葉を添えた、これよりまえ白石退城ときまって、さて誰をこの捨て城に残すかという相談になったとき、片倉景綱がすぐさま浜田治部介を推した。徳川本陣の軍令だから撤退に異存はなかったが、いちど攻め取った白石城をまるまる明けわたすのも意地がゆるさなかった。撤退の軍令にそむかず、しかも城をまもりたい、そういう微妙な立場にはまる人物はほかにない、治部介ならと景綱は信じて推したのである、政宗もかねて眼をつけていたのですぐにきまり、治部介がなんと云おうともう人選をあらためる意は少しもなかったのだ。

治部介はようやく承知した。

「おめがねどおりお役がはたせますや否《いな》やわかりません、ただ身命の続くかぎりはたらきます」

「それでよい」政宗も景綱もほっとしたようすだった、「預かるについてなにか望みがあるか」

「手まわり五十騎をわたくし自身に選ばさせて頂きとうございます、そのほかに望みはございません」ゆるしを得て巽曲輪へもどったかれは、家士のうち半沢市十郎、多紀勘兵衛、比野五郎兵衛の三人をよびだし、隊士のなかで強情者と名のある二男三男の者を選《えら》みだせと命じた。かれらはすぐ十二人選んできた、治部介はさらにその十二人にむかって云った、「おまえたちがどうでも死地に就かなければならぬとき、これならいっしょに連れてゆけるという者を三人ずつ選んで来い」十二人の者は命ぜられたとおりおのおの三人ずつ連れてもどって来た。これは浜田の家士のうち三名を加えた五十一人が残る人数である、治部介は本軍がここから撤退すること、そのあとをうけてこれだけで城をまもる任務を告げ、人名を書きあげさせてふたたび本丸櫓へあがった。

その日（八月十一日）のうちに伊達軍は白石城をたちのいた。岩手沢まで後退したともいい、北目城にいたともいう、とにかく北目に片倉景綱がかなりの軍勢を持ってとどまったことは事実で、白石城とのあいだに約十七里、敵反攻の知らせのありしだい援軍を出すかまえをとっていた。……城には鉄砲百挺《ちょう》、弾丸、弓箭《ゆみや》など余るほど残された、兵糧《ひょうろう》もたっぷりあった、まず五六十日の籠城《ろうじょう》には充分である、治部介は本軍の退去を送りだすと、みんなを本丸櫓の一重に集め、「きょう着いた行李の中からここへ残った者の分はとりわけられてある、いま分配するから、受取った者はさがって休むがよい」そう云って家士たちに分配を命じた。

家族の心のこもった肌着や下帯や胴着や、こまごました日用品の数々のほかに、手紙などが出てくると割れるようなよろこびの声があがった。治部介には妻からの手紙が届いていた、かれは独りになってからそれをひらいて読んだ。白石の勝いくさなにより祝着に存じ奉《たてまつ》りそろという書きだしの短いものだったが、そのなかで一子小次郎のことを書いたくだりにはさすがに胸が熱くなった。小次郎はもう七歳になり、ひどく活潑《かっぱつ》でなかまの大将になってはいくさ遊びをしたがる、また城下の荒雄《あらお》川で魚を突くことを覚え、自分で簎《やす》などを作り巧みに水をくぐって時には四五十尾も魚をあげてくることがある。そんなことが簡単にではあるがかなりいきいきと記してあった、そしてその末尾に、「わたくしこと女ども二十余人の宰領して行李と共に北目までまかり越え、お曲輪うちにてこの文したため申しそろ。なお三十日ほどは当地にて御陣の端下つとめ申すべきはずにござ候《そうら》えども、おめもじの折などかまえてあるまじくと存じまいらせそろ」そう結んであった、「奈保」というやさしい署名をみながら、治部介はそう書いている妻の心が思いやられた。「そうか、北目へ来ているのか」戦場の位置によっては、炊飯とか洗濯とか修理物とか、または傷兵の世話などをするために婦人たちの出ることがよくある、妻もおそらくそういう役目で行李といっしょに来たのであろう、そして三十日ほど北目城に滞在するという、「おめもじの折などあるまじくと存じまいらせそろ」と書いたのは、万一にも会えたらという気持を自分で否ときめつけているようで微笑《ほほえ》ましかった。「一年あまり会わぬからな」そう呟《つぶや》きながら、治部介はしずかに手紙を巻きおさめた。

## 四

残暑のひどい日が続いた。兵たちは元気で、相撲をとったり槍《やり》や太刀の稽古《けいこ》をして日を暮した、城壁は攻めるとき崩れたのを修復しかかっているところだったが、治部介は中止したままにして置き、ただ石材や木組などを要所要所へまとめさせた。

ある日、天守の見張り番から城下のようすがおかしいと知らせて来た、治部介はすぐいってみた。城は台地の上にあるので、天守からみると城下町は一望だった、七月二十五日の合戦で大半は焼けていたが、伊達軍がはいっておちついたと聞くと、逃げた町民たちは少しずつ帰って来はじめ、もう焼け跡に家を建てだしたものもかなりあった、「どうした」「どうも城下の者がたちのく模様なのです」番の者は手をあげて指し示した、「あちらへ車を曳《ひ》いてまいる組がございましょう、白石川のほうへもあのように、さきほどから荷を背負った者がひきもきらず続いております」そのとおりだった、町の南北から荷物を背にし、車や馬に積んだ人々が、三々五々城下そとへと出てゆくところである、かれらの足もとから灰色の土埃《つちぼこり》が濛々《もうもう》と舞いたち、荒れた田地のほうへと条《しま》をなしてなびいていた。町民のたちのきは合戦の近いことの証《しる》しである、その点ではむしろふしぎなほどかれらは敏感だった。天守からおりて来た治部介は、しかしなんにも云わずに午睡をはじめた、平常と少しも変らず、例のとおりの「はっきとせぬ」挙措である、まだ兵たちの持場もきめてないし、鉄砲と弓とをどういう組にわけるかもきまっていない。――城下のようすでは、いつ敵が反攻して来るかも知れないのに、これではいったいどう戦ったらいいんだ。口にはださないが、誰も彼もそう考えて苛《いら》だちはじめたのがよくわかった、けれども治部介は鼾《いびき》さえかいて眠りこけていた。

結局その日はなにごともなかった、翌日、北目城の片倉景綱からようすを尋ねに使者をよこした。「なにも変ったことはございません」治部介はそう答えた。城下の町民がたちのいたようだがという問いに対しては、本軍が撤退したので合戦が始まると考え違いをしたものであろうと云《い》った、それからしまいに調子をあらため、「すでにお預かり申した以上、この城のことは浜田治部介にお任せをねがいます、それで御安心がならず、ふたたびものみの使者をお遣わしになるようなれば、憚《はばか》りながらお役ご免を願うとお伝え下さい」めずらしくきぱきぱとそう云った。それがよほど強くひびいたのであろう、そののち北目城から使者の来るようなことはなかった。さらに数日して、はげしい南風の吹くある日の午《うま》の刻まえ、城から南方にあたる原野のかなたに敵の前哨《ぜんしょう》と思える人かげがちらちらしはじめた。治部介は天守へあがってみたが、まだまだと云ったなりでおりて来た、食事もいつものとおり、そして午後になるとまた横になって午睡をした。……日没まえに、南方の丘を越えて敵の騎馬隊の侵入して来るのがみえた、かれらは丘の根に陣を布《し》いたようすだった、それと同時に斥候《せっこう》が城のすぐ近くに出没し、なにやら合図の狼火《のろし》をあげたりした。「今夜があぶないと思われますが」多紀勘兵衛が天守からおりて来て云った、「騎馬隊のあとからだいぶ徒士《かち》がはいって来ました、どうやら夜襲の構えとみえます、用意を致して置きましょうか」かれはうんと云ったきりだった。「まだ隊の持場もきまらず、銃隊と弓組の割り当てもございません、いまのうちにきめて頂きたいと存じます」「……そうだな」かれはゆっくりと答えた、「だがまあ、とにかくめしにしよう」

食事のときにかれはふいと自分の子供のことをはなしだした。隊士たちは夜襲のことがあたまにあるのでそれどころではなかったが、治部介はゆったりした調子で、いかにも楽しそうに笑いながら話した、「おまえたちも知っているとおり、荒雄川はなかなか癖のある川だ、急流というほどでもないのに、淵《ふち》や淀《よど》が多くて、到《いた》るところに下へひき込む瀬がある。伜《せがれ》はまだ七歳の小坊主《こぼうず》だけれども、手作りの箝であの川へとびこんでは魚をあげてくるそうだ、この春などは鮭《さけ》を四五十尾もあげたそうだ」「これは初耳です、あれへ鮭が登りますか」「はて、鮭ではなかったか」みんな思わず笑いだした、そしてそれがきっかけのように、みんな気持がほぐれ、つぎつぎと故郷の話をだしはじめた。

五

夜襲はなかった、しかし朝になってみると敵はずっと前進し、城の南から南東へかけて半円の陣を布いていた。そしてときどき銃隊が前へ散開しては射撃をはじめた、前日から吹きやまぬ南風は土埃と硝煙《しょうえん》を巻きあげ、敵陣に立っている夥《おびただ》しい旗さし物はまるでひき千切れそうにはためいていた。城兵がなりをひそめているので、敵の銃隊は大胆に前へ前へと進みだし、一隊は大手前へまわりこんで来た。……縦横に疾駆する伝騎、だあん！　だあん！　と丘々にこだまする銃声、吹き荒れる烈風、これらがいっしょになって、城のまわりはようやく戦場の様相を示しはじめた。「北目へ使者をやりましょうか」多紀勘兵衛がたずねた。そのときかれらは天守の上にいた。治部介を中にして、半沢市十郎と比野五郎兵衛がいっしょだった。そしてさっきから同じ言葉が二度も三度も、市十郎と五郎兵衛から出た、治部介はしかし黙って首を横に振るばかりだった、勘兵衛はがまんをきらした、「いま出さなければ、もはや使者は出せなくなると存じます」「下へおりよう」治部介はふりかえって云った。「五郎兵衛、みんなを櫓下へ集めてくれ」

五郎兵衛はさきに馳《か》けおりて、全士を本丸の櫓下へ呼び集めた、みんな甲冑《かっちゅう》具足を着け、すっかり武装をととのえていた、治部介は鎧直垂《よろいひたたれ》のまま出て来て、ずっと見まわしながらよくとおる声で云った、「あらためて云うまでもないと思うが、われわれはこの城のまもりとして残った、おれを加えて五十二人、援軍はない。五十二人がさいごの一人となり、その一人のさいごの脈が搏《う》ち終るまで城をまもりぬく、それがここへ残ったわれわれの役目だ、わかったか」援軍はないという一言が、集まっている全部の兵たちにある共通の決意を与えたようすだった。合戦にのぞむからには討死は期している、そしておなじ討死をするなら、援軍などなしに五十二人一団となって死ぬほうがよい、誰の顔にもそういう割りきれたさっぱりとした決意のあらわれがみえた。「わかったら休め」治部介は片手を振った、「まだまだ戦には間がある、あまり早くから意気込んでいると、骨節が凝っていざというときにはたらきにくいものだ、まあぼつぼつとやろう、いいか」ぼつぼつやろうというのが可笑《おか》しかったので、みんな思わず笑いだし、列を崩して日蔭《ひかげ》へはいった。

銃声はずっと城の近くへ迫った、陣鉦《じんがね》や鬨《とき》の声も聞えた、日暮れがたまでそれが続き、夜になるとずっと後退した。城兵があまりひっそりと鳴をひそめているので、かえって突っ込む気勢をそがれたらしい。翌日になると敵はぐっと陣を進めたが、時おり銃撃をしかけてくるだけではかばかしいことはなかった。……しかしそのつぎの日に敵の一隊が巽曲輪《たつみぐるわ》へ侵入して来た。人数は少なかったが必死を期した突撃だった、治部介はこれを二の丸までひきこみ、枡形《ますがた》へ追いつめて殲滅《せんめつ》した、そしてこれが戦の口火となり、息もつかせぬ敵の攻撃がはじまった。

治部介は自在に戦った、あるときは敵を本丸までおびき込み、つぎには大手門の枡形で捕捉《ほそく》した、城壁の上からとつぜん石材や巨木を投げおろすかと思うと、闇《やみ》をついて侵入する敵兵の中へ、いきなり燃えさかる松明《たいまつ》を幾十百本となく擲《な》げこみ、混乱に乗じて斬《き》り込んだりした、けれどもむろん味方にも損害があった。開戦三日めには討死十余人、負傷で動けない者がかなりできた、「お願いです、斬って出させて下さい」血気の兵たちがそう云いはじめた、治部介は首を横に振った。「籠城というやつは痺《しび》れのきれるものだという、おれたちは初めてその味を覚えるんだ、まだまだ、このくらいで痺れをきらしてはならん、本当の味はこれからだぞ」

そのときかれらは外曲輪にいたが、もの見の兵がとつぜん城壁の上で誰かこっちへ来る者があると叫びだした、「城下町の辻《つじ》から走って来ます、どうやら味方の者のようにみえます」「味方の者だと」治部介はものみ台へ登った。たしかに、大手の広場を越えてまっすぐに走って来る者があった。どういうつもりか頭から蓆《むしろ》をかぶり、身を踞《かが》めてひた走りに走って来る。すると敵もそれと気づいたのであろう。急に銃口を集めて狙撃《そげき》しはじめた。「ああ危ない、射《う》たれる」兵の一人が叫んだとき、走っていた者がだっと前のめりに倒れた、みんなあっと云った、銃声はなお続き、倒れている者の近くで弾がふつふつと土埃をあげた。――やられた、もうだめだ。みんな暗然と息をのんだが、治部介はなんと思ったか銃を二十挺とって来いと命じた。

六

「いまに敵はあの死躰《したい》を取りに来る、そうしたら覘《ねら》い射ちにするんだ、稽古のつもりで代りあってやれ、ゆだんすると取られるぞ」そう云って治部介がもの見台をおりる間もなく、銃を構えていた兵の一人が、「ああ生きているぞ、あれは生きているぞ」と叫びだした、「みろ動いてる、よくみろ、少しずつこっちへ這《は》って来るぞ」「そうだ、まさに這って来る」そしてすぐ別の一人が叫んだ、「女だ、おいあれは女だぞ」御物頭と叫びながら、兵の一人がとびおりて来た、「お願いです助けに行かせて下さい、あれは生きています、しかも女のようです」「ならん」治部介はきめつけるように云った、「どんなことがあっても城門からそとへ出ることはならん」「しかしあのままではこんどこそ本当に射ち殺されてしまいます」「うろたえるな」と治部介は叫んだ、「この合戦のさなかで、それがおまえには珍しいことなのか。われわれの役目はこの城をまもりぬくことにある、つまらぬことに気をとられて本分のあるところを忘れるな、もどれ」

兵は身をふるわせながら戻った。しばらくすると敵が出て来たとみえ、城壁の上に伏せた銃が火蓋《ひぶた》を切った、敵も応射した、このあいだに少しずつ這い進んで来た例の女は、堀端まで来て動かなくなった、「もうひと息だ、元気をだせ」城壁の上から兵たちが喚《わめ》いた、しかし女はもう身動きもせず、かぶっていた蓆の端が、時おり風ではたはたと地を打つだけだった、そして日が暮れた。

その夜半だった、治部介は独りでそっと大手門からぬけだし、堀端に倒れていた女をすばやく城の中へ抱きいれた、女は重傷だったが、まだ意識《いしき》はあった。治部介は二の丸下の草地へいってそっとおろした、そこには大きな猿滑《さるすべり》の樹があり、傘のようにさしひろげた枝はいまみごとな花ざかりである。

「やっぱりおまえだったな、奈保」治部介はそう云いながら女の衿《えり》をくつろげてやった。「しっかりしろ、おれだ、治部介だぞ」ああと低くうめいて女は身を起こそうとした、かれは動いてはいけないと云った。「とても助かる傷ではない、云うことがあったら云え、どうして此処《ここ》へ来たんだ」

「お眼にかかりたいと存じまして」

「もっとしっかり云え、なにか会う用があったのか、奈保、しっかり云うんだ」

「ひと眼、お会い申して」ほとんど聞きとれないほどの声だった、ひと眼会いたくて来たが、城を眼の前に見たらとりのぼせてしまい、みぐるしいふるまいをして申訳がない、おゆるし下さいという意味のことを云った。

「それだけか、奈保、おまえ、そんな未練者だったのか」治部介はどなりつけるように云った、しかし聞えなかったものか、女は大きく息をつきながらはっきりと呟いた。

「わたくし御先途《ごせんど》をいたします」そして眼をつむった。

治部介はもう息の絶えた妻の面を、ながいことじっと見まもっていた。良人《おっと》への愛にひかされてこんな未練なことをする、そんな妻ではなかった筈《はず》だ。——なにを狼狽《ろうばい》したんだ。そう叱《しか》りつけたかった。けれどもそのとき夜風が吹きわたり、猿滑の花がはらはらと妻の顔に散りかかるのをみて、かれはしずかに立って二の丸まで鍬《くわ》を取りにいった。そして戻って来ると、猿滑の樹蔭《こかげ》のよきところを選び、黙ってそこの土を掘りはじめた。……大手前を走って来たときの姿がまざまざと眼にうかんだ、かれはその走る姿を見たとき妻だと思った、それから弾丸に当って倒れ、重傷に屈せず城のほうへ這い寄って来るのを、城壁の上からじっと見ていた苦しさは云いようのないものだった。

「だがおれをみろ」かれは鍬をふるいながら呟いた、「おれは少しも未練な気持はおこさなかったぞ、よく覚えておくがいい、これが戦というものだ」掘りおこされる新しい土の香が、夜気のなかに強く匂《にお》いだした。

それからさらにどれほどの激戦があったことだろう、片倉景綱が九月中旬に、兵五百をひきいて白石へもどって来たとき、城はまるで廃墟《はいきょ》のようになっていた、城門は倒れ、櫓《やぐら》は砕け石垣は崩れていた。……そして、大手内まで出迎えた浜田治部介と十七人の兵たちは、まるで幽鬼のようなすさまじい姿をしていた、みんな傷だらけだった、立っているのがやっとらしい者もいた、人々は思わず眼をそむけた。

「これほどとは思わなかった」景綱はむしろ腹立たしげに云った。「上杉軍は最上義光を討つために、主力を出羽へ侵入させた、白石へはわずかに押えの兵が来ている、北目城ではそう信じていた、だがこれは相当の勢力で攻められたのではないか」

「およそ二千ほどでございましたろうか」

「なぜ使をよこさなかった、いつでも援軍を出すと申してあったではないか、其許《そこもと》のひとがらなれば、よもこんな強情いくさはしまいと思って推挙したのだ、それがこのありさまとは、……このありさまとは」

「お言葉ではございますが」治部介はしずかに云った、「こなたさまの御意はよくわかっておりました。しかし援軍を頂いてはならなかったのです、初めからそのつもりはございませんでした」

「初めからとは、それはどういうわけだ」

「小山から密使のみえましたとき」と治部介はそのときを回想するように、「わたくしは衝立屏風《ついたてびょうぶ》のかげにいて、ごしゅくんとお使者との密談をはからずも耳にいたしました。そのとき小山の軍令は、白石城を退去して伊達軍を安全の位置にさげ、上杉を会津へくぎづけにせよとのことでございました」

「それはわかっている、それだからどうした」

「もしもわたくしが援軍を求め、白石を挟《はさ》んで合戦となりましたら、小山の軍令に反《そむ》くことになりは致しませんか、白石を撤退せよという軍令は、わが軍と上杉とを戦わせたくないためです、合戦は運のもので万一にも敗れる場合があるかもわかりません、その万一のないように撤退ときめられたのです、わたくしはただ全士討死の覚悟でございました」

景綱はぐっと唇をひき結んだ。

「そうか」と云ってうなずき、眼を伏せてしばらく黙っていた。それから思いついたようにふりかえって、兵たちに休息を命じ、治部介を城壁の蔭へとつれていった、「ここへ其許の妻女が来た筈だ」「………」「来なかったか」治部介はじっと景綱の眼を見た。「城内のようすが知りたい、しかしこのまえ厳しく断わられているので迂《う》闊《かつ》な者はよこせなかった、そこで思いついたのが妻女だ、女なれば敵の眼もくぐり易《やす》く其許もいちがいに突放しはしまい。……ゆくかと申したらまいるという、苦戦のようなら知らせに戻れ、大丈夫なら暫《しばら》くとどまっているがよい、そううちあわせてよこした。妻女はそれきり戻らぬ、これは大丈夫なのだと思っていた、ここへは来なかったのか」

「まいりました、まいりましたが……」

云《い》いかけて治部介は首をめぐらした。そこからついひとまたぎのところにあの猿滑の樹がある、しかし花はもう終りで、枝のさきに哀れなほどしか残ってはいない、治部介の眼を追ってゆくと、その樹蔭に白木のささやかな墓標の立っているのがみえた。「死んだか」という景綱の言葉をあとに治部介は墓のそばへあゆみ寄った、――やっぱりそうだったのか。良人を慕う未練からではなく、そういう役目をもって来たのだったか、あっぱれだった。そう思うとはじめて眼のうちが熱くなり、喉《のど》がつまるのを感じた。――奈保、岩手沢へゆくんだぞ。かれはけんめいに泪《なみだ》を抑えながら、胸いっぱいの想《おもい》でそう呼びかけた。故郷へ、岩手沢へ帰れと。

（「富士」昭和十八年七月号）

# 薯《いも》粥《がゆ》

# 一

承応二年五月はじめの或《あ》る日、三河《みかわ》のくに岡崎藩の老職をつとめる鈴木惣兵衛《そうべえ》の屋敷へ、ひとりの浪人者が訪れて来て面会を求めた。用件を訊《き》かせると、町道場をひらきたいに就いて願いの筋があるということだった。……そのとき矢作橋《やはぎばし》の改修工事がはじまったばかりで、惣兵衛は煩忙《はんぼう》なからだであったが、町道場ということはかねて藩主水野忠善《ただよし》からもはなしが出たことがあるので、ともかくも会おうと客間へとおさせた。客は十時隼人《ときはやと》となのった、三十二三とみえる、あまり背丈は高くないが、逞《たくま》しい骨組で、太い眉《まゆ》と一文字にひき結んだ大きな唇とが精悍《せいかん》な気質を思わせた。「わたくしは、五十日ほどまえに御城下へまいりました、唯今《ただいま》は両町の伊五兵衛と申す者の長屋に住んでおります、家族は七重《ななえ》と申す妻とふたり残念ながら未《いま》だ子にめぐまれておりません、尤《もっと》も右はすでに御奉行役所へ届け出たとおりでございます」かれは落ちついた調子でそう述べた。生国《せいこく》は甲斐《かい》。郷士の子でまだ主取りをしたことはない。流名は一刀流であるが、就いてまなんだ師の名は仔細《しさい》があっていえないという。それだけのことを聞くあいだに、惣兵衛はちょっと云いようのない好感が胸へ湧《わ》きあがってくるのを覚えた。かくべつどこに惹《ひ》きつけられたというのでもないその男を見ているだけで、なにやらゆたかにおおらかな気持が感じられたのである。

「当藩には、いま梶井《かじい》図書介《ずしよのすけ》という新蔭《しんかげ》流の師範がいて、家中《かちゆう》の教授をしておる、けれどもこれだけでは、家中ぜんぶに充分の稽古《けいこ》はつけられないし、もしも適当な師範がいて別に教授をすれば、却《かえ》って互いに修業のはげみともなるので、実はしかるべき兵法家を求めたいと思っていたところだった、尤もすぐ師範としてお取立てになるとは申しかねる、当分のあいだは町道場として稽古をつけて貰《もら》わねばなるまいが」

「失礼でございますが、わたくしがお願いに出ましたのは、仰《おお》せのおもむきとは少し違うのでございます」十時隼人は、ちょっと具合がわるそうに惣兵衛の言葉をさえぎった、「わたくしは足軽衆のうちからその志のある人々にかぎって稽古をつけたいのでございます」

「ほう、足軽にかぎって」惣兵衛はにがい顔をした、「それはどういう仔細か知らぬが、さむらいには教授せぬというわけなのだな」

「わたくしは兵法家ではございません、教授などという人がましい技は持ちませんので、ただ御城下に住居させて頂く御恩の万分の一にもあいなればと存じ、おのれの分相応にいささかのお役に立ちたい考えだけでございます」

「それで、……わしへの願いと申すのは」

「足軽衆への、稽古をお許しねがいたいと存じます」隼人はつつましく云《い》った、「稽古は未明から日の出までとかぎり、お勤めには差支《さしつか》えのないように計らいます、如何《いかが》でございましょうか」

「それだけのことならば別に仔細もないであろう、尤も一応は支配むきへその旨《むね》を申してやる、追《おっ》て沙汰《さた》をするであろう」

「忝《かたじけ》のうございます、よろしくお願い申上げます」隼人は、鄭重《ていちょう》に挨拶《あいさつ》をして辞去した。

　その日のうちに、惣兵衛は足軽支配を呼んではなしをした。支配役は寧《むし》ろよろこんだ。ちかごろ足軽たちには、そういう機会がだんだんと少なくなり、このままではやがて武士としての心構えも疎《うと》くなるのではないかと惧《おそ》れていた。早速その手配を致しましょうと非常な乗り気だった。……そして、それからひと月ほど経《た》った。惣兵衛は繁務に追われてそのことはそのまま忘れ過していたが、或る日ふと思いだして、「いつぞやの浪人者はどうしておるか」と、足軽支配に訊いた、「足軽共は稽古にかよっておるか、道場のようすはどうだ」

「ただいま十人ほどかよっております」支配役はそう云って笑いながら、「みんななかなか熱心のようでございますが、道場というのが草原でございまして……」

「草原というと、ただの草原か」

「ただの草原でございます、両町の裏の小川に沿った広い草原でやっております」

ふうんと惣兵衛はなにやら云いたげに鼻を鳴らした。しかしそのまま口をつぐんで事務に戻った。明くる早朝、まだほの暗い時刻に、惣兵衛は独りでそっと屋敷をでかけていった。霧のふかい朝で、少し早足にゆくと胸元がしっとりとなるほどだった。両町というのは、城下のほとんど東端《とうたん》にちかいところだった。およその見当をつけて裏へぬけると、霧にかすんで青田と雑木林とが、暈《ぼか》したようにうちわたしてみえる。そしてその霧のかなたから「えい」「おう」というはげしい、元気いっぱいの掛け声が伝わって来た。「ほう、やっておるな」惣兵衛は足早にそちらへ近寄っていった。

二

「稽古を終ります」十時隼人がそう叫ぶと、十人あまりの足軽たちはいっせいに木剣をおろし、隼人の前に集まって会釈《えしやく》した。みんな着物を浸すほど、汗みずくになっていた。「御苦労でした、支度ができたようですから、すぐに汗を拭《ふ》いて来て下さい」そう云って隼人が去ると、かれらは小川の畔《うね》へいって肌脱ぎになり、黙って手早く汗を拭いた。二十前後の者が多く、なかには三十五六とみえるのもいる。こういう時こういう者たちに有りがちな無駄ばなしがでるでもなく、みんな黙って、いかにもてきぱきとした動作だった。……そのあいだに、向うでは十時隼人が、ひとりのまだ若い婦人（それが妻の七重だった）といっしょに、大きな鍋《なべ》と椀箱《わんばこ》を運んで来て草原へ据えた。

「支度ができました、来て坐《すわ》って下さい」

隼人がそう呼びかけた。足軽たちは互いに眼を見交わしなにか頷《うなず》き合いながら、近寄っていって鍋の前の草地へ坐った。そして隼人の妻が大鍋の蓋《ふた》をとろうとしたとき、「頂戴《ちょうだい》するまえに今朝はひとつお願いがございます」と、一人が改まった態度で云いだした。「なにごとです」「わたくし共は、もう三十日あまりお稽古を受けにかよっております、稽古をつけて頂くうえに、十余人の者が毎朝こうして馳走《ちそう》にあずかりましては、忝ないと申上げるよりも却って心苦しいのです、甚《はなは》だ申兼ねたことではございますが、御教授料としてではなくわたくし共の寸志と致しまして、今後そくばくの料をお受けが願いたいのでございます」「わたくし共、一同のお願いでございます」別の一人がそういい、みんながそこへ揃《そろ》って手をついた。「是非おききとどけ下さいますよう」「お志はよくわかるが、それはお断わり申します」隼人は微笑しながらいった、「初めに申上げたとおり拙者は兵法家ではない、あなたがたに教えるのではなく、ごいっしょに武道の稽古をする修業者にすぎないのです、また一椀の薯粥《いもがゆ》は拙者から進ぜるものではなく、天の恵み国土の恩なのだ、拙者はただ、そのなかつぎをしているまでのことです、出来なくなれば仕方がないが出来るあいだは差上げますから、そんな心配は無用にして喰べて下さい、さあいっしょにやりましょう」誰もなにもいえなかった。妻女が盛りつける熱い薯粥の椀が配られると、隼人がまず箸《はし》をとり、みんな感動の溢《あふ》れた表情で、うまそうに喰べはじめた。

惣兵衛はこれだけのことを見て、気づかれぬようにその場を去った。妙な気持だった。いま聞いた話のもようでは隼人は教授料も受けず、毎朝かれらに薯粥を出しているらしい。どういうつもりか見当もつかないが、なにかしら、尋常でないものが感じられる。殊《こと》に足軽たちの虔《つつ》ましい態度や、いかにもひたむきなようすがかれを驚かせた。――これは注意する要があるぞ、惣兵衛は自分が許可した責任者なので、そう思いながらそれからも時々そっと見にゆくことを続けた。……稽古は未明にかぎっていた。ちょっと時刻に遅れてゆくと終ってしまう。人数は少しずつ殖えて、いつか三十人あまりになったが、毎朝の薯粥は必ずみんなに出していた。――たとえ薯粥にもせよ、あれだけの人数へ欠かさずやるのは容易《たやす》いことではない。そう思っているうちに、惣兵衛はいつかその場の雰囲気《ふんいき》に強く心を惹かれるようになった。隼人の稽古ぶりは凜烈《りんれつ》であったが、終って鍋を囲むときになると、にわかに温かい、なごやかな空気がみんなを包む。早朝のはげしい稽古のあとで、師弟が膝《ひざ》をつき合せて粥を啜《すす》るのだから、なごやかな感じに包まれるのは当然だろうが、それは寧ろ隼人のゆたかにおおらかな人柄からくるものらしかった、また慎ましやかに微笑を湛《たた》えて接待する妻の七重の姿も、その場に明るい楽しい色彩《いろどり》を添えていた。――あの仲間にはいって、いっしょにあの粥を啜ったらさぞ楽しいことだろう。惣兵衛はそう考えて思わず足を進めようとしたことさえあった。

季節は真夏になって、七月にはいった或る早朝のことだった。例になく早く、まだ足許《あしもと》も暗い時刻にいってみるとちょうどこれから稽古が始まるというところへゆき合わした。稽古着に短袴《たんこ》をつけた隼人が三十余人の門人たちの前に額をあげて立ち、ぱきぱきとよく徹《とお》る声で云っていた。「今日から稽古の法を変えて、打ち太刀をはじめる、その前にひと言いって置きたい」かれはぐっと三十余人を見まわして、「貴公たちは合戦に臨めば軍兵となって戦うのだ、軍兵ということを、雑兵などと卑下してはならぬ、いくさの指揮、計略は部将から出るが、合戦の主体となるものは軍兵だ、いかにすぐれた大将が指揮をとっても、戦う主体の軍兵が不鍛錬ではたたかいには勝てない」と、一同の腸《はらわた》へしみ透《とお》るような調子でいった。

三

「では軍兵としての鍛錬とはなにか、一途不退転の心だ、命令のあるところ水火を辞せざるの覚悟だ、口で云うことは容易いが、一途不退転の心とはそうやすやすと鍛えられるものではない、その例を見せよう」そう云って隼人は、傍に置いてあった、青竹の一本をとりあげ、百歩ばかり先の地面へ突き立てた。そして戻って来ると、しずかに刀を抜いてふり返った。「ここから走っていって、あの竹を二つに斬《き》り割るのだ、拙者がやってみせるから見ろ」みんな眸子《ひとみ》を凝らして見まもっている。隼人は刀を右《みぎ》脇《わき》につけると無雑作に走りだした、走りだしは無雑作だったが、やがてすばらしい速度で一文字に疾走し、きらりと大剣が空にひらめいたとみるや、「えいっ」という烈《はげ》しい気合と共に、竹の上をぱっと向うへとび越えていた、青竹はみごとに真中から二つに割れ、地に突き立ったままぶるぶると震えていた。「佐野氏やってごらんなさい」戻って来た隼人は、門人のひとりにそう声をかけ、自分はまた青竹の一本を持って引返していった。……佐野と呼ばれた男は前へ出てゆき支度を直してしずかに大剣を抜いた。

このあいだに青竹を立てた隼人は、佐野が位置につくのをみて、「待て」と呼びかけた、「これを青竹と思ってはならんぞ、甲冑《かっちゅう》に身をかため太刀をふりかぶっている敵兵と思って来い、こちらの太刀は、そこもとの面へゆくかも知れぬ、胴を払うかも知れぬ、そのつもりで肚《はら》を据えてかかれ、よいか」

佐野という男の眼つきが変った、かれは抜いた刀を摑《つか》みしばらく青竹の立っているあたりをぐっと睨《にら》んでいたが、やがて意を決したように走りだした、間百歩ひと息に疾走していって刀を振上げる、その刹那《せつな》に隼人が、「面へ行くぞ！」と絶叫した、まるで壁にでもつき当ったように、そのひと声で佐野は身を反らしながら踏み止《とど》まった、竹との距離は九尺ほどあった。

「つぎ早瀬氏お出なさい」隼人は一顧も与えずそう叫んだ、「戦場へ出た覚悟でやるのだ、この青竹は敵だ、ゆだんをすると逆に斬られる、そのつもりで来い……さあ」

早瀬というのはまだ二十そこその青年だった、かれは前の例をよく心にとめたようすで、ひとりなにか頷きながら位置に立ち、やがて呼吸をはかって走りだした、こんどは隼人は声をかけなかった、早瀬はいっさんに走《は》せつけ、刀をふるってえいと斬りつけた。しかし青竹と刀の切尖《きっさき》とは五尺もはなれていたし、斬りつけた余勢でかれは右へのめって膝をついてしまった。

「代ってつぎ松田氏」隼人はすぐそう叫んだ。五人まで続けざまにやらせたが四人めのひとりが、青竹を叩《たた》き伏せただけで、ほかの者はみな失敗した。

「みんな見たとおりだ」隼人は元の場所へ戻って来て、ずっとかれらを見なおしながらいった、「青竹一本でも今のようにしてはなかなか斬ることができない、なぜ斬れないか、それは貴公たちの頭に疑惧《ぎぐ》が生れるからだ、甲冑を着け太刀を持った敵兵と思えという拙者の言葉で、貴公たちの眼に敵が見えてくる、間近に迫った、『面へゆくぞ』と叫べば、敵兵の剣が面へ来るさまが見える、そのときやられるかも知れぬという疑惧が生れて距離を誤ったり躰勢《たいせい》が崩れたりするのだ、……さっき云った一途不退転の心とは、つまりこの疑惧の念をうちやぶることから始めなければならぬ、相手が青竹であれ敵の強兵であれ、走りだしたら真一文字にいって斬り倒すその一途のほかには微塵《みじん》もゆるぎがあってはならぬ、その鍛錬をこれから打ち太刀の稽古でやってゆくのだ、ではもういちど拙者が見せてやる、よいか」

物兵衛はその稽古の終るまで、ほとんど時の移るのも忘れて見まもっていた。——ただ者ではない。屋敷へ帰ってからも、かれの頭のなかはそのことでいっぱいだった。「軍兵の覚悟」という言葉も明確だし、青竹を使っての教えぶりも要を得ている。そして全体を通しての湧《わ》きあがるような情熱が、三十余人の者へびしびしとはいってゆくさまは更にみごとなものだった。——あんな事をさせて置くには惜しい、機会をみて世に出すべき人物だ。それまでの興味とは違った角度から、惣兵衛は改めて隼人に注意しはじめた。そして間もなくその機会が来たのである。……新秋八月の或る日、惣兵衛は矢作橋改修の工事場へでかけていった。橋の上下にかなり大掛りな護岸工事をする設計で、それがほぼ出来かかっている。かれはその模様を下役人の案内でずっと見て廻った。

四

秋とはいっても、日盛りはまだ暑さがひどかった。工事場はいちめんに埃立《ほこりだ》って、石を運んだり土を起こしたりする雇い人足や足軽たちの群れが汗まみれになって右往左往していた。……するとそのなかで差担《さしかつ》いで石を運んでいる若い足軽の一人と、見張り番の侍とのあいだに、とつぜん喧嘩《けんか》が始まった。事の起こりはこうだ、足軽が石を運んで通るたびにその侍が同僚たちと口を合わせて嘲弄《ちょうろう》する。「あのぶ態《ざま》な腰つきをみろ、満足に石運びもできはせぬ、あれで剣道稽古などをするとは笑止なやつだ」「まさにそのとおり、役にも立たぬ稽古がよいなどをするから、大切の役目に日雇い人足ほどの働きもできぬのだ、お上から頂く扶持《ふち》は盗んでいるのも同様だぞ」若い足軽は、耳にもかけなかった。それで侍たちは図に乗り、なん度めかに通りかかった足軽の足下へ、ひょいと六尺棒をつき出した。重い石を担いでいるので、除《よ》けようがなかった。若い足軽はあっと叫びながらのめり、土埃をあげながら転倒した。「なにをなさる」はね起きたかれは、我慢の緒を切ったらしく、いきなり侍の手から六尺棒を奪い取ると、足をかけてぴしりと踏み折った。「おのれ無礼者」と相手の侍は拳《こぶし》をあげて殴りかかったが、足軽はその腕を逆に摑み、つけ入ったとみるや、腰車にかけてだっと投げた。見ていた侍の伴《つ》れ三人は意外な結果にとりのぼせたとみえ、「うぬ叩き伏せろ」と叫び、ひとりは「斬ってしまえ」と喚《わめ》いて刀を抜いた。足軽は無腰だったが、いま踏み折った棒の半分をすばやく拾いとると、つぶてのように三人のなかにとび込んでいった。些《いささ》かも臆《おく》せぬ断乎《だんこ》たる態度で、……そして一人の刀を突き落し、一人を躰当りで突き倒した。このありさまを認めたのであろう、向うからさらに七八人の侍たちが駆けつけて来て、まさに大事に及ぼうとしたとき、工事場の人足の中から一人の男がとびだして、両者の間へ割ってはいった。「お待ちなさい、このうえ騒ぎを大きくしては武士の体面にかかわりましょう、場所がらをお考えなさい」かれはそう叱呼《しっこ》しながら、大手をひろげて立ち塞《ふさ》がった。その声の凜乎《りんこ》たる響きと、立ち塞がった身構えのするどさに、さすが殺気だった侍たちも思わず踏み止まった。そこをすかさず、「相手は足軽一人、御家中の士大勢でとり詰めては云分《いいぶん》が立ちますまい、お退《ひ》きあれ」きめつけるように叫んだ。そして、そのとき鈴木惣兵衛が工事支配の役人たちといっしょにそこへ近寄って来た。「役目を捨ててなにごとだ、見苦しいぞ」惣兵衛の一喝は決定的だった、「この場の詮議《せんぎ》は追ってする、みな持場へかえれ、みだりに騒ぎたてるなと、屹度《きっと》申しつけるぞ」喧嘩の当人たちも、駆け集まって来た者も、この一言で潮の退くように散っていった。そして止めにはいったくだんの人足もすばやく去ろうとしたが、「その男、しばらく待て」と、惣兵衛がきびしく呼び止めた。

「たずねたいことがある詰所までついてまいれ」

「はっ、仰《おお》せではございますが、わたくしは」

「いやならん、ついてまいれ」そういうと、すぐに惣兵衛はさっさと歩きだした、その人足は、なお躊躇《ちゅうちょ》するようすだったが、支配役に促されてよんどころなくあとからついていった。……詰所へはいると、惣兵衛は人を遠ざけて二人だけになった。

「十時……と申したな、たしか」惣兵衛にいきなりそういわれて、土間に平伏してからかれはしずかに面《おもて》をあげた、まさに十時隼人であった。「まことに、意外なところで会う、そのもとは武道教授のほかに人足もするのか」

「……いかにも」隼人は恥じるようすもなく答えた、「ごらんのとおり、人足も致します」

「理由を聞こう、わしは内々、そこもとの教授ぶりも見ておる、そのもとほどの心得を持ちながら、人足をしなければならぬとは不審だ、しかと答弁を承ろう」

「べつに理由と申すほどのことはございません」

「ないとは云わさぬぞ」惣兵衛は、鋭く突っ込んだ、「矢作橋は、岡崎城にとって攻防の要害だ、改修工事の模様を探索に入りこむ者が無いとも云えぬ、どうだ」

「さような考え方もございますか知らん」にっと隼人は微笑をもらした、「合戦にのぞんでこの橋ひとつが要害とは、さても岡崎は攻め易《やす》うございますな」「………」

「城砦壕塁《じょうさいごうるい》はいくさの凌《しの》ぎで、攻防のかなめは人にあると存じますが、……しかし、その御疑念があるからは申上げましょう、わたくしが人足を致しますのは、おのれの生活《たつき》をたて、門人衆に一椀の薯粥をふるまいたいからでございます、これよりほかに些かの理由もございません、お疑いになればどのようにも御詮議下さるよう」

## 五

言葉つきにもまなざしにも、曇りはなかった。それよりも、毎朝三十余人の者に粥をふるまっている事実は、惣兵衛がみずから見ていることだ。――あれだけの人数に、毎朝のふるまいには容易くはあるまい。そう思いやったこともある。また足軽たちに教える「軍兵としての鍛錬」の仕方など、どれをとってもかれの言葉が嘘《うそ》だとは思えない。ただ残る不審は、なぜ自分が人足までして粥ぶるまいをするかという点だけだった。それを問い詰めると隼人は笑って、「足軽衆には、早朝からの勤めがございます、稽古《けいこ》から戻って食事をするのでは、勤めに遅刻する場合があるかも知れません、稽古も大切ではありますが、日々の勤役に些かでも怠りがあっては、本末を誤ります、それにもうひとつは、……日々の勤めで労《つか》れたうえ熱心に武道をはげむ、その心に少しでも酬《むく》いたいと存じまして……」

惣兵衛は、心をうたれた。言葉は短いけれど、そこにあらわれている隼人の、ゆたかな温かい気持は稀《まれ》なものである。――なんという行届いた温かい心だろう。心から感動した惣兵衛には、もう塵《ちり》ほどの疑念も残ってはいなかった。

「よく相わかった、もはやなにも云うことはない、だが十時氏」かれは眼をうるませていた、「改めて御相談だが、毎朝おふるまい下さる粥の料として、僅《わず》かながら月々十俵ずつお受け下さらぬか、そうして頂ければ……」

「それはお断わり申します」しまいまで聞かずに、かれはかたく拒んだ。

「なぜいかん、知らぬうちならともかく、家中の足軽が無料で御教授を受け、また毎朝のふるまいまで頂いておるとわかった以上、藩の老職として、捨て置くわけにはまいらぬ」

「よくわかりました、仰せはよくわかりましたが……」と隼人はしずかに答えた、「そう致してはわたくしの心がとおりません、どうぞこのままおみのがしを願います」

それでもと云う隙《すき》のない、心のきまった口ぶりだった。惣兵衛は、ついに黙るより仕方がなかったのである。

その日の仕事を終って、隼人が両町の裏にあるおのれの住居へ戻って来ると、貧しい家の中に三人の若い侍が待っていた。……妻の七重は部屋の隅で賃仕事の縫物をしていたが、良人《おっと》の姿をみると膝の上の物を押し片付け、「お帰りあそばしませ」と云いながら、半挿《はんぞう》（洗面桶《せんめんおけ》）と着替えを持って出て来た。二人はそのまま井戸端へいった。「御家中のお侍衆でございます」水を汲《く》みながら妻が囁《ささや》いた、「たいそう気色ばんでおいでのようですけれど、なにか間違いでもございましたのですか」「心配するほどのことではない」隼人は汗を拭《ふ》きながら答えた、「それよりも今日、御老職から米を扶持しようと云われたぞ」「はあ……お扶持を」「扶持を貰《もら》えば、おまえが賃仕事をして疲れる分だけでも楽になる、おまえには少し息ぬきをさせてやりたい、そう思った」「まあなにを仰《おっ》しゃいます」七重は、びっくりしたように面をあげた。びっくりしたというよりも、怨《うら》めしそうな眼もとだった。隼人は、すぐに首を振ってつづけた。「むろんそれは、思っただけのことだ、おれは断わった、おれが人足をし、おまえが昼夜をわかたず賃仕事をする、そしてふるまうからこそ、貧しい薯粥《いもがゆ》にも心が籠《こも》るのだ、その心が、修業する人々へも通ずるのだ、おのれの教える武道は『心』だ、技ではない、だから心と心との通ずることがなによりも大切なんだ」「よくわかっております、わたくしの賃仕事などが、なんの苦労でございましょう、今さらそのようにお考え下すっては、わたくしお怨みに存じます」「つい口が辷《すべ》ったまでだ」隼人はそう云って笑った、「このような気持を俗に夫婦の情とでも申すのであろう」

「珍しいことを仰しゃいます」七重も頰を染めながら、恥ずかしそうに笑った。

からだを拭《ぬぐ》い着物を着て家へ戻ると、待ち兼ねていた三人は、にわかに坐《すわ》り直した。しかも隼人は妻に茶を点《た》てさせ、いかにも心しずかに一服してから、はじめて客の前へ来て坐った。これだけの順序で、三人の者はまったく圧倒されいきごんでいた出端《でばな》を挫《くじ》かれたかたちだった。「もはやお聞き及びかと存ずるが」と一人が用件をきりだした、「今日、矢作橋の工事場で足軽と侍とのあいだに喧嘩があった、近来そこもとが武道の教授をされるそうで、足軽どもの気風が僭上傲慢《せんじょうごうまん》になっておる、いかなる御教授によるのか、お心得のほどを拝見申したいに就いて、われら師範梶井図書介より御前試合の願いを呈出仕《つかまつ》った、不日おゆるしのお沙汰《さた》があろうと存ずるゆえ、そのおり逃げ隠れなさらぬよう、しかとただいま申入れる」

## 六

いうだけ云うと、三人はすぐに帰っていった。隼人は、やはりそうだったかと思った。今日の喧嘩の原因も「足軽に武道の教授をしている」という反感もあるのだ。そして結局は、足軽が三人の侍を相手にして勝ったとなると、かれらの鋒先《ほこさき》が自分に向って来るのは当然である。

「いかがあそばしますか」七重が気遣わしげに良人を見た。

「争いは好まないが」と隼人は困惑しながら、「しかし武道のまことを守るためには、いたずらに争いを避けるだけが能ではない、……受けるより仕方がないだろう」

いかにも気の進まぬようすでそう云った。……その翌々日、鈴木惣兵衛から使者があった。「御前試合の下命があったから、この使者と同道で登城されたい、悪くは計らわぬから……」そういう口上だった。隼人は覚悟をしていたのですぐに支度をし、愛用の剣を持って、使者といっしょに登城した。

案内されたのは本丸の月見櫓《つきみやぐら》の前で、試合の場所には幕が張り廻してあった。席に就いたのは、鈴木惣兵衛とほかに老職二名だけで、間もなく城主水野監物《けんもつ》忠善が上座へあらわれたほかには、見物の者はひとりも無かった。梶井図書介は、三十六七になる立派な人物だった。上背もあり骨組も逞《たくま》しく、眉《まゆ》のはっきりした堂々たる風貌《ふうぼう》である。「用意がよくば、双方出ませい」城主が席に就くと惣兵衛がそう声をかけ、勝負は一本、遺恨あるべからずと云った。……隼人は拝礼して木剣を袋から出し、しずかに相手を見ながら進み出た。

図書介の木剣は三尺ちかい大きなものだった。かれは位置につくと、それを青眼《せいがん》にとって屹《きっ》とこちらを見た。隼人は木剣を下げたままその眼を見かえした、両者の距離は二間あまりある。互いの双眸《そうぼう》はしかと嚙《か》み合って、さながら空中に線を結ぶかと思われるようだった。そのまま時が経《た》っていった。どちらも微動もしなかった。図書介の青眼の木剣も動かず、右脇《みぎわき》へひっさげたままの隼人の木剣も動かない。ただ呼吸と眼だけが、一瞬の「期」をみきわめようとして火花を散らしている、……するとやがて、隼人がふいと躰《からだ》をひき、図書介が絶叫しながら打ち込んだ。それはまるで隼人が誘いこんだようにみえたし、打ちを入れて伸びた図書介の籠手《こて》を、隼人の木剣が眼にもとまらず斬《き》って取るのがみえた。

――勝負あった。監物忠善も、老職たちもそう認めた。しかし、図書介は、どうしてかそれを無視し、重ねてはげしく打ち込んだ。隼人はさっと身をひき、図書介の木剣を戛《かつ》と叩《たた》き落したが、それと同時に自分の木剣もぽろっととり落した、「まいった」「まいった」二人はほとんど同時に叫んだが、それでも隼人が相打に譲ったのだということは隠しようがなかった。

「勝負みえた、両人ともみごとだ」忠善がみずからそう声をかけた。

「十時隼人とやら、ゆるす、近うすすめ」「上意であるぞ」惣兵衛も促すので、隼人は支度を直して前へ進んだ。忠善は、じっとその顔を瞶《みつ》めながら、「そのほうのことは、かねて惣兵衛より聴いておる、唯今《ただいま》の試合ぶりもあっぱれだった、食禄《しょくろく》五百石で師範に召出したいと思うがどうか」「有難き御意を賜わり、おん礼を申上げまするが、御当家にはすでに師範として梶井どのもおいでになることなのであり、憚《はばか》りながらかたく御辞退を申上げます」

「ああいや、十時氏しばらく」うしろから図書介が声をかけた、「唯今の勝負はまさしく拙者の敗北でござる、御前においてかく明らかに優劣がきまったからは、もはや師範の役は勤まり申さぬ、拙者は退身つかまつるゆえ、どうぞ御斟酌《しんしゃく》なくお受け下さるよう」

「……ほう」隼人は眼をみはり、びっくりしたようにふり返った、「唯今の勝負に負けたから、もはや師範は勤まらぬと仰しゃるか、……すると、仮に拙者が師範となっても、また別に兵法家がまいって試合をし、負ければ師範ができぬというわけですか」そこまでいうと、急に隼人の頰へかっと血がのぼった。かれは膝《ひざ》をはたと打ち、「ばかなことを仰しゃるな」と大喝した、「兵法は死ぬまでが修業という、技の優劣は、修業の励みでこそあれ、人間の価値を決めるものではないぞ、人の師範たる根本は『武士』として生きる覚悟を教えるもので、技は末節にすぎない、貴殿はその本と末とを思い違えておる、さようなことでは、今日までの御扶持《ふち》に対しても申し訳はござらぬぞ」

図書介はいつか両手を膝に、ふかく面を垂れていた。技に負けたら勝つ修業をすればよいので、師範の勤めは技の優劣ではあるまい、その一言は図書介ひとりならず監物忠善はじめ老臣たちをも感奮させるのに充分だった。

「わたくしが御辞退つかまつるのは」と、隼人は忠善に向き直った、「べつに些か、おのれの思案があってのことでございます、一言にして申上げれば……わたくしは兵法で、一国一藩のお抱えとなるのが目的ではございません、日本国いずれの地もわが道場、いずれの人もわがゆく道の同志門人と心得ます、一人でも多く『まことに武士として生きる心』を啓発してまいるのが、わたくしの望みでございます、どなたに限らず、一粒の扶持も頂戴《ちょうだい》する考えはございません」監物忠善には、もう云うべき言葉はなかった。ただこれほどの人物を眼の前にして、おのれの家臣にできぬ恨みだけが、苦しいほど切なくかれの胸をしめつけるのだった。

十時隼人は矢作橋が完成するまでいたが、完成すると間もなく、来たときと同じように飄然《ひょうぜん》と岡崎を去った。

「もうみんなに、薯粥のふるまいができなくなったからな」袂別《べいべつ》の朝、さいごの粥を啜《すす》りあいながら、隼人は笑ってそういった、「また何処《どこ》か人足の稼ぎのあるところへゆくよ、そして青草原のあるところへ、……この二つさえあるところなら、どこでもおれの道場だ」それから餞別《せんべつ》としていって置くがと、かれは容《かたち》を正していった、「戦場へ出て、一途不退転のはたらきをするのには、日常の生きかたが大切だ、百石の侍に出世することよりも、足軽として誰にも劣らぬすぐれた人間になれ、それが正しい生きかただ、今日まで教えたおれの兵法の根本は、ここにある、それを忘れぬように……」こうして、十時隼人と妻の七重とは去った。しかしかれが去ってからあとで、かれの評判は却《かえ》って高くなった。さまざまな噂《うわさ》がうまれ、まことしやかな説がひろまった。

――十時隼人というのは仮名だった、あれは柳生家《やぎゆう》の十兵衛三厳《みつよし》どのだというぞ。――いや十兵衛どのは隻眼《せきがん》だと聞いた、十兵衛三厳どのではなく主膳宗冬という人に違いない、たしかに顔に見覚えた者がいる。――そうだ宗冬どのに相違ない。そのほかにも当代剣聖の名がいろいろ出たが、どれが本当かは遂《つい》にわからずに終った。さもあらばあれ、心のこもった温かい薯粥の伝説は、岡崎人の心にながく忘れがたい印象となって残ったのである。

（「講談雑誌」昭和十八年十二月号）

# 石ころ

ああ高坂の権之丞《ごんのじょう》さまがお通りなさる、また裏打の大口《おおくち》を召しておいでですね、あの方のは大紋うつしでいつも伊達《だて》にお拵《こしら》えなさるけれど、お色が白くてお身細ですから華奢《かしゃ》にみえますこと。お伴《つ》れは三枝勘解由《さえぐさかげゆ》さまの御二男ですわ、お名はなんと仰《おっ》しゃったかしら。それは紀久さまがご存じでございましょう。まあ悪いことを仰しゃるわたくし存じあげは致しませんですよ、それよりごらんあそばせ小山田さまの御老人が下腹巻《したはらまき》でいばっていらっしゃいますわ。まあお髪《ぐし》の眼だって白くおなりなすったこと……

# 一

晩秋の午後のひざしの明るい御隠居曲輪《ぐるわ》の縄屋の縁さきに出て、十人あまりの若い娘たちがさいぜんからかしましく囁《ささや》き交わしていた。すでに葉の散りつくした桜の樹間ごしに、壕《ほり》を隔てて向うがわの道をお城から下って来る侍たちがうち伴れて通るのが見える。かの女たちは今その人々を指しながら若い娘らしくそれぞれしなさだめに興じているのだった。松尾はそのなかまから離れて、独りでせっせと草鞋《わらじ》を作っていた。甲斐《かい》のくに古府城では、筋目ただしい家の娘たちが選《えら》まれて、代る代るお城へあがって草鞋を作ったり蓆《むしろ》を編んだりするならわしがあった。伝説によるとそれは、「信玄公の隠し草鞋」といって作りかたに特別な法があり、雪中を行軍するときなどその足跡によって軍の方向を敵に知られることのないように出来ている、それで筋目ただしい家の者が選まれて作るのだということだった。そうでないにしても年頃の娘たちに武者草鞋を作ったり軍用の蓆を編ませたりすることは、武家の女性としての鍛錬の意味だったことにまちがいはあるまい。それはまたかの女たちにとっても楽しいことのひとつだった。なぜかというと、武家の深窓に育てられてふだん世間に触れる機会がないから、おなじ年頃のものが集まって見たことと聞いたこと、経験したあれこれを語りあうことによって世の中のうつり変りも知り、少し不行儀だがそこからは登城下城の侍たちの往来が見えるので、いつの合戦にこれこれの手柄をたてたのはあの若武者だとか、どこそこの陣で大将首をあげたのはあの人だとか、とりどりのうわさ評判をし合うのも娘ごころには秘《ひめ》やかなよろこびのひとつだった。……そういうなかで松尾ひとりだけはいつもなかまはずれだった。どんな話の相手にもならず独りでせっせと仕事に没頭していた。もともとそういうざわめいたことの嫌いな性質だったのだが、容姿が人にすぐれて美しかったのと、父の秋山伯耆守《ほうきのかみ》が侍大将として御しゅくん勝頼公の御寵愛人《ごちょうあい》だったのとで、ほかの娘たちからは驕慢《きょうまん》のようにみられていた。

……お父上さまの御威勢が高いから。ご縹緻《きりょう》自慢でいらっしゃるから。……そんな言葉がときどき耳にはいってくる、けれど松尾はそれさえ聞かぬふりをしていた、そういう蔭口《かげぐち》にはもう馴《な》れていたのである。

「あら今あそこへいらっしゃるのは多田さまではございませんか、ご自分で馬の口を取っていらっしゃる方……」娘たちのひとりがそう云《い》うのを聞いて、松尾は思わず胸がどきっとした。

「ああそうでございます、多田さまでございますよ、どうなすったのでしょう、口取がうしろにいるのにご自分でお曳《ひ》きなすったりして」「それはなにしろ多田さまですからね」「戦場で兜首《かぶとくび》の代りに石を拾って来るほどの方ですものね」いかにも可笑《おか》しそうにみんなくすくすと笑いだした。それは決して悪意のあるものではなかった、けれど蔭口を面白くしようとする不必要な誇張が感じられた。松尾はまるで自分が嗤《わら》われているような恥ずかしい口惜しい思いでわれ知らず頰を熱くしながら云った。

「おやめあそばせ、よくも存じあげぬ方のことをそのように悪口なさるものではございませんわ」云ってしまってから自分でも驚いたほど烈《はげ》しい調子だった。娘たちは松尾の上気した頰や、涙を湛《たた》えた双眸《そうぼう》をみてびっくりした。そして自分たちのはしたなさに気づくよりも、にわかに新しい興味を唆《そそ》られたようすで、互いに眼を見交わしながら囁《ささや》きあった。

「悪口ではございませんわねえ」「だってわたくしたちは世間で云っていることを申しただけですわ、誰でも申しておりますものねえ」「でも……」松尾はそう云いかけたが娘たちの好奇の眼がいっせいに自分のほうへ集まるのを見ると、もうなにを云う気持もなく口を噤《つぐ》んでしまった。そして城をさがるまで、思わず云わでものことを口にした自分の軽率を後悔しつづけていた。

二

けれども松尾がそのとき云わでものことを云ったのは偶然ではなかった。多田という若侍の評判はこれまで数えきれぬほどたびたび聞いている。……かれは多田淡路守《あわじのかみ》の二男で名を新蔵といい、二十五歳になる今日まで前後七たびも合戦に出ているが、一番乗り一番槍《やり》の功名はさて措《お》いて、まだ兜首ひとつの手柄もたてていない。行動が鈍重で目はしが利《き》かず、自分の名乗りもはきとはできない。そういうたぐいの、どちらかというと嘲笑《ちようしよう》に満ちた評判ばかりだった。松尾はその人もよく知らず、評判のどこまでが真実かもわからなかったが、自分の身にひきくらべていつも秘《ひそ》かに同情の思いを唆られていた。——父親が権勢家だから驕《おご》っている。——標緻自慢で人を侮《あなど》っている。自分に対するそういう蔭口が、本当の自分とはかかわりなしに人の口の端《は》にのぼる、それを聞くかなしい辛《つら》い気持がそのまま多田新蔵の上に思いやられ、「人は評判だけで判断してはならない」とつねづね身にしみて考えさせられていた。その思いがつい口を衝《つ》いて出たのである。「でも云ってはならなかった」その日、屋敷へ帰ってから、松尾は自分の言葉を改めて反省した、「口で云ってわかることではなかった。却《かえ》ってよしない噂《うわさ》の種になるかも知れなかったのに」そう思うだけでもやりきれない気持だった。そしてそれはやはり事実となった。

なにごともなく半月ほど経《た》って、朝々の野づらに白く霜のおりる季節となった或《あ》る夜、兄の万三郎が来て、「父上がお召しなさる」といい、いっしょに父の居間へつれてゆかれた。去年の春に母が亡《な》くなってから、父は屋敷にいるときはいつも亡き妻のために千部経を写すのが習慣になっている。今もその写経をしていたとみえ、燭台《しょくだい》の脇《わき》には筆硯《ひっけん》や紙などの載った経机が寄せてあった。兄もいっしょに、松尾がそこへ坐《すわ》ると、父はちょっと具合のわるそうな口調で云いだした。

「父の口からかようなことを申すのはいかがかと思うが、だいぶ世間の評判がうるさいので念のために訊《たず》ねる、おまえはこれまでに多田淡路の二男と、……なにか、文など往来したことでもあるか」松尾はびっくりして父を見あげた。父はまぶしそうに、濃い眉《まゆ》の下の眼を細めながら、まるで痛いものにでも触るような声音で続けた。「女親に息子をみることはできるが、男親に娘はみられないという、おまえにはうちあけて相談をする母がないから、いろいろと思い余ることがあって途方にくれる場合もあろう、もしもそういうことから不たしなみが出来たとすれば、その責のなかばは父が負うべきものだ、おまえだけを責めようとは思わない、ただ父として正直なことが聞きたい、……云ってごらん」

　松尾はおとなしくしまいまで聞いていたが、父の言葉が終るとしずかに面をあげた。

「どのような評判をお聞きあそばしたかは存じませんけれど、わたくしには少しもそのような覚えはございません」「まちがいないか、この場だけの云い繕いではないのか」「決してさようなことはございません、けれども、もしかするとあらぬ噂が立ったかも知れないと思い当ることはございました」「それを云ってごらん」

　松尾はいつぞや隠居曲輪であった事をあらまし語った。するとそれまで黙って聴いていた兄の万三郎が、「ばかなことを申したものだ」と腹立たしげに云った、「なんでまた多田の蔭口にかぎって咎《とが》めだてなどしたんだ、ほかの者ならとにかく、多田新蔵がどういう男かということはもう世評がきまっている、それをそのように云い庇《かば》えば、あらぬ噂がひろまるのはわかりきったことではないか」「はい、本当にかかるはずみでございました、これからはきっと慎みます」おとなしく低頭した松尾は、しかしすぐに父の顔をふり仰いで、「父上さま改めてお願いがございます」と云いだした、「松尾もいつかは嫁にまいるのでございましょうか」

あまり突然の問いで父親はちょっと返答に困った。

「それは云うまでもないが、どうして今そんなことを訊ねるのだ」

「もし嫁にまいるのでしたら、松尾は多田新蔵さまへまいりとうございます」

「ばかなことを申すな」万三郎がどなるように遮《さえぎ》った、「今あらぬ噂のたっている者とさようなことになれば、噂が事実だったと証拠だてるようなものではないか、まして多田新蔵などとはもってのほかのことだ」

「どうして多田さまでは悪うございましょうか」

「自分で考えてみろ、多田がどのような人間か古府じゅうで知らぬ者はないぞ」

「松尾は存じあげません」かなり強いまなざしで兄を見かえりながら、おちついたしずかな調子で松尾は云った、「たしかにお噂は聞いております、けれどそれはどこまでも人の噂にすぎません、松尾は世評や蔭口よりもその人をお信じ申したいと存じます」

# 三

「世評は根も葉もなしに弘《ひろ》まるものではない、おまえのは理屈でなければ、ことさらに異をたてようとしているのだ」

「兄上さまは松尾をそんな女とおぼしめしですか」

「もうよいぞ松尾」父親はなだめるように制止した、「おまえにも似合わぬ、兄に口ごたえなどをしてどうしたことだ、万三郎もやめい、この問題についてはおれに意見もあるが、今それを云うことは控える、松尾はもうさがってよいぞ」きっと唇を嚙《か》みしめながら松尾はふかく面を垂れた。万三郎は妹がこめかみのあたりを蒼白《あおじろ》くしているのに気づいて呆《あき》れたように見まもっていた。

それから四五日して、父親がふと松尾の部屋をおとずれた。常になく改まったようすで、娘の眼をじっとみつめながら、「先日あのように申したが、おまえ本当に多田の二男へとつぐ気があるのか」と云った。松尾は眼を伏せなかった。「はい本当にまいりたいと存じます」「かれの評判は承知のうえだな、あらぬ噂をたてられて意地で申すのではないだろうな」「さようなことは決してございません」「では訊ねるが、どうして特に多田を望むのか」「それは、……」云いかけて松尾はちょっと言葉を切った。そして本当の心の底にあるものを誤りなく云おうとするように、ひと言ずつはっきりと、けれど幾らか舌重《したおも》げに答えた。「さかしらだてのようではございますけれど、わたくしには多田さまが世間の評判とは違った方のように思われてなりません、七たびも出陣なすって兜首ひとつの手柄もおたてなさらぬ、それはあの方お一人ではないと存じます、ほかにもそういう方はいらっしゃると存じますのに、多田さまに限ってそれが評判になるのは、どこかしらお人がらに尋常ならぬものがあるからではないか、本当は世間の眼がそこへ届かぬためではないか……わたくしにはどうしてもそう思われてならないのです」

「それだけの根拠でおのれの一生を託そうというのは少し不たしかに思われるが」

「そうでございましょうか」松尾は微笑さえみせながら云った、「わたくしはゆくさきのお人よりも、却って自分にその値うちがあるかどうかを案じているのですけれど」

それはたしかだと父親も笑った。そして本当にそう望むなら自分にも少し考えがあるから、婚姻のはなしを纏《まと》めてみよう、そう云って立っていった。多田家は美濃《みの》のくにから出て武田氏に仕えたものだったし、秋山は譜代の重臣だったから縁談はなんの故障もなく纏まった。そしてその月のうちに新蔵は別に屋敷を貰《もら》い、そこで祝言《しゅうげん》の式があげられた。……なにかと風評のあった二人の結婚はかなり人々をおどろかしたが、そうきまってしまえばあたりまえな話で、案じていたほどうるさい口も聞かずに済み、その年も暮れて天正二年を迎えた。

新蔵は無口な男だった。中肉中背のからだつきも、おっとりとした顔だちも、挙措動作も、すべてがきわめて平凡である。「尋常ならぬものがあるに違いない」そう信じて来た松尾は、その平凡さの蔭にかくれたものをみつけだそうとしてずいぶん注意していたが、三十日、五十日と経ってもなんのひらめきもみいだせなかった。寧《むし》ろいろいろと世評を裏づけることばかりが眼につくのである。或る日の午《ひる》さがりだったが、良人《おっと》の居間の掃除にいったとき、上段に飾ってある鎧《よろい》のそばに白木の手箱のようなものが置いてあるのをふとみつけた。なにごころなくあけてみると、中には綿を敷いて大切そうに石ころが五つ六つ入れてあった。――なんの石だろう。松尾はいぶかしく思ってよく見なおした。しかしどう見なおしても唯《ただ》の石ころだった。それも特に色が美しいとか形が珍しいとかいうのではなく、いくらも路傍にころげている種類の、なんの奇もない石である。ただその一つ一つに小さな字でなにか書いてあるので、松尾はそっと手に取ってみた。するといつかうしろへ来ていた良人の新蔵が、

「ああそれは遠江《とうとうみ》の二股城《ふたまたじょう》の石だよ」と教えてくれた。松尾はびっくりしてふり返っ

た、新蔵は微笑しながらそばへ寄って、「これは駿河《するが》の田中城の石だ、これは美濃の明智《あけち》、これは三河の鳳来寺《ほうらいじ》のものだ」「では……本当だったのでございますね」いつか隠居曲輪で耳にした噂を思いだしながら、松尾はいくらか非難するように訊《き》きかえした。「戦場から石を拾っていらっしゃるというお噂は、わたくし根もない蔭口だと存じておりましたけれど……」

「いやこのとおり本当だよ」新蔵は平然と微笑していた。

四

松尾は良人の眼を見まもりながら、どういう意味でこのように戦場から石を拾っておいでになるのかと訊いた。

「かくべつどういう意味ということもないな」新蔵は遠くを見るような眼をした、「云ってみれば命を賭《と》して闘った戦場の記念にという気持もある、だが、そういうことは別にしておれは石が好きなんだ、石といってもこういうありふれた凡々たる石がね、……世の中には翡翠《ひすい》とか、瑪瑙《めのう》とか、紅玉とか水晶とか、玉髄とかいって貴顕富家に珍蔵される石もある、また姿の珍しさ色の微妙さを愛されて、庭を飾ったり置物にされたりする石もある、むろんそういう石にはそれだけの徳があるのだろう、けれども、見てごらん」かれは小石の一つを手に取り、妻に示しながらゆっくりと続けて云った。

「こんなのは何処《どこ》にでもころげている、いたるところの道傍《みちばた》にいくらでもある、形も色も平々凡々でなんの奇もない、しかしよく見るとこいつは実になんともいえずつつましやかだ、みせびらかしもないし気取りもない、人に踏まれ馬に蹴《け》られてもおとなしく黙ってころげている、あるがままにそっくり自分を投げだしている、おれはこの素朴さがたまらなく好きなんだ」

「それはそうでございましょうけれど、ただ素朴だというだけでは、いくら石でも有る甲斐《かい》がないのではございませんか」

「そう思うかね」新蔵は穏やかに妻を見やった、「しかしこれはこれで案外やくに立つのだよ、道普請《みちぶしん》にも家を建てるにも、また城を築くのにも、土を締め土台石の下をかためるためには、こういう石は無くてはならないものだ、……城塁の下にも、家の下にも、道にも石垣にも、人の眼にはつかないがこういう石が隅々にじっと頑張っている、決して有る甲斐がないというようなものではないんだよ」そしてかれは掌《たなごころ》に載せた石をつくづくと見まもりながら、愛着の籠《こも》った調子で呟《つぶや》くように云《い》った、「おれはこの素朴さを学びたいと思うよ」

松尾には良人の気持がおぼろげながらわかるように思えた。世評はあながち誤ってはいなかった。良人が石の素朴さを愛するというのはその為人《ひととなり》である、「尋常ならぬものがある」と信じたのは自分の思いすごしだった。良人は噂どおり平凡な人だったのだ。松尾はだんだんとそれを承認するようになったのである。……兄は来なかったが、父の秋山伯耆はおりおり訪ねて来た。

「どうだ、うまくいっているか」「はい仕合せにくらしております」そういう問答のなかに、新蔵に対するむすめの失望がうかがわれた。けれども父親はそれに就いてはなにも云わず、「それは重畳だ、よくつとめなければならんぞ」とさとすだけだった。

その年の五月、ごしゅくん武田勝頼は二万余騎の兵をひきいて甲斐を出馬し、徳川氏の支城である高天神《たかてんじん》を攻めた。高天神は遠江のくに小笠郡にあり、小笠原与八郎長忠を城主とし、大河内源三郎を徳川氏の監軍として固く守っていた。……この軍には多田新蔵も出陣したし、松尾の兄の秋山万三郎も加わっていた。勝頼が二万余の大軍を動かしたのは高天神だけがめあてではなかった、しだいによってはそのまま三河まで侵入し、徳川の本領まで席巻《せっけん》しようという計画をもっていたのである。五月三日に甲斐を発した武田軍はおなじ七日に相良《さがら》へ本陣を布《し》き、十二日を期して攻撃をはじめた。勝頼は父の信玄がまだ在世だった元亀《げんき》二年に、いちどこの城を攻めたことがある。

そのときは失敗したが、こんどはその経験を生かす必至の策をもっていた。すなわち穴山伊豆守《いずのかみ》（梅雪《ばいせつ》）をして攻城主将とし、馬場、山県《やまがた》らを徳川氏の援軍に備えさせ、自分は本陣にあって総指揮をとる、つまり高天神の攻略といっしょに、あわよくば徳川氏本領への侵入を決行する両面の策戦をもって臨んだのだ。……急報によって徳川氏はすぐ兵馬を発した。けれども物見の報告によると武田軍の配置はひじょうに堅固である。家康ははやくも勝頼の意のあるところを察してにわかに進まず、織田信長へ使者を遣《や》って援軍を求めた。

家康がこちらの軍配を察して慎重に織徳連合の策をたてたということを知ると、勝頼は三河への侵入を断念して高天神攻略に全力を集め、六月十日総攻めの命を発した。秋山万三郎は高坂弾正《はげ》（虎綱）の麾下《きか》にあって下平川口の外塁の攻撃に当った。戦は夜明けに始まり、烈しい矢だまの応酬から肉迫戦に移った。午《ひる》すこし前であったろうか、万三郎が敵の猛烈な集中射撃に遭《あ》って、手兵五十余騎といったん窪地《くぼち》へ退避したとき、すぐ脇のところをまっしぐらに前進してゆく一隊の兵を見た。徒士《かち》二十人ばかりが横列になり、先頭に抜刀をふりかざした若武者が指揮していた。かれらは黙っていた、みんな槍《やり》をぴたりと脇につけ、足並を揃《そろ》えて犇々《ひしひし》と進んでいった。篠《しの》つくばかりの矢だまのなかを、まるで武者押（練兵）でもするもののように面もふらず前進し、やがて指揮者が刀をひと振りするとみるや、脱兎《だっと》の如《ごと》く敵の塁壁へと取り付いた。

# 五

万三郎はあっと叫んだ。その一隊の先頭に立って指揮していたのは多田新蔵だった。兜《かぶと》にかくれて顔は見えなかったが、鎧具足にもみおぼえがあるし、差物は紺地《こんじ》四半に白抜きの竜でまぎれはない。——新蔵が先を乗るぞ。そう気づいたおどろきは譬《たと》えようもなかった。かれはわれを忘れて窪地をとびだし、「斬り込め」と絶叫しながら敵塁へ迫った。

砦《とりで》の一角が崩れた、敵は弓鉄砲を捨て、刀を抜き槍をふるって押し返し戦った。万三郎はむにむさんに斬り込んだが、ふと見ると多田新蔵がひとりの鎧武者と刃を合わせている。「木暮弾正」と相手の名乗るのが聞えた。それはその塁の副将である、多田などの相手ではないと思って万三郎が駆けつけようとすると、新蔵はつぶての如く襲いかかって相手の脇壺《わきつぼ》を刺した。万三郎の眼には新蔵の右手が大きく動き、きらりと刃が光るとみえただけだった。木暮弾正は横ざまにどっと倒れた。——おお新蔵がやった。かれは思わず呻《うめ》きごえをあげながら駆けつけた、しかし新蔵はもう向うへ走りだしていた。いま刺し止めた敵はそのままである、しるしをあげようともせず「討った」と名乗りもしない。倒れた敵を踏み越えてそのまま前へと斬り込んでいった。

「おい多田、しるしをあげてゆかぬか」

万三郎はけんめいに呼びかけた。新蔵はふり向きもしなかったが倒れていた木暮弾正がむっくと半身を起こした。それで万三郎は駆け寄りさま押し伏せ、そのしるしをあげた。

「あっぱれ秋山どのお手柄」

そう呼びかける声がしたので、見ると、山県善右衛門が走ってゆく。いや違うこれは多田がと云おうとしたが、善右衛門はもう遠く去っていた。万三郎ははげしく舌打をし、弾正のしるしを郎党に持たせて再び敵中へ斬り込んでいった。

その日の合戦で万三郎はおなじようなことを三度まで見た。二度めは中村の柵《さく》の内、三度めは寺部の出丸で、そして三度とも木暮弾正を討ったのとおなじ方法だった。多田新蔵はまっしぐらに強敵へ襲いかかる、喉輪《のどわ》か脇壺か、または草摺《くさずり》はずれを刺し通して相手を倒すと、そのまま見向きもせずに次の強敵に向って斬り込んでゆく、いま自分の討った相手がどんな高名な部将であろうとも、決して首級をあげようとはしないし、「討った」と名乗りもしない、当の相手を倒すとそれなりまた強敵を求めて前へ前へと突進するだけだった。――どういうつもりだろう、乱暴で逆上したのか、それとも……それともなにか思案があるのだろうか、万三郎はいろいろ考えてみたが見当がつかず、ふしぎな戦いぶりをするやつだという訝《いぶか》しさだけが頭に残ったのであった。……かくてその日の昏《く》れがたには外廓《がいかく》の諸塁がことごとく陥落し、まったくはだか城となった高天神をとり囲んで武田軍は包囲の陣を布いた。

はげしい攻防の一日が暮れて夜になった。万三郎は勝頼の旗本にいる多田新蔵をたずねていった。新蔵は篝火《かがりび》のそばに楯《たて》を敷き、その上に坐《すわ》ってなにかしきりに小さな物を磨いていた。万三郎は声をかけてその前に坐り、じっと相手の眼をみまもった。

「今日はお手柄だったな、下平川口の砦で木暮弾正を討ち取るところを拝見したよ」

「木暮弾正だって」新蔵は眼をしばしばさせた、「おれはそんな者は知らないがね」

「なぜ隠すんだ、おれはこの眼で見た、貴公がこう太刀をあげて、弾正の脇壺をみごとに刺し通したところを、……しるしはおれがあげたが討ち取ったのは貴公だ」

「おれは知らないね」新蔵はとんでもないといいたげに頭を振った、「乱軍のなかだから見違えたのだろう、まるで覚えのないことだよ」

「いや知らぬ筈《はず》はない、寺部でも中村の柵でも鎧武者を討ち取るのを見た、おれのこの眼で見た、たしかに見たんだ、どうして貴公が隠そうとするのかおれにはわからない、どうしてだ」

「どうしてと云って、知らぬものは知らぬというほかにないじゃないか」新蔵は布切れでなにか磨きながらそう云った、「ここでそんな口論をやってもしようがない、誰が誰を討ったかということは功名帳に記してある筈だ、功名帳をみればはっきりわかることだよ」そう云ってかれは磨きあげた物を掌の上に載せ、篝火の光りにすかしてうっとりと見まもるのだった。掌の上に載せられたのは小さな石だった、かれは万三郎の眼がその石に注がれたのに気づくと、ふり返ってにっと微笑しながら云った。

「これがおれのたのしみでね」

六

「これがおれのたのしみでね、そう申した眼つきは実に平安なものでした、これが半刻《とき》まえまで戦塵《せんじん》を浴びて馳駆《ちく》した人間かと疑われるほど、のどかな、むしろ縹渺《ひょうびょう》たる感じでした」万三郎はそう云って、改めて父の顔を見まもりながら、「そしてついに多田は本心を明かしませんでした、当人が知らぬというえに山県善右衛門までが証人に出たので、木暮弾正を討った手柄は結局わたくしのものになってしまいました、それ以上に事実を主張しますと、却《かえ》って妙な疑いを受けそうにさえなったのです」

「妙な疑いとはどのようなことだ」

「わたくしが故意に義弟へ功名をゆずるのではないか、あからさまにそう申した者もあるくらいです」

「なるほど、そういう見かたもある」

「しかし弾正を討ったのは事実かれでした、弾正ひとりではありません、わたくしが見ただけでもほかに二人鎧武者を仕止めています、おそらくその二人も、木暮弾正がわたくしの手柄として記されたように、誰かほかの者の手柄として功名帳に記されたことでしょう、そして、……当の多田新蔵はこんども兜首ひとつの手柄も記されずにしまったのです、いったいこれはどういうわけでしょうか」

高天神の城は敵の主将小笠原長忠の降伏によって陥《お》ち、六月十七日に開城した。そして勝頼は岡部丹波守と横田伊松に旗本の士を加えた三千余の兵を駐《と》め、いったん甲斐のくにへと凱旋《がいせん》した。……多田新蔵よりひと足さきに甲府へ帰った万三郎は、なによりもさきに新蔵のふしぎな戦いぶりを父に語ったのである。その座には妹の松尾もいた、かの女は兄の凱旋を祝いに来て、はからずも良人《おっと》の戦いぶりを聞いたのだった。

「なぜかという、その理由がおまえにわからないのは当然だ」伯耆《ほうき》がしずかに口を切った、「この父も、かつて多田新蔵といっしょに四たび戦場へ出ている、そしておまえの見たとおりの事実をなんどもこの眼で見た」

「父上もですか、父上もごらんなすったのですか」

「新蔵はまっすぐに強敵へ挑みかかる、そして討ち倒せばそれなり跳《おど》り越えて前へ突っ込む、相手がどのような名高い者でも見向きもしない、その首ひとつが千貫の手柄になる相手でも、討ち伏せてしまえば未練もなく次ぎへと突進する、おれはいくたびかそれを見た、……そして戦が終って功名帳がしらべられると、かれには兜首ひとつの手柄も記されていない、誰某を討ったのは多田ではないか、そう云う者があっても当人は知らぬというし、乱軍のなかのことではあるし、首級をあげた者はすでに名乗っているので、そのままおちついてしまうのが例だった」秋山伯耆はふと眼を閉じ、当時を回想するのであろうかしばらく黙っていたが、やがてまたしずかに続けた、「世間はなにも知らずにかれを笑う、動作が鈍いとか、名乗りもはきとはできぬとか、……事実はいま話したとおり、人にぬきんでた手柄をたてているのだ、しかも世間がどんなに嘲笑《ちようしよう》しようとも、当の新蔵はひと言の弁明もせず黙ってその嘲笑をうけている、……どういうつもりだろう、おれにはしかしやがて合点がいった」

松尾は全身を耳にして、一語も聞きのがすまいと父の口許《くちもと》を見まもっていた。

「そもそも合戦とは敵をうち負かすのが根本だ、戦いは勝たなくてはならん、勝つためには一人でも多くの敵を斃《たお》すのが戦う者の最上の心得だ、いかに兜首の手柄が多くとも戦に負けては意味がない、肝心なのは勝つことだ、勝つために一人でも多く敵を討つことだ、……新蔵はその心得で戦っている、一番槍も大将首も問題ではない、一人でも多く強敵を討って合戦に勝とうとする、それだけだ。他人がなんと誹《そし》ろうとも自分のことはかれ自身がよく知っている、かれこそまことの戦士というべきなのだ」

万三郎は頭を垂れ、両手でかたく膝頭《ひざがしら》を摑《つか》んでいた。伯耆はむすめをかえりみた。

「おまえは多田へ嫁《か》していくらか失望したようだったな、おれには察しがついていた、けれども多田の真のねうちはやがてわかるだろう、わかるときが来るに違いないと思ったからなにも云わなかった、……名も求めず、立身栄達も求めず、ただひとりの戦士として黙々としておのれの信ずる道を生きる、多田新蔵はそういうもののふなのだ、わかるか」

松尾は胸をひき裂かれるように感じた。いつぞや良人が石の素朴について語ったとき、良人の本心をつきとめたように考えた、やっぱり世評どおりの人だったと思った。なんと浅薄な独りよがりな考えだったろう。世間の風評を嗤《わら》いながら、自分も良人の真実をみつけることができなかったのだ。——申しわけがございません、あさはかな松尾をおゆるし下さいまし。父の家を辞して屋敷へ帰るまで、松尾は心のなかでそう叫びつづけていた。そして屋敷へ帰り着くとすぐに、いつかの手箱をとりだして来て蓋《ふた》をはらった。……そこにはまえのとおり綿を敷いて、幾つかの小石がはいっていた、形も色も平凡な、なんの奇もない路傍の石である。じっと見ていると、「おれはこんなのが堪《たま》らなく好きだ」という良人の声が聞えるようだった。

「あなた、……おりっぱでございます」そう呟きながら、松尾はたえかねてくくと噎《むせ》びあげた……やがて良人が凱旋すれば、そこにまた石が一つ殖《ふ》えることだろう。人には見えないが多くの功名と手柄を象徴する平凡な一つの石が……。

（「富士」昭和十九年一月号）

# 兵法者

# 一

寛文という年代のなかごろ、或《あ》る年の冬の夜のことだった。常陸《ひたち》のくに水戸の城中とのいの間で、当番のさむらいたち数名の者が火桶《ひおけ》をかこんで話し更《ふ》かしていた、とのい部屋は御しゅくんの寝所に接しているので、火桶をいれたり話をしたりすることは禁じられるのが通例である。水戸でも頼房《よりふさ》の代にはそうだったが、光圀《みつくに》が世を継ぐと間もなく、――とのい番というものは非常の備えだからいざというとき手足が冷え屈《かが》んでいては役に立たぬ、火も置き湯茶も啜《すす》りいくさ物語などもして身躰《しんたい》のびやかに詰めさせるがよい、そういうことではじめて許されるようになったのである。その夜のはなしは、武田晴信と上杉輝虎との優劣の論が中心だった、川中島に戦うこと十余年にわたって、しかも決定的な勝敗をみずに終った両者の器量、軍配の比、治民の法など、どちらにも一長一短ありで論はなかなか尽きなかった、するとその座にいた兵法者なにがしという者が、とつぜん押しかぶせるような調子で口を挿《はさ》んだ、「三木どのの論をはじめたいがい甲陽軍鑑を元にしておるようだが、あれは虚妄《きょもう》の書で信ずるに足らぬ、士人の読むべきものではないとさえ申すくらいだ、そのような書をもとにしての論はむやくなことであろう……」くちぶりがあまりぶ遠慮だったので三木幾之《いくの》丞《じょう》はむっとした、「甲陽軍鑑が武田の旧臣によって書かれたものであり、したがって武田氏に依怙《えこ》の部分があるということは聞いている、これは旧主従のよしみとしてありがちのことで、われらが御しゅくんの年記を編むとするも必ず避けられることではないであろう、しかし虚妄にして信ずべからずという説はいまはじめて耳にする、そう云《い》うからにはなにか根拠があってのことと思うが、どういうわけで信ずべからずと断言するのか」「すでに軍鑑が武田の旧臣の撰《せん》に成り、依怙の条が多いとわかっているなら、虚妄と申した根拠のせんさくには及ばぬであろう」と兵法者なにがしは冷やかに答えた、「……ただそれがしはさような信じがたき書をとりあげて、いかにあげつらってみても、げんざい御奉公の性根のかためには役だつまいと申すのだ」あきらかに言葉はかれの好むほうへと曲げられた。幾之丞は若いので早くも額を白くしたが、なにがしはそれを無視してつづけた、「新参者のそれがしにはよくわからないが、ご家中にはお上のがくもん御奨励をはき違えて書を読む風はさかんだが、武芸に出精するものは案外すくないようだ、これでは武士として万一のとき心もとなく思われるがどうであろうか」まるで挑みかかるような口調である。捨てておくと口論になると思ったので、年嵩《としかさ》のひとりが「武芸といえばお上のお相手に出たとき……」とさりげなく話題をほかへと変えてしまった。

兵法者なにがしは光圀にみいだされて召抱えられた新参である。刀法の達者としてみいだされ、お気にいりのようすでつねづね側近に仕え、新参には例のないとのい番にさえ出る、筋骨のすぐれて逞《たくま》しい怒り肩の、いかにも兵法者というからだつきである。相貌《そうぼう》も挙措もかなり尊大で、家中とのおりあいはあまりよくなかった、――どうしてあのような者を好んでお近づけなさるのか、そういって光圀の意を不審がる者も少なくない。特にこのごろかれは苛立《いらだ》っているようすだが、おそらくは兵法者として召抱えられたのにまだ師範の役を申しつけられないのが不満なのだろう、機会のあるごとにおのれを前へ押し出すような口をきくのだった。

その夜から数日すぎた或る日、光圀は兵法者なにがしをつれて庭をあるいていたが、ふと思いだしたように云った、「……先夜そのほうとのい番のときに、甲陽軍鑑は虚妄の書なれば士人の読むべからざるものだと申していたが、あれは少し違いはせぬか、なるほど筆つきに依怙があり、記述に誤りが無いではない、けれども撰者はその時代に生きて戦塵《せんじん》を浴び、攻防輸嬴《しゅえい》をまのあたりに見て書いたのだ、繙読《はんどく》してまなぶべきところは少なくないと信ずる、……またそうでなくとも、史書を読んで事実の真偽を穿鑿《せんさく》するのは学者のしごとであろう、武士には武士の読みようがある筈《はず》だ、そうではないか」なにがしははあといったが承服した声ではなかった。光圀はしばらく黙ってあるいていたが、「……またあのおり奉公の性根ということを申したようだが」とさあらぬ態《てい》で言葉をついだ、「そのほうはいったいどのような性根で余に奉公するぞ」「それは申上げるまでもないと存じます」「いや聞きたい、申してみろ」こちらへ背中を向けてしずかにあるいている、その背中に光圀のきびしい意志が表白されているようだった。なにがしは昂然《こうぜん》と眉《まゆ》をあげて、「わたくしは、いつにても身命をたてまつる、この一念にて御奉公を仕《つかまつ》ります」「たしかに」そう呟《つぶや》いて光圀は頷《うなず》いた。

二

「たしかに、そうであろう、だがその性根にゆるぎがないかどうか、……ひと口に身命を捧《ささ》げると申しても実際にはなかなかむずかしいものだ、大事に当面すればここぞという見切りはつく、しかし家常茶飯のうち、それとはみえぬことがらのなかにその見切りがつくかどうか……」「わたくしの刀法は」と兵法者なにがしは光圀がまだつづけようとする言葉をさえぎって云った、「その大事小事にまぎれのない性根をかためることを以《もっ》て真髄といたします」光圀はふり返った。そしてなにか珍しいものをみつけでもしたように、なにがしの顔をつくづくと眺め、やがて、「……そうか」としずかに頷いた。

そのとき以来、光圀の眼がときおり自分の挙措にするどく注がれるのを兵法者なにがしは感じはじめた。かれは心をひきしめた、――御しゅくんは自分を試みようとしておいでになる、そう思ったのだ。かれは召抱えられるまえから光圀を敬慕していたが、そば近く仕えるようになっていっそうその感がつよくなり、この御方のためにはよろこびを以て身命を捧げることができると確信していた。およそさむらいとして主仕えをするのにその覚悟のない者はないだろうが、かれはおのれの確信を誰よりもたしかだと自負している。刀法というものは奥底の知れぬものだから、自分がめいじん上手であるとは思わない、けれども、ながい困難な修業によって会得《えとく》するところが無いではなかった、自分のは刀法のための刀法ではない、さむらいとして御しゅくんに奉ずる不動の一念をかためるためのものだ。かれはそれをひとすじの目標として生きて来た。したがって庭で光圀に答えた言葉は思いあがりではなく、確信を正直に述べたまでにすぎない。もし御しゅくんが自分を試みようとなさるのなら寧《むし》ろよろこんでその試みに応じよう、おそらくそれを機会に自分の用いられる時が来るであろう、かれはそう思ってゆだんなく勤めていた。……すると或る日、にわかに召されて伺候《しこう》したかれが、襖《ふすま》の際《きわ》に平伏した刹那《せつな》、その襖が左右からすさまじい勢いでぴしりと閉められた。その蔭《かげ》に若ざむらいが隠れていて、かれが敷居の上へ平伏するとたんに閉めたのである。しかしはげしい勢いで閉められた襖は、かれの頭を中心に一尺ばかりの空間を残してぴたりと停《とま》り、かれ自身はみゆるぎもせず平伏していた。側近にいた侍者たちはちょっと意表をつかれたようすだったが、光圀は微笑して、「よしよし、かくべつ用事ではない、ふと思いついたいたずらだ、もうさがってよいぞ」そう云って機嫌よく頷いた、かれは再拝して座をすべった。侍者たちはそのときはじめて、かれが敷居の上に鉄扇を置いていたのをみつけたのである、「さすがに……」そう囁《ささや》きあうこえを耳にしながらかれは御前をさがった。

それから幾日か経《た》って、光圀はまたかれをつれて庭をあるいた。春のように暖かい日で、枯芝の上には陽炎《かげろう》がゆれ、林のあたりではのどかに小鳥の囀《さえず》りが聞えていた。泉池の畔《ほと》りを扈従《こじゅう》しながら、かれは問われるままに自分の流儀のことを語った。光圀はもともと非凡な力量をもち、正天狗《しょうてんぐ》流の刀法にも精《くわ》しかったので、問いかける言葉はするどく、且《か》つ要点をついたものだった。それゆえ、ゆだんをしてはならぬと思いながら、かれはいつかしら問答に気をとられ、ふっと襲われるようなものを直感したときには、はげしい力で横から突きのめされていた。それは泉池へ架けた橋の上だった、まったくの不意をつかれたかれは橋から池の中へ飛沫《しぶき》をあげて墜《お》ちこんだ。……

光圀がひじょうな膂力《りょりょく》をもっていたという例として、人と炉端《ろばた》ではなしをしながら、両手の指でわれ知らず火箸《ひばし》を綯《な》い合せてしまったという話が伝えられている、その大力でふいをつかれたのだからまったく手も足も出なかった。頭から水浸しになってあがって来ると、光圀は笑いながら「兵法者には似合わぬゆだんだな……」と云った。かれは閉口したようすで、まことに見苦しい態をごらんにいれて恥入ります、と答えそこそこに御前をさがっていった。

翌日もまたかれは庭へ扈従を命ぜられた。そしてその次の日も、さらにまた次の日も、光圀はしきりにかれを庭へつれ出した。そういうことが四五日つづいた或る日、いつものように泉池の架け橋へさしかかると、もう少しで渡りきろうとしたとき、光圀はとつぜんまたかれをだっと突きのめした、兵法者なにがしは躰を捻《ひね》るようにみえたが、そのまま横さまに池の中へ転落した。……光圀はかれのあがって来るのを待って「そのほうは水へ落ちるのが巧者だな」と云った。なにがしはずぶ濡《ぬ》れのままそこへ手をついて、「おそれながらお上の左のお袖《そで》をごらん下さるよう」と云った。

三

云われるとおり左の袖をみると、袂《たもと》の端に小柄《こづか》が縫い込んであった。突きおとされる刹那のはやわざである、……光圀はそれを抜き取ると、かれの眼の前へ投げだしながらきびしいこわねで云った、「たしかにそのほうの性根をみた、いとまを遣わす、もはや主従ではないぞ」そしてあっと眼をみはっているかれをうしろにさっさとそこをたち去ってしまった。……この始末をひそかに見ていた者がある、それは三木幾之丞だった、かれは御しゅくん守護の意味で、どんな場合にもかならずみえがくれにあとをつけていたが、そのため橋の上の出来事を二度とも仔細《しさい》に見た。だがいま眼前に見た二度めの思いがけぬ始末は、かれにはどうにも理解することのできないものだった、――なんのための御勘当だろう、なにが御不興をまねいたのか。御殿のほうへ去ってゆく光圀のあとを追いながら、幾之丞はあれこれと考えめぐらしてみたが、どうしてもはっきりうなずくことができなかった。

一刻《いっとき》ほど経って幾之丞は光圀に召された。兵法者なにがしの住居《すまい》へいってかれのようすを見て来いという申付けだった。幾之丞はすぐに立っていった。かなり手間どって戻った報告によると、――なにがしはすでに家の始末をしてたち退いた、ということだった、「浜街道をとってたち退くのをみとめたと申す者がございました……」「よび返してまいれ」光圀はさっと色を変えながら云った。絶えてみたことのないきびしい調子だった。「助三郎と久左をつれてゆけ」「はっ」と幾之丞は御前をさがり、佐佐助三郎、中野久左衛門の二人に旨を伝え、馬をそろえて城を出ていった。浜街道を疾駆していったかれらは、城下から三里ほど南に当る小さな村はずれで兵法者に追いついた。馬蹄《ばてい》の音を聞きつけたなにがしはふり返って三人を認めると、笠《かさ》をぬいで道の傍らに立停った、まっさきに乗りつけた幾之丞が、馬をおりて光圀の命を伝えた。「お召し返しとな……」かれはそう云って三人の顔をつぎ次ぎに見まわした。そしてさっと鬢《びん》のあたりを蒼白《あおじろ》くした、「よび返せという仰《おお》せか……」もういちど云うと、――やむを得ぬ、そう呟きながら何を思ったかいきなりそこへ坐《すわ》り、衿《えり》をくつろげた。「どうなさる」助三郎がこえをかけて押し止《とど》めようとしたが、それより早く、兵法者なにがしは差添《さしぞえ》を抜いて腹へ突きたてていた。すばやく、断乎《だんこ》とした割腹である、三人は寧ろあっけにとられて立ちつくした。

三人の復命を聞いたとき光圀はしばらく黙っていたが、「……そうだろう」と暫《しばら》くして云った、それだけだった。――そうだろうとはいかにもその結果をみとおしていた感じなので、三人にはますますわからなかった。しかし訊《き》き返すわけにもゆかず、そのことはわからぬままに忘れられていった。

それから二十年あまりの歳月が過ぎて、元禄《げんろく》三年に光圀は致仕《ちし》し、太田郷の西山というところに隠棲《いんせい》した。桃源遺事という書に「西山の御山荘はとりわけ侘《わ》びたる御事なり、御簷《ごえん》は萱《かや》をもて葺《ふ》けるがうへにしはきりといふ草おひ茂れり、御門牆《もんしょう》には蔦《つた》かつら這《は》ひかかり、表のかたに竹垣一重のみありて、その外は山につづき御かこひといふもの一重もなし」云々《うんぬん》とあるとおり、きわめて簡素なくらしであり、僅《わず》かな侍臣たちも多く付近の谷蔭などに住居をもっていて交代に詰めるという風だった。或る年の霜月、時雨《しぐれ》の降りしきる宵であった。三木幾右衛門（さきの幾之丞）はめずらしくただひとり炉端でおはなし相手をつとめていたが、ふと言葉がとぎれたとき、思いだしたように、——二十余年まえ兵法者なにがしという者が暫くお側《そば》に仕えていたのを御記憶あそばすかとたずねた。光圀はよく覚えていたらしい、炉の火をみつめたままし
ずかに頷いた、「かの者について今日に至るまで合点のまいらぬ事がございます、折あらば御意のほどを伺いとう存じておりましたが……」「なんだ」光圀はやはり火をみつめたまま云った、「申してみい」幾右衛門はしずかに、「かのなにがしにおいとまの御意がありました節、わたくし物蔭より始終の事を拝見しておりました、そのまえに御前がはじめてかれを池へお墜《おと》しあそばした折にも、やはりひそかに拝見していたのでございます、けれども二度めのときの御不興がいかなる仔細によるものかどうしても相わかりませんでした」「…………」「それからまた佐佐と中野の三名にて、かれを呼び返しにまいりまして、かれが即座に割腹した始末を言上つかまつりましたとき、

そうであろう、との仰せでございました、わたくし共にはかれの割腹したしょぞんも計られず、仰せの意味もおそれながら拝察いたしかねました、いかなる御意でございましたろうか、お申し聞けねがいとう存じまする」幾右衛門の言葉が終ると、光圀は粗朶《そだ》を折って炉にくべながら、「……あの頃はおれも若かった、むざんな事をしたと思う」と嘆息するように云った。

四

廂《ひさし》を打つ時雨の音がひとしきりはげしく、山からひいた筧《かけい》をこうこうと水の走るのが聞える。「かれはいつでも、身命を奉《たてまつ》る一念にておれに仕えると申した……」と光圀はしずかに云いだした、「さむらいとしては当然な覚悟である、然《しか》しそのほうたちには限らぬ、このおれも青年の頃からその覚悟でいた、……わが命は今日かぎり、おれも日々そう思いきわめて生きてきた、そのほうたちがおれに仕える如《ごと》く、この光圀も公儀に仕えるさむらいであり、公儀はまた禁廷より征夷《せいい》の勅命を拝している、下は足軽小者より、上は征夷将軍にいたるまで、いつなんどきたりとも身命を捧げる一念に生きる、これがさむらいの道だ、……おのれみずから、一命は今日かぎりと思いきわめ、館《やかた》を出れば再び館へ戻らず、水戸を出るときは再び水戸の土を踏むこと能《あた》わずと思い、常住きびしく身を持した、覚悟はそのとおりだったけれども肉躰《にくたい》はなかなかそこまでは徹しきれない、疲れを感ずれば睡《ねむ》くなり、飽きれば欠伸《あくび》も出る、歓楽には誘われ苦労は避けたい、こういう弱点を克己の心で抑えることはできるだろう、だが抑えているのでは三年五年はともかく生涯はつづかない、……さむらいの生き方のきびしさは、きびしさが常のものになりきることだ、そうなってはじめて身命を捧げる一念が不動のものとなる……」そこまで云って光圀はしずかに炉の灰をかき均《なら》し、しばらくは雨音に聞きいるようすだった。いま光圀は——青年の頃から自分の命はその日かぎりと思いきわめていたと云《い》った。幾右衛門はその言葉から、思い当る多くの事実を回想することができる。光圀は副将軍ともいわれる身分でありながら、生活ぶりはおどろくほど簡素をきわめていた。身のまわりの物すべて、式用のものを別として衣服も調度も寧ろ粗末な品が多く、常着などは幾たびも洗い、みずから糸針をもって継ぎはいだものを用いた。大日本史編纂《へんさん》のために、書籍だけは費を惜しまず購入したが、骨董《こっとう》器物には眼もくれず、また身辺に珍蔵秘玩《ひがん》の類を一物も置かなかった。たとえばひとから手簡が届くとその署名花押《かおう》のところを切抜いて火中し、あとは裏を返して手帖《てちょう》を作ったり、余白を貼《は》りついで料紙に使ったりする、紙をむだにしない意味もあるが、重要ならざる物を身のまわりに置かないという戒めが主であった。諸方から贈られる進物なども端から人に与え、いかに奇観《きこう》のものでも取って置くということがない、……思いかえせばまさしく一日一日死を期したひとの生き方だった。一死奉公のほかになに一つ執着をもたず、いつ死んでも悔いを遺《のこ》さぬ生き方だった。幾右衛門はいま、あらためてそのことに思い当り、おのれの身にひき比べて心が竦《すく》むように感じた。「……かのなにがしはなかなかみどころのある男だった」光圀はやがてしずかに続けた、「けれどもまだ我執がとれず且つおのれの会得した兵法にとらわれていた、いつでも身命をおれにくれるとは云った、おそらく、その言葉に偽りはなかったであろう、しかしそれはそう覚悟していたというに過ぎない、はじめ不意に池へ突き墜したとき、ゆだんだなとおれが云った、兵法にとらわれていたかれはそのひと言で性根が外れたのだ、それで二度めには突き墜されながら、おれの袖へ小柄を縫いつけた」「……………」「まことにかれが光圀へ身命を捧《ささ》げているのなら、抜きうちに斬《き》られても手出しはできぬ筈《はず》である、それが——ゆだんだな、という僅かひと言のために心昏《くら》み、主従の分を越えておのれの兵法についた、しかもその事に対して些《いささ》かも疑いをもとうとしておらぬ」「…………」「いとまを遣わすと申したのはそこを悟らせるためであった、しかるにかれは退国したという、おれはそのまま他国へやってはならぬと思った、自分で悟らぬなら申し聞かせてやろう、それが僅かなりとも主従の縁をむすんだよしみだ、そう思って呼び返したのだが、かれはその旨を聞くと顔色を変え、即座に腹を切ったという、……顔色の変ったのはおそらく自分の過《あやま》ちを悟っていて、おれの前にみれんな姿をさらしたくなかったからであろう、……それくらいの覚悟はある男だった、そのほうたちの復命を聞いてそうだろうと申したのは、その覚悟がすぐにわかったからだ」なにか感慨がこみあげてきたかのように、そこで光圀はふと言葉をきって眼をつむった。

幾右衛門はああそうだったのかと思いながら、からだじゅうの神経がするどくひき緊《しま》るのを覚えた。さっき光圀は、自分が若かったからむざんな事をした、と云った。それはそのような方法でなにがしを試みたことが今は心をいためるのに違いない。しかし果してそれがむざんな事だろうか、――さむらいの生き方のきびしさは、きびしさが常のものになりきることだ。光圀その人でさえそのように自戒しているではないか。さむらいの奉公は御しゅくんに身命を捧げるところから始まる、だが身命を奉るということはなまやさしい問題ではない、その覚悟が家常茶飯のなかに溶けこみ、まったく常のものになりきっていなければ、その時に当面しても「死ぬ」ことはできないであろう、なにがしは奉公の性根ということを口にし、身命を捧げると云いながらそれほどの試みにも堪《た》えることができなかった。光圀がかれを試みたのは、さむらいの生き方のきびしさがどのようなものかを悟らせるためであった、自分がさきに一個のさむらいとして、きびしく身を持した光圀のこしかたを思い返せば、それは寧《むし》ろ慈悲であったというべきだろう。――だが、このおれはどう生きてきたか、幾右衛門はあらためて自分をかえりみた、そして、慄然《りつぜん》と息をのむよりほかになかったのである。……更《ふ》けてゆく夜をこめて、雨は小歇《こや》みもなく降りしきり、炉の火のはぜる音が、ときおり部屋のうちにひっそりと反響をよび起こしていた。

（「新武道」昭和十九年七月号）

# 一《いち》人《にん》ならじ

# 一

栃木大助《とちのきだいすけ》は「痛い」ということを云《い》わない、またなにか具合の悪いことがあっても、「弱った」とか、「参った」とか、「困った」などということを決して云わない。そのほかどんな場合にもおよそ受け身に類する言葉は選《よ》って棄《す》てるように口にしないのである。……だがそれはただそれだけのことで、それゆえに彼が有名だとか人に注目されていたとかいうわけではない、むしろ彼はきわめて目立たない存在だった。

身分をいえば甲斐《かい》の武田晴信の家来で馬場信勝に属し、父の代からの二十人がしらである、つまり足軽二十人の頭であるが、それは戦時のことで、平生は僅《わず》かに郎党二人と長屋に住んでいるだけだ、風貌《ふうぼう》もごく尋常だった、むろん美男ではないし醜いというほどでもない、しいて特徴をあげれば、ぬきんでて骨組の逞《たくま》しいのと、いつも唇をひき結んで力んだような顔をしているくらいのものだろう。……身分も風貌もこういう平凡な男が、どんな場合にも弱音をあげないといったところで、さしたる問題でないのは知れきっている、それでも初めのひと頃かなり人の興味を惹《ひ》いたことはあった。それは彼が十五歳になった年のこと、父の権六郎《ごんろくろう》が馬場信勝の前へ彼をめみえに

つれていって、

「かくべつ取得というものもございませんが、幼少よりがまんだけは強く、これまでかつて痛いと申したことがございません、また決して泣き言を口に致しません、やがて成人のうえはお役の端にもあい立とうかと存じます」

そう披露をした。

戦国の世に武士たる者が痛いと云わず、泣き言を口にしないなどとは当然すぎるはなしだ、その当然なことを取得として披露するにはそれだけの理由があるに違いない。「どうだ、それならみんなでいちど音をあげさせてやろうじゃないか」そう云いだす者があり、よかろうというので、隙《すき》を狙《ねら》ってはやってみたが、本当にどうやっても弱音をあげないのである。……信勝の鞍脇《くらわき》のさむらいに高折《たかおり》又七郎という者がいた、戦場ではいつも抜群のはたらきをするが、ふだんもなかなか後へひかぬ気質で、弁舌でも腕力でもぐんと人を抑えている。或《あ》るときこの又七郎がとつぜん大助を捻《ね》じ伏せて馬乗りになり、両手でぐいぐいと首を絞めつけた。

「どうだ栃木」絞めつけながら彼はそう云った、「こうすれば息がつけないだろう、参ったか、どうだ栃木」どうだどうだと力に任せて絞めあげると、大助はやがて潰《つぶ》れたような声で、

「死ぬよりいい」

と云った。

まだごく幼い頃、五歳ぐらいのときだったが、彼は竹を削っていて指を切ったことがある、かなり深い傷でひどく血がふき出た。母親がびっくりして駈《か》けつけ、すぐに手当をしてやりながら、「さぞ痛かろう」となんども訊《たず》ねた。彼は歯をくいしばって、「少しひりひりします」と答えたがついに痛いとは云わなかった、あとでそのことを良人《おっと》に語ったら、その少しまえに、「武士はがまん強くなければならぬ」と訓《おし》えたということがわかった。それが幼い心にかたく刻みつけられたのである。そういう年頃からの、つまりもう性格になってしまったことなので、今さら音をあげさせてみようというのが無理だったのだ。

「ちょっと骨っぽいやつだ」と高折又七郎が云い、暫《しばら》くはそのがまん強さがよく噂《うわさ》にのぼった。けれども戦塵《せんじん》のおさまる暇のない世に、そんなことがいつまで人の注意を惹くわけはない、ましてそれからたびたび合戦に出ても、これといって目に立つほどの手柄がなかったので、しだいにその印象がぼやけてゆき、やがて多くの軍兵のなかへ存在がまぎれこんでしまった。

彼が十八歳のとき父の権六郎が死に、明くる年そのあとを追うようにして母親も亡《な》くなった。そして二十二歳を迎えた年のことである。ながいあいだ忘れられていた栃木大助の名が、とつぜんまた人々の耳に新しく甦《よみがえ》るようなことが起こった。永禄《えいろく》四年、武田晴信は越後《えちご》の上杉輝虎と川中島に決戦を挑んだ、両者の会戦は天文二十四年このかた五度めのもので、将兵をあげてこのたびこそという意気に燃えていた。その出陣祝いのときだったが、みんな杯をあげながらそれぞれ戦場に臨む覚悟を述べあうなかに、栃木大助ひとり妙なことを云った。「きっと兜首《かぶとくび》をとってみせる」とか、「一番槍《やり》の高名はおれだ」とか、「敵の本陣へ斬《き》りこんで討死をする」とか、みんな軒昂《けんこう》たる意気で、生還を期せずと叫んでいるのに、大助だけは「生きぬいてまいりたい……」と云った。それも自分からすすんで云ったのではなく、どうだと問い詰められて仕方なしにそう云ったのである。

「おい聞いたか、大助は生命が惜しいと云うぞ」ひとりがそう叫び、いかにも栃木らしいというので、酔っていた人々は声を合わせて笑った。

二

祝宴のあとで大助は東堂舎人助《とうどうとねりのすけ》に呼ばれた。舎人助は馬場信勝の足軽がしらである。いってみるとひどく不機嫌なようすで、しばらく無言のまま睨《にら》みつけていた。

「そのもとは祝いの席でこのたびの合戦に生きて帰りたいと申したそうだが、それは事実か」

「……はあ、帰りたいとは申しませんが、生きてまいりたいとは申しました」

「それはどういう意味なんだ」

舎人助はにがい顔をしてもういちどぐいとねめつけた。大助は眼をしばしばさせたが黙っていた。

「およそもののふたる者が戦場に臨む以上、まず生きて還《かえ》らぬ覚悟をかためるのが第一ではないか、しかもこのたびは味方も敵も決戦を期している、八年にわたるせりあいをこのたびこそ勝って取ろうというのだ、将も兵もない、全軍が命を抛《なげう》って戦う決意がなくてはならぬ。……そのもとは仮にも二十人頭として、さようなみれんな心得でよいと思うか」

「……はあ」

大助は困ったようすで、骨太の逞しい肩をすぼめ、膝《ひざ》の上でぎゅっと拳《こぶし》を握りしめた。

「いったいどういう考えでそんなことを云ったのだ、なにか思案があったのか」

舎人助はたたみかけてそう訊《き》いた、大助はいよいよ閉口したとみえて、思わず、

「云わなければよかった」

と呟《つぶや》いた。

「なに、なんだと……」

「いえ、実は……」

彼は顔を赤くして、坐《すわ》り直して、せんかた尽きたとでもいう風に云った。

「実はわたくしは、幼少の頃から、――武家に生れた男子の命は御主君のものである、と父に申し聞かされておりました。はじめから一命は御主君に捧《ささ》げてございますので、自分には死ぬべき命はない、生きぬいてお役にたつことが御奉公であると考えております。ずいぶんわかりきったことで、いまさら口にすべきではなかったのですが、……」

どうにも問い詰められて致方なく云ってしまった、まことに恥じいった次第ですと訥々《とつとつ》として述べた。いかにもあたりまえ過ぎる言葉で、口にだして云うのは寧《むし》ろおとなげ無くさえある。しかし舎人助はなぜかしらん感動した。……そのあたりまえ過ぎる覚悟は、「生きてまいりたい」という言葉へひとすじにつながっている、理窟《りくつ》なしの、ごく単純に割り切った、性根とでもいうべきものが舎人助をうったのだ。彼はつくづくと大助の顔を見まもっていたが、やがてそっと頷《うなず》きながら云った。

「……わかった、ではおれも一緒に、お役に立つまで生きてまいろう」
取って返されたような言葉なので、大助はもういちど顔を赤らめながらもじもじと膝をかたくした。

川中島に出陣した甲越両軍は、その年八月から九月へかけて前後八回はげしく戦ったが、どちらも決定的な勝利を得るに至らず、九月十日の合戦をさいごに、両軍とも陣をひいて郷国へ帰った。……甲斐へ凱旋《がいせん》して間もなく、東堂舎人助は娘の初穂《はつほ》と栃木大助との婚約の披露をした。これは真冬の雷のように人々をおどろかした。東堂の娘はまだ十六ではあるが、利発な生いたちとぬきんでた縹緻《きりよう》とで評判だった、甲府の若ざむらいたちのなかには、まだ見ぬ恋にあこがれる者も少なくなかったのである。それが人もあろうに栃木大助と婚約を結んだというのだからおどろきもし呆《あき》れもした。……もういちど人々の前に、彼の名が新しく甦ったというのはこのときのことだ。「そういえばそんな男がいた」と思い当り、「だがそれにしても東堂どのはどこを見込んだのだろう、あの男のどこにそんなねうちがあるのだろうか」そういってまた暫くのあいだ栃木大助の噂が人々の口にのぼった。

婚約はしたが祝言《しゆうげん》は一年さきということだった。大助は約束の盃《さかずき》をするとき初めて初穂に会ったが、むろん姿をちらと見たくらいのもので、評判の美しい顔かたちがどんなだったかほとんど印象に残らなかった。それから三日にいちどずつ東堂の家を訪ねるが、娘は決して姿をみせない。或るとき訪ねると遠くの部屋から横笛の音が聞えてきた、――あの娘だな、そう思って暫く耳を傾けていたが、たしかめたわけではないから事実それが初穂であったかどうかわからなかった。ただふしぎなことにはそのときその笛の音といっしょに初穂という者がはじめて心のなかへしみ込んできたのを彼は感じた。それはちょうどその人が妻戸を明けて部屋へはいってきたような感じだった、もう決して出てゆくことのない人のように。……

おなじ年の冬のはじめから武田晴信は上野《こうずけ》のくにへ馬を入れ、しきりに諸方の城を攻めたが、明くる年の二月、国峰《くにみね》の城をやぶって箕輪《みのわ》へと取り詰めた。箕輪はやはり上杉氏に属し、長野左衛門《ながのさえもん》大夫業政《なりまさ》が城将としていた。業政は在五中将業平《なりひら》の裔《すえ》であり、智謀《ちぼう》すぐれた人物で、七年このかた武田氏に攻められながら、好防善戦かたく守って動《ゆる》がなかった。だが晴信もこんどは必至の采配《さいはい》をとった、輝虎と川中島に五たび戦い、ついにまた勝敗を決することのできなかった彼は、その余勢を集中して上野へ殺到したのである。

三

箕輪城は上野のくに群馬郡に在り、椿《つばき》山という丘陵によって築かれている。国峰を屠《ほふ》ってひた押しに攻め寄せた武田軍は、外塁を蹂躙《じゅうりん》して城外へ逼《せま》ったが、そのとき大手の攻め口に新しく堅固な壕《ほり》が掘られてあるのを発見した。左衛門大夫業政は武田勢の必至の軍配を察し適宜に兵をおさめて籠城《ろうじょう》対陣の策をとるものとみえる。……晴信は物見から篤《とく》とこのようすを見やって、

「左衛門大夫どのはさすがにいくさ巧者だな」

と呟いた。

「こんどは当るべからずとみて永陣へ嵌《は》める算段か……これは迂《う》闊《かつ》には攻められぬ」

そう云うのを聞いて長坂釣閑斎《ながさかちょうかんさい》が思いついたように、

「お申上げるのを忘れておりましたが、左衛門大夫は病死したらしいという聞きこみがございます」

「……ほう」

晴信はじっと眼を細くした。

「かたく喪は秘しておりますが、去る秋の頃たしかに死んだという噂を、つい今しが

た報告してまいった者がございます」

それはというどよめきが起こり、晴信の子の四郎勝頼が前へすすみ出た。そのとき十八歳の初陣《ういじん》だった彼は、きおい立つ若駒《わかごま》のような闘志を示しながら、

「父上、四郎に先陣をゆるしてください、敵が大将の喪を秘しているとすれば、真一文字に城へ突っ込むべきです、そうすればひと揉《も》みに乗り潰《つぶ》せます。四郎を遣《や》ってくださいお願いです」

そう云って今にもとび出しそうにした。業政が病死しているとすれば、武将はその子の左京亮業盛《さきようのすけなりもり》であろう、それなら軍配のほども知れている、――よし、晴信はそう思ったので馬場信勝をまねいた。

「四郎が先を乗ると申す、まっすぐに城へ斬って入るそうだが問題は、あの架橋だ……」

晴信は手をあげて指さした、

「壕に架けてあるのは大手に見えるあの一つだけだ、あの架橋を落されてはならぬから、まずそこもとの手で押えてくれ」

「承知つかまつりました」

信勝は待ち兼ねていたとみえ、そう答えるなり物見を下りていった。

この合戦では架橋を確保するかしないかが戦局を左右するや、、まだ、信勝はそうにらんだので、おのれの陣へ戻るとすぐに高折又七郎を呼んでその旨《むね》を告げた。又七郎はにっと微笑して立った。声いっぱいにからからと笑ったように思えたが、誰も笑ったわけではない、立ちあがるとき又七郎の鎧《よろい》が鳴ったのだ。彼もまたこの役目の重要さを、すばらしくやり甲斐《がい》のあるところとみてとったのである。……

手順がきまり、東堂舎人助によって先鋒《せんぽう》の兵が選ばれた、このときの兵の組立てはちょうど薤《らっきょう》のようなかたちだった。橋を確保すべき先鋒は五十人で、これを三百人の兵が包んでいる。敵陣へ斬り込むと薤がひと皮ずつ剝《む》けるように、外側にいる兵が所在の敵と戦い、これを次ぎ次ぎと移していって、中核にいる先鋒を架橋まで送りこもうというのである。又七郎はみずからその中核の五十人の指揮を買って出た。そしてその下に栃木大助を指名したが、これは東堂舎人助もおなじ意見だった。「さぞよろこぶであろう、……」そう云《い》ってすぐに大助を呼んだ。

仔細《しさい》を聞かされた大助はかくべつ感動したようすもなく、いつもよりいっそうつよく唇をひき結んだだけで、黙々と与えられた位置についた。そして間もなくこの奇襲の攻撃は決行された。

数日まえに雪が降って、戦場はなかばぬかるみだった。高折又七郎の指揮する、栃木大助以下五十人の先鋒隊と、それを包む三百の馬場勢は、鬨《とき》をつくって敵陣のまっ唯中《ただなか》へ斬り込んだ。……散開していた敵は小勢とみて左右から押し挟み、退路を断って攻めたてたが、馬場勢は巧みに応戦の兵を残しつつ、前へ前へと先鋒の道をひらいた。大助は高折又七郎にひき添って中核の先頭にいた。彼は嚙《か》みつくような眼で、じっと壕の架橋を睨みながら前進した。挟撃《きょうげき》してくる敵兵も、それと斬りむすぶ味方の兵もない、ただ架橋だけを睨みながらぐんぐんと前進していた、……ところが壕まで二段ばかりの処《ところ》へ来たとき、敵は馬場隊の目的がなんであるかに気付いたのであろう、城門のあたりへ敵兵がとびだしてきたと思うと、手に手に斧《おの》や鉞《まさかり》をとって橋を破壊しはじめた。

「突っ込め」

又七郎が絶叫した。その声を追いぬくように大助がとびだした。それはつぶてのようだった。彼は疾走しながら刀を抜き、架橋へとまっしぐらに走《は》せ込んだ。橋を打ち毀《こぼ》っていた城兵たちは、これをみつけてなにか叫び、二三人が抜きつれて迎え討とうとした。しかし大助のうしろから突っ込んでくる五十人の先鋒をみて、とまどいをしたように城の中へ退却した。そのとき大助は架橋を走りぬけていた。見ると橋詰の一部が壊され、片方の大桁《おおげた》はまったく台石から外れている、多勢の重みが懸かれば橋は落ちるに違いない、彼は咄嗟《とっさ》に石垣へ身を支え、ぐいと潜り込みざま、外れている台石と大桁との間へおのれの右足を突込んだ。つまり自分の足をそのまま楔《くさび》にかったのである、呼吸五つのひまもない咄嗟の機転だった。彼が足を楔にかうのと、ほとんど同時に先鋒隊が橋へ殺到してきた。そしてそのあとへ四郎勝頼の隊が怒濤《どとう》の如《ごと》く押し詰めた。……その人数と橋の重みの下で、楔にかった足の骨がめりめりと砕ける音を、大助は他人のもののようにはっきりと聞いた。

## 四

合戦は武田軍の勝に終った。そのとき箕輪城では左衛門大夫業政が病死して、その子業盛が采配《さいはい》を執っていた。業盛も父の気性を受けたなかなかの武将だったが、さすがに晴信の軍配には敵しがたく、ほとんど全滅のかたちで敗れ、彼また自ら刎《は》ねていさぎよく死んだ。

大助が発見されたのは、戦が終って、馬寄せの法螺《ほら》が鳴りわたったあとのことだった。高折又七郎が思いだして、四五人の兵といっしょにやってきた。彼は失神していたが、助けだされるときの痛みで気がついたとみえ、二人の兵の肩にかかるとき「済まないな」と云った。その足は太股《ふともも》の中ほどから下へかけて布切れのように潰れてい

た。大助はそれを手で叩《たた》いてみたが、橋の上へあがるのを待って、

「これは切り放すよりしようがないな」

と呟いた。

「そうだ、切り捨てるより仕方があるまい、……」

又七郎がそう云って頷いた。

「おれが切ってやろう」

「お願い申します」

大助は草摺《くさずり》をひきあげた。兵たちが潰れた足を取って支えた。又七郎は一刀でみごとにそれを斬《き》り放した。そしてみずから傷口を縛ってやりながら、

「……ばかだぞ栃木、あれを見ろ」

と傍らを顎《あご》でしゃくった。

「あすこに丸太が転げているではないか、あれを楔にかえばなんの事はなかったのに、片足を無くしてどうするんだ」

心外なやつだというのを聞いて、大助はそちらを見た。なるほど、橋詰の石垣の下に手頃の丸太が四五本も転げていた。

「はあ……」

と彼は溜息《ためいき》をつきながら云った。

「少しも気がつきませんでした、申しわけのないことを致しました」

「おれにあやまることがあるか、自分の足だぞ」

又七郎がそう云ったので、兵たちが思わず笑いだした。手当が済むと再び二人の兵が大助を担《かつ》ぎあげた。

「しかし思いきってなさいましたな、……」

担いでゆきながら兵の一人がそう云った。

「骨が砕けるときはさぞ痛かったことでございましょう」

「……さあ、どうだかな」

大助はよそ事のように答えた。

「それはいま切って捨ててきた足に訊《き》くがいい」

「…………」

えっというように兵は顔をあげた。そしてその意味がわかると、「なるほど」と頷きながら、痛いと云わぬ栃木の日頃を思いだして二人いっしょに笑いだした。

武田軍の上州侵攻を聞いた上杉氏は、これまたすぐに兵馬を下野《しもつけ》へ進めてきた。そこで晴信は箕輪城代に内藤修理《ないとうしゅり》をのこし、国峰へ小幡泉龍《おばたせんりゅう》を据えたうえ、すばやく軍をひきあげて甲斐へ帰った。……このあいだずっと、大助は人に負われたり馬の背にかかったりしなければならなかった。同情する者もあったが、概して悪い評判のほうが多かった、――すぐそばに手頃の丸太があるのに気づかないで、あたら片足を失ったということが、いかにも不たしなみに思えたからである。「がまん強いだけでも仕方のないものだ……」そういう言葉がいまさらのようにとりかわされるのを、大助も幾たびか耳にしたが、どう考えているのか自分では僅《わず》かに苦笑するだけで、それに就ては一言も弁解はせずに通した。

甲斐へ帰ってから間もなくのことだった。或《あ》る日ふと東堂舎人助が訪ねてきて、むすめ初穂との婚約を破談にしてくれと云いだした。

「人情としては云うに忍びないが、そのもとは再び戦場へ出ることのならぬからだとなった。これでは婿《むこ》にと見込んだおれの志が外れるし、そのもととしても娶《めと》りにくいことであろう、こころよく無かったことにしてくれぬか」

ずばずばと飾りのない言葉が却《かえ》ってうれしかった。大助は承知した。

「わたくしにはいささかも異存はございません……」

そう云ってすぐに話題を変え、この頃は鎧師の真似《まね》をしていると云って、部屋の一隅にひろげてある鎧おどしの道具をさし示した。当時の身分の軽い者はたいてい自分で鎧具足の繕いをやる。大助も少年のころ父に手ほどきをされたが、繕いだけではなく拵《こしら》えもやってみた。自分の用いてきた具足は二領とも手作りだし、ひとにも二三領作ってやったことがある。舎人助はそれを知っているので、彼が鎧作りを始めたと聞くと、

「それはいいことを思いついた」

と云い、さっそく自分にも一領たのむと申し出た。

ひと月ほど経《た》つと、二人いた郎党のうち若い一人が暇をとって出た。すでに戦場へ出るのぞみの無くなったというべき大助には、それをひきとめる言葉はなかったが、身近な者に去られるさびしさはかなりこたえたようである。するとその明くる日、残ったほうの源八《げんぱち》という老人が、ひとりの娘をめみえに伴《つ》れてきた。

「これからずっと家のお暮しではどうしても女の手がなくては御不自由でございます、わたくしの姪《めい》に当るむすめでお弓《ゆみ》と申しますが、下働きにでも使って頂こうと存じまして、……」

そうは云ったが、寂しくなった家のなかに幾らかでも色どりを添え、主人の心を慰めたいという思い遣《や》りがよく感じられた。大助は黙って娘のようすを見まもっていたが、いいとも悪いとも云わなかった。娘は美しい額を伏せて、可憐《かれん》なほどじっと息を

ひそめていた。

五

お弓は十七歳といったが、上背のある、すんなりと伸びたからだつきはずっと年長《としした》けてみえる。つややかに黒い余るほどの髪をむぞうさに括《くく》って背へ垂れ、帯も布子も粗末なものを着けてはいるが、頰から顎《あご》へのひき緊《し》まった線といい、眉《まゆ》つき唇《くち》もとに凜《りん》としたものがあって、なかなか下人の生れとみえぬ人品があらわれていた。

「……お待ちなさい」

大助は娘が挨拶《あいさつ》をしてさがろうとするのを呼び止め、

「はなしがある、そこへお坐《すわ》りなさい」そう云って源八にはさがれと命じた。

二人だけさし向いになってから、大助はなお暫《しばら》く娘のようすを見まもっていたが、やがてしずかな声で口をきった。

「……あなたは源八の姪だというがそれは嘘《うそ》でしょう」

「……まあ」

「あなたは東堂の初穂どのだ、そうではないと云えますか」

娘はふいに蒼《あお》ざめ、大助を見あげてなにか云おうとした。しかし唇がふるえるだけで言葉は出なかった。

「……あなたとの婚約は破談になった。ここへ来られた気持はおよそ察しがつくし、またありがたいとも思うが、武家の作法としてゆるされることではない。お志だけはお受けしますが帰ってください」

「いいえ、……」

娘はそっとかぶりを振った。

「いいえとは、帰らないということですか」

「はい、……わたくし」と云いかけて娘は屹《きっ》と面をあげた。「わたくし父に義絶をされてまいりました、この家のほかにまいるところは、ございません」

「義絶……それはまことですか」

「はい……」大助を見あげる娘の眼へ、そのときふつふつと泪《なみだ》が溢《あふ》れてきた。

「貴方《あなた》が箕輪の戦に片足をおなくしあそばしましたことは、いろいろ世間のとり沙汰《ざた》でうかがいました。よくは存じませんけれども、そのとき傍らに恰好《かっこう》の木がございましたそうで、それを楔にかえば足を失わずとも済んだ、ふたしなみだという噂《うわさ》でございます。わたくしそれを聞くたびに、あんまり口惜しくて幾たび泣いたか知れませぬ」

初穂はせきあげてくるものを抑えるように、唇を噛んでぐっと喉《のど》を詰まらせた。それから再び面をあげ、忿《いか》りと訴えとを籠《こ》めた口調で続けた。

「……他人の事はどのようにも申せます、また事の済んだあとなら幾らも手だての思案はつきます。貴方がご自分の足を楔にかったのはふたしなみだったかも知れませんし、そうしなければならなかったかもわかりません。合戦のまっ唯中で、しかも呼吸の間ものがせぬ必至の場合、こうかああかの思案ができましょうか、貴方が片足をおなくしなすったのは、そうしなければならなかったのだとわたくしは存じます。……父が婚約を破談にしましたのは、貴方が再び戦場へ出られぬおからだになったからだと申しました、まことは世間のとり沙汰にひかれているのでございます。そうでなくてなぜ破談に致しましょう。討死をして、すでに世に亡《な》き良人《おっと》にさえ女は操《みさお》を守りとおすではございませんか、わたくしは一年まえから栃木家の嫁でございました」

思いつめた娘ごころが切々と言句のうちに脈うっていた。云い終るとすぐ面を掩《おお》って、堪《こら》えかねたように泣く初穂の姿を、暫く黙って見ていたが、やがて大助は冷やかとも思える声で云った。

「……あなたはたいそう世間のとり沙汰を気にしているが、いったい箕輪の戦は勝ったのですか負けたのですか」

「…………」
「どう思います、味方は勝ちましたか負けましたか」
思いもつかぬ問いである、初穂は泪を抑えながら、——お味方の勝利だと存じます
がと答えた。
「そうです、味方が勝ったのです。そしてそれが全部ですよ」大助は力を籠めてそう
云った。
「味方が勝つまでは、もののふはみなすすんで死地にとび込む、そのとき毀誉《きよ》褒貶《ほうへん》を
誰が考えるか、将も兵も身命を捨てて戦いぬき、勝利をつかむところが全部だ。……
わたくしは片足を失った、それがふたしなみだという噂も聞いている、だが、……こ
ういうことはわたくし一人ではない」
「…………」
「戦場では幾十百人となく討死をする、誰がどう戦ったか、戦いぶりが善かったか悪
かったか、そういう評判は必ずおこるものだ、わたくし一人ではない、なかにはそう
いう評判にものぼらず、その名はもとより骨も残さず死ぬ者さえある、そしてものの
ふの壮烈さはそこにあるのだ」
そう云いきって大助は声をのんだ、つきあげてくる感動を抑えているのであろう、

膝《ひざ》の上にある拳《こぶし》が見えるほど固くにぎり緊められていた。

「家へお帰りなさい……」

暫くして彼は平生の声にかえって云った。

「一年まえから栃木家の嫁だったという、その言葉が本当なら家へ帰ってください」

「でもわたくし……」

「いや帰らなければいけない、なぜなら」云いかけて大助は身をひねり、とりひろげてある鎧《よろい》作りの道具のかげから、長さ三尺ばかりの太い杖《つえ》のような物をひき出して見せた。

「これがなんだかわかりますか」

「…………」初穂にはわからないので、そっとかぶりを振った。

「……足です」

「足とおっしゃいますと」

「この右足を継ぐのです」

大助は確信ありげに云った。

「……片足の不自由な者でも、つまり跛《びっこ》でさえ、りっぱに戦場ではたらいている者が少なくない、現にお身内にも山本勘助《やまもとかんすけ》という人がいる。うまく継ぎ足ができて修練すれば、案外このからだでもお役に立つかと思う」

「まあ……」

「二年かかるか三年かかるかわからないが、わたくしは必ず戦場へ出るようになってみせます、……初穂どの、そうすれば婚約をもどすことができる、そう思いませんか」

泪に濡《ぬ》れた初穂の顔がそのとき輝くようにみえた。いっぱいに瞠《みは》った眼は新しい希望に活《い》き活きとした光を湛《たた》え、双の頬にはあざやかな紅がさした、そしてしっかりとした力のある声で云った。

「わたくし戻ります……」


（「富士」昭和十九年九月号）

# 楯《たて》　輿《ごし》

# 一

神原与八郎は豪快な生きかたを好んだ。からだはどっちかというと小がらなほうだが、肩腰の頑丈な逞《たくま》しい骨ぐみだし、眉《まゆ》のあがった双眸《そうぼう》の光りのするどい、いつも片方へひき歪《ゆが》めている唇《くち》つきなど、負けぬ気のつよさと軒昂《けんこう》たる意気をよくあらわしていた。起《た》ち居ふるまいも言葉つきも颯爽《さっそう》として、大事に惑わず小事に拘泥せずという態度を常に崩さない、かくべつ大言壮語するわけではないが、なかなか辛辣《しんらつ》な舌をもっていて、年功の者などをも屢々《しばしば》極めつけるようなことがあった。かれはくち癖のように「死にざま」ということを云《い》った、もののふの鍛錬は、つまるところ死にざまを究めることだ、そう云いきるのである、……戦場の心得などというものも数かぎりなくある、刀槍《とうそう》の法とか進退のみきりとか、迫場の急所とか、それぞれ秘伝のように説く者がある、けれどもそんなことは末節にすぎない、大切なのはその死にざまだ、勝敗いずれにしてもいさぎよい死にざまこそもののふの真の面目だ。幾たびとなく戦塵《せんじん》を浴び兵馬のうちに育ったような老い武者の前でも、確信のこもったくちぶりでそう云うのだった。もちろん単なる思いあがりではない、天正十八年の小田原攻めには十六歳で初陣《ういじん》しているし、征韓の役にも従軍した、そのときのはたらきぶりを認められて、二十三歳から槍組《やりぐみ》の三十人がしらを命ぜられている、つまりそう云うだけの経験があるので、出まかせの強弁でないことはいちおうたしかだった。……それにしても福島家には名高い勇士が多いので、与八郎くらいの身分や経歴では、さほど眼だつほうではなかったが、或《あ》るときかれは人の意表に出ることをやって、いっぺんにおのれの存在をはっきりさせた。

慶長三年の秋のことである、清洲《きよす》城の外曲輪《そとぐるわ》にある大崎玄蕃《げんば》の屋敷で重陽《ちょうよう》の宴の催しがあり、与八郎も招かれて出た。玄蕃は鬼という名をとった豪勇の士だったし、席に列《つら》なる客の多くが名だたるつわもので、盃《さかずき》がまわりだすと活潑《かっぱつ》に戦場ばなしが始まった、与八郎は身分も軽く、若年でもあるので、ずっと末席のほうに坐《すわ》っていたが、昂然《こうぜん》たる眉は一座を睥睨《へいげい》するかにみえ、大きくあぐらをかいた身構えにはどこかしら挑みかかるような壮志を示していた。そのうちに上座のほうからふとかれに呼びかける者があった、長尾勘兵衛といって三千五百石の老臣である、「……そのほうの死にざまという言葉はかねて人づてに聞いていたが」と勘兵衛が云った、「たしかにそれも誤りではないが、それだけにとらわれるのは褊狭《へんきょう》だと思う、総じて戦場には是《これ》ひとつという心得はないものだ、時に応じ変に当って進退攻防の機は微妙をきわめる、そのとき死にざまなどに執着すると却《かえ》って後れをとるものだ、そうひとすじにつきつめないで、もう少しのびやかな考えかたもあってよいではないか」「お言葉ですがそれはご尤《もっと》もとは申上げかねます」与八郎は即座に答えた、「……こなたさまの時代には合戦もおうようなところがございました、たとえば戦場で敵と槍をあわせながら、穂《ほ》尖《さき》の汚れているのに気づいたので敵を待たせて置いて槍を洗ったとか、打ちあいちゅう敵の刀が折れたので得物を替えるまで待っていたとか、それに類する逸話が幾らもあります、また出陣するに当っては一番槍、一番乗りを誓い、功名てがらを競うという風でございました、しかし近来は銃砲の発達につれて戦の法もはげしく、全軍のちからが一点に集注するかしないかで勝敗のわかれが決定します、その一点とはいさぎよい死にざまという目標のほかにありません、もはや一番首も一番槍もないのです、功名てがらは末の末です、将も兵もただひとついさぎよく死ぬ決意、その一つに全軍のちからが集注してこそ合戦を勝にみちびくことができるのだと信じます」「……なるほど」長尾勘兵衛はちょっと眼を光らせたが、「いかにも銃砲が発達して近来は戦法もたいそう変って来た、単に銃砲が発達したばかりでなく、合戦そのものも年々しぜんと変化してゆく、それはたしかなことだ、しかし人間はそうたやすく変ってゆけるものではない、おれたちが若い頃とそのほうたちとの差は、武器や物具や攻防戦略の差ほど大きくはないと思う」「いや大きいのです、ひじょうに大きな差があるのです、つまりかつての戦場にあった功名てがらというものがわれわれの戦場には無くなるのです、あってはならぬものになったのです、これはこなたさまの時代とわれらの世代との根本的な差です」「……そうか」勘兵衛はぎろっとこちらをねめつけた、暫《しばら》くのあいだ睨《にら》みつけていたが、やがて思い返したという風に頭をめぐらせた、「それではもう申すこともあるまいが、ただひと言だけことわっておく、そのほうしきりに一番槍とか功名てがらとか申すが、むかしの戦場でも、すべての者が功名を競ったわけではないぞ、どの合戦でも、一番乗り兜首《かぶとくび》の帳についた者は、数えるほどしかなかった、多くはその名もとどめず戦場の露と散っている、理屈も云わず、あらためて覚悟も叫ばずに……」それは詠嘆のようなこわねであった。

二

まだそのあとに言葉が続くものと思っていたが、勘兵衛はそこでうちきってしまい、傍らにいる客となにやら別の話をはじめるようすだった。与八郎はうわ眼づかいに暫くそれを見まもっていたが、やがて自分の席から勘兵衛にこえをかけた、「……なんだ」「明日お訪ね申したいと存じますがご在宅くださいますか」かれはひたと相手の眼を覔《みつ》めながらそう云った、勘兵衛はにっと微笑し、在宅するからいつでもまいれと答え、そのままなにごとも無げにそばの客と話しつづけた。

その翌日、長尾勘兵衛の家はつねになく客が多かった。みんな昨日の与八郎の挨拶《あいさつ》に興味をもって、なにかひと荒れあるだろうという期待でやって来たのだ、――うまくゆけば果し合になるだろう、そんなけしからぬことを囁《ささや》く者さえあった。神原与八郎が来たのは午《ひる》すこし前だった。客間へ通して勘兵衛が出ると、待ち構えていた客たちはそれと云わんばかりに、みんな黙って耳を澄ませた。ところがかれらの期待はみごとに外された、あまりに外れすぎてあっといったくらいである。ひととおり挨拶が済んでから、改めて与八郎が云いだしたのは縁談だった。「……作法にはかないませんが、しかるべき人を立てて申上げるのが当然ではございますが、生涯の大事ゆえぶ作法ながら自分であがりました、ご息女を家の妻に申し受けたいのです、枉《ま》げておゆるしを願います」隣りにいた客たちも驚いたけれども勘兵衛もびっくりしたらしい。うむといったきりやや暫く返辞がなかった。「……昨日ここへまいると云ったのはその話か」「さようでございます」「……あまり突然すぎるではないか」「いいえ決して突然ではございません、わたくしとしては半年ほどまえから考えていたことでございます」「……そのほうとしてはそうだろうが、話を聞くこのほうとしては突然すぎるというのだ」「それはいつ申上げてもおなじことではございませんか、少しずつ小出しに申上げるというわけにもまいりませんし……」そのとおりである。勘兵衛はにがい顔をしていたが、やがて「考えて置こう」と答えた。与八郎はそれで満足したらしく、会釈《えしやく》をして座をすべったが、ふと思いだしたように、「……お断わり申しておきますが、ご息女を頂戴《ちようだい》にまいったからとて昨日のお説に服したわけではございません、それだけははっきりお断わり申します」そう云って、さっさと辞去していった。まえにも記したとおり長尾は三千五百石の老臣だし、与八郎は僅《わず》かに槍組の三十人がしらにすぎない、しかも満座のなかで口論をした翌日、堂々と乗りこんで自ら縁談を申し入れた。豪快といえばいかにもかれらしく豪快であるが、その胆《きも》の太さには清洲城の人々すべてが呆《あき》れた、――やるなあと痛快がる者もあり、――たいへんなやつだと舌を巻く者もいて、神原与八郎という存在がにわかに大きく浮きあがってきた。

案外すらすらと縁談は纏《まと》まり、その年の十一月に祝言《しゆうげん》の盃がとり交わされた。勘兵衛のむすめは名を松といい、容姿も心ざまもきわめて尋常な、どちらかというと地味すぎるくらいのひとがらだった。祝言の夜のことであったが、与八郎は新しい妻と差向いになるなりかたちを正して、「そなたはいかなる覚悟でおれに仕えてくれるか」と訊《たず》ねた、松は面を伏せたままなかなか答えなかった。「……そなたは大身に育ち、神原はこのとおり小身者である、なまなかなことでは家政の切り盛りもむずかしいと思う、当然この思案はして来たと思うがどうか」重ねてそう訊ねると、松はようやく面をあげ、思いのほかはっきりした言葉で答えた。「……かくべつ覚悟と申すものもございません、父には——水の器にしたがう心でと訓《さと》されましたが、できるかぎりその心得でお仕え申したいと存じます」「それだけか」「……はい」そしてまたしずかに面を伏せてしまった。与八郎はもの足りなかった。もっとつきつめた言葉が欲しかったのである、しかしさすがにそれ以上は問い詰めかねて口をつぐんだ。……月日はごく平板に過ぎていった。松はいつとはなく神原家の日常に溶けこみ、貧しい家計にもしぜんと馴《な》れていった。眼につくほどの不たしなみもなかったし、また感動させられるようなそぶりにも触れず、いかにもあたりまえな妻、あたりまえな生活が続いていったのである。

年が明けて慶長五年を迎えたその五月に、徳川家康が上杉氏征討の軍を催し、天下の諸侯は競って出陣した。左衛門大夫正則《まさのり》も兵馬を率いて従軍したが、与八郎は留守にまわされて清洲に残った。留守の城代は正則の舅《しゅうと》にあたる津田備中守《びっちゅうのかみ》で、それに大崎玄蕃が差添えられていた。まえの年から隠密《おんみつ》の間に種々の風説《るふ》が流布していたし、玄蕃の残ったということがなにかあるなと思わせた、与八郎は寧《むし》ろよろこんで留守にまわったのであった。

三

七月中旬、落ちたように風のない、ひどく蒸しむしする日の午後だった。大崎玄蕃からすぐに来いという使いがあったので、支度もそこそこにはせつけると、前後して物頭以下二十人ほどの者が集まって来た。なんのための呼集か誰にもわからなかったが、やがて席にあらわれた玄蕃長行は驚くべき出来事を報じた、すなわち石田三成が挙兵したのである。木村惣左衛門《そうざえもん》という者が使者に来て、……秀頼公の仰《おお》せを蒙《こうむ》って家康討伐の軍を起こしたこと、もちろん福島家は大阪御一味に相違あるまじく、早々こなたの軍勢を入城させたいと思う、そういう意味を伝えたのだ。城代の備中守繁元は承知しそうだったが、玄蕃はそばからきびしくはねつけた、左衛門大夫より直筆の証文でもまいればともかく、留守を預かるわれらとして、さような如何《いかが》わしき軍勢を一兵たりとも入れることは成らぬ、たってとならば弓矢を以《もっ》てお迎え申そう、そう云ってあたまから拒絶したのだ。「……集まって貰《もら》った仔細《しさい》はこれだ」玄蕃は一同を見まわして云った、「おそらく治部少輔《じぶしょうゆう》はすぐ兵を向けるであろう、大軍を迎えて勝算はないが、防げるだけ防いで、いさぎよく討死をするのが留守のつとめだと信ずる、みなすぐ部署についてくれ」そして用意してあった持場の割り書をひろげて、誰はどこ彼は此処《ここ》と順々に指名していった。

住居《すまい》へ戻った与八郎は、いきなり妻を呼んで大阪へゆけと云った。大阪には御しゅくん左衛門大夫の妻子がいる、治部少輔がこれを無事に置くわけはない、すぐ駆けのぼってお護《まも》り申せというのだった。松は色も変えずにはいと答え、立っていったかと思うとすぐ身支度をととのえて出て来た、あんまりすばやいので、「あとの始末はいいのか、生きては帰れぬぞ」と念を押した。松はやはり「はい」と答えただけである。供をつれてゆくかと訊《き》くと、……眼立たぬほうがよいからと云い、まるで隣りを訪れでもするような淡々たる挨拶をして出ていってしまった。すぐ城へ詰めなければならぬ彼は、妻のようすがまだ不たしかなので、自分も支度をしながらひとわたり家の中を見てまわった、どこもかしこもきちんと片付いていた、なに一つみぐるしい物は残っていなかった、それはちょうど今日あることを予期していたもののようであった。……平生このとおりだったのかしらん、与八郎はそう思い返してみたが、それと合点のゆく記憶はなにもなかった、かれはわけがわからぬという風に頭を振り、支度を直して城へ登った。

僅かな留守兵をあげて必死の防備についたが、石田三成の軍勢は伏見城の鳥居《とりい》元忠《もとただ》の敢闘に支えられ、ようやくこれを攻め落したときには、すでにひき返して来た徳川軍の先鋒《せんぽう》諸隊がぞくぞく清洲へ入城していた。八月十四日までに、城主の左衛門大夫はじめ、十九将三万五千の兵馬が集結したのである、そして同じ二十二日の早朝、これら先鋒諸隊はふた手にわかれ、暁闇《ぎょうあん》をついて木曾川を渡ると、石田軍の前備えともいうべき織田秀信の岐阜《ぎふ》城攻撃を以て緒戦を挑んだ。この日のおもな戦は敵前渡河と竹ケ鼻の砦《とりで》の攻略にあったが、左衛門大夫は池田輝政に先を越されてはかばかしい合戦に恵まれず、明くる二十三日の岐阜城攻めに当って、はじめて大手の攻め口をとることができたのである。……今日こそは、福島勢のすべてがそう決意し、午前六時を期して商町口から城の大手へと殺到した。神原与八郎は部下の槍組三十人と共に陣頭にいた。火を放たれて燃えさかる街筋のかなたに、殿前と呼ぶ敵の木戸が見える。獲物を狙《ねら》う猛禽《もうきん》のように、その木戸ひとつをねめつけていたかれは、突撃の命がくだるのを待ちかねて突っ込んだ。……両側の家を焼く煙が道いっぱいに渦を巻き、燄《ほのお》が睫《まつげ》を焦《こ》がすかと思えた。およそ三十間あまり、その火気と煙をついて疾走した与八郎は、とつぜん横腹を棒かなにかでぐわんと殴られたように感じ、足をとられて前のめりに転倒した。すぐはじかれたように顔をあげ、立ち止ろうとする部下に「突っ込め」と叫んで身を起こした、すると左の脇腹《わきばら》に肉をもぎとられたような不安定な痛みがあるのに気づき、はじめて鉄砲に射《う》たれたことを知った。具足の胴にぽかっと二寸ほどの穴があいている。――しまった、そう呟《つぶや》いて一瞬くらくらと眼が昏《くら》みそうになったが、その短い刹那《せつな》に「死にざま」という一語が脳裡《のうり》をはしった。――ここでは死ねぬぞ、かれは歯をくいしばって呻《うめ》いた。――口ぐせのように云ってきた覚悟の前にもここで死んではもの笑いだ、石にかじりついても、……かれは力のぬけた足を踏みしめて走りながら、片手の指を傷口へ挿入《さしい》れてみた、さいわい弾丸は腸には届かないで、腹壁を剔《えぐ》ってうしろへ貫通していた、かれは腹帯の端を切って傷口へ塡《つ》め、そのままひっしと敵の木戸へと跳《おど》り込んだ。

それからさきの委《くわ》しいことをかれは覚えていない、木戸の内へはいるといきなり突っ掛けて来た敵があった、いちどはその槍《やり》をはねあげたが、二度めには躱《かわ》しきれず、右の高腿《たかもも》をしたたかに刺し貫かれた。かれは横さまにのめりながら、長尾勘兵衛の冷笑する顔をまざまざと見たと思った。それはふしぎなほどあざやかな幻覚だった、かれはそのまま失神してしまったのである。

四

四人の部下が楯《たて》の上に与八郎を乗せて担《かつ》いでいた。……重傷を見咎《みとが》められて「清洲へ帰れ」と云《い》われたが、どうしてもかれは部署から離れなかった。岐阜を落し、赤坂へ陣を進めると、楯輿《たてごし》に担がれてついて来た。ろくろく医療も受けず、殆《ほと》んど自分の手療治なので、やがて銃瘡《じゅうそう》のほうが膿《う》みはじめた。けれども、福島勢が垂井へ移り関ケ原へ進むにつれて、やっぱり楯輿に乗ってついて来た。「そんなからだでどうするんだ」みんながそう云った、「……まさか楯の上から戦場けんぶつでもあるまい」それは決して誇張ではなかった、二カ所の重傷でかれは立つことができない、だからこそ楯輿に乗っているのだ、戦場へいってどうするつもりなのか誰にもわからなかった。「強情をはらずに清洲へ帰って傷の手当をしろ……」口々にそう勧めたが、かれは石のように黙ってひと言の返辞もせず、楯の上にじっとつくばい、ぎらぎらと双眸《そうぼう》を光らせていた。

天下を両分した東西二軍が関ケ原に対峙《たいじ》すること二旬、九月十五日の未明を期してついに決戦の火蓋《ひぶた》は切られた。左衛門大夫正則は味方の最左翼にあり、開戦と同時に西軍の宇喜多秀家《うきたひでいえ》の陣へ襲いかかった。そのときである、まさかと思った神原与八郎が楯輿に乗って戦場のまっ唯中《ただなか》へとびだしていった、四人の部下に楯を担がせ、自分はその上につくばって、幽鬼のような相貌《そうぼう》で敵陣をにらみながら、むにむさんに戦塵《せんじん》の中へ突進した。そこではすでに銃撃から槍合せに移り、雨あがりの泥濘《でいねい》を踏みちらして敵味方の烈《はげ》しい迫《せり》あいが展開していた。思いきって殆んど陣頭まで舁《か》きこませた与八郎は、「よしここでおろせ」と楯を叩《たた》いた、そして踏みしだかれた秋草の上へ楯がおろされると「おれに構わず突っこめ」と叫んだ、四人の者は楯をとりかこんだ、「われわれはここにおります、ごいっしょに討死を致します」「ばか者……」与八郎は拳《こぶし》をつきだして罵《ののし》った、「おれといっしょに死んでなんの役にたつか、これが一期《いちご》の戦場だぞ、突っこめ、突っこめ……」罵りながら片膝《かたひざ》を立て、ぎらりと太刀を抜いて高くふりかざした。

敵陣へ向ってひっしと斬《き》りこんでゆく四人を見おくりながら、かれは刀を脇にひきつけ、噛《か》みつくような眼であたりを見まわした、……とうとう此処《ここ》まで来た、そう思った。此処でなら死ねるぞ、此処で死ねればもう恥ずかしくはないぞ。自分でも案外なほど心はしずかだった、前方およそ二十間の近さで敵味方が槍を合わせていた、緒戦ながら烈しい迫合で、脇から味方の抜刀隊が斬りこんでゆき、敵の一角が崩れたつとみる間にこんどは味方の左翼が圧迫されてゆるぎだした、押しつ返しつ、乱離たる旗、馬じるし、差物などのはためき狂うさまや、叫喚や呶号《どごう》や物具の相い撃つ響きが、ひとつになってどよみあがりわきかえっている。敵が来たら刺しちがえるつもりで、太刀を構えたままじっと戦闘のありさまを見ていた与八郎は、暫《しばら》くすると愕然《がくぜん》たる色をうかべた、なんとも形容しようのないおどろきの色である、……かれは兵たちの戦いぶりを見たのだ、指揮者の命のままに戦っている軍兵の姿を見たのだ。槍組でも抜刀隊でも、兵たちは指揮者の手足の如《ごと》く縦横に戦っていた、眼の前に鎧武者《よろいむしゃ》がいる、それを討てば兜首のてがらだ。敵の一角が隙《す》いた、そこへ突っこめば一番槍かも知れない、好機はついそこにある、功名は手のさきに転げている、だが兵たちは眼もくれなかった。進めと云えば進み退《ひ》けといえば退いた。しかも全身に闘志は漲《みなぎ》り、相貌は悪鬼の如く怒張している、それは戦気そのものだった。しかも「おれが」というけぶりは微《み》塵《じん》もない、壮烈をゆくという自負もみえない、生も死もはるかに超えてひたむきに闘う魂、そのたましいだけが烈々たる火となって躍動しているのだ。

「ああ……」与八郎はわれ知らず叫んだ、するとそれに答えるかの如く、もののふの多くはその名さえとどめずに戦場の露と散っている、そう云った長尾勘兵衛の言葉が雷鳴のように大きく耳へよみがえってきた。「その名さえとどめずに……」かれはいま戦場のまっただ中にいることさえ忘れ、屹《きつ》と空をふり仰いで呟いた。「その名さえとどめずに」そうだ、そこにもののふのまさしい姿がある。武士にとって戦場へ臨むことは異常事ではない、改めて覚悟すべきことなどある筈《はず》はなかった。自分はつねづね「死にざま」ということを考えていた、いさぎよく死ぬ決意こそもののふの面目だと信じていたが、死にざまなどを考えるのは寧ろ我執である、死にざまなどはどうでもよい、功名てがらが末のことだとすれば死にざまなども末の末だ、生も死も超えてひたむきに闘う、名もとどめず戦場に屍《しかばね》をさらす、そこにこそまことの面目があるのだ。「ああ……」再びそう呻くと、かれの眼に熱涙がつきあげてきた、胸膈《きょうかく》がひろがり、生れてはじめて肺いっぱいに呼吸のできる気持がした。今こそ妻の心ざまもみえる、大阪へ立ったあと始末のみごとさは、それが平生のたしなみだったからである、その場に臨んで始末しなければならぬようなものはなにも無かった、どんな運命に直面してもすぐに立てる、ふだんの用意と心がまえのあらわれだったのだ。「これでよい」かれは口のうちでしっかりと呟いた。それから信じられぬほどのちからで、刀を杖《つえ》に楯の上へ立ちあがった。今こそ本当に死ねる、その自覚が傷の激痛を忘れさせた、かれは震える足を踏みひらきつつ、右手の太刀をとり直した。……そのとき中央へと移りつつあった白兵戦の上へ、朝雲をつんざいて太陽がさっと光りの箭《や》を射かけてきた、与八郎は前へ、しずかに一歩ふみだした。

（昭和十九年十二月刊『日本士道記』初収）

# 柘《ざく》榴《ろ》

一

真沙《まさ》は初めから良人《おっと》が嫌いだったのではない。また結婚が失敗に終ったのも、良人の罪だとは云《い》えない。昌蔵のかなしい性質と、その性質を理解することのできなかった真沙の若さに不幸があったのだと思う。

松室の家は長左衛門の代で、中老の席から番がしら格にさげられ、更にその子の伊《い》太夫《だゆう》の代で平徒士《ひらかち》におちた。長左衛門は癇癖《かんぺき》が崇《たた》って刃傷《にんじょう》したためであるし、伊太夫は深酒で身を誤った。二代で中老から平徒士までおちるのは稀《まれ》だと云っていいだろう。昌蔵は祖父がまだ中老だった頃の矢倉下の屋敷で生れ、九間町のお小屋で幼少時代を、そして十一の年からは御厩《おうまや》町の組屋敷の中で育った。——階級観念のかたくなな時代に、こうして転落する環境から受けるものが、少年の性質にどういう影響を与えるかは云うまでもあるまい。それに元もと祖父や父の感情に脆《もろ》い血統の根もひいていたことだろうし、不幸はすでに宿命的だったという気もするのである。

生家の井沼は代々の物がしら格上席で、父の玄蕃《げんば》は御槍《おやり》奉行を勤めていた。真沙の上に真一郎、源次郎という兄があり、彼女はおんなの末っ子であるが、父の人一倍きびしい躾《しつけ》で、ごく世間みずな融通のきかない育ち方をしたようだ。松室との縁談は戸沢数右衛門という中老から始まり、父には難色があったようだが、「松室の将来は自分が面倒をみるから」こういう戸沢中老の一種の保証のような言葉があって纏《まと》まったらしい。勿論《もちろん》これは結婚が不幸に終ったあとで聞いたことだし、そのために戸沢中老に責をかずけるようなものではないけれども。――真沙は結婚という現実よりも、自分のために作られる衣装や、髪かざり調度などの美しさに、心を奪われるほど若かった。「十七にもなってこの子は、――」母親に幾たびもそう云われたほど若かったのである。祝言《しゅうげん》は八月のことで、話があってから三十日ほどしか経《た》っていなかった。人の家へ嫁《か》すということより、ふた親や兄たちと別れ、生れた家を去るという悲しさのほうが強く、でかける前になって庭へぬけだし、色づき始めた葉鶏頭《はげいとう》のところで激しく泣いたが、誰にもみつからないうちに涙を拭《ふ》いて部屋へ戻った。……そのときの葉鶏頭の色と、それを眺めて泣いた涙のまじりけのない味を、そののち真沙はどんなに懐《なつ》かしんだか知れなかった。

新しい生活は真沙に衝撃を与えた。年よりも遥《はる》かにもの識《し》らずだった彼女は、恐怖と苦痛と不眠とで、数日のうちに驚くほど憔悴《しょうすい》した。松室には病身の姑《しゅうとめ》がいた。ごく口数の少ない人で、もう二年ばかりひき籠《こも》ったきりだったが、このひとが真沙の様子に気づいたとみえ、さりげない事に託して色いろ話してくれた。それでともかく訳のわからない恐怖は消えたが、その言葉のなかにあった「おんなという者のつとめだから、――」という表現がつよく頭に残った。どんな美味でも、それを喰べることが義務になったばあいには、食欲は減殺《げんさい》される。精神的にも肉躰的《にくたい》にも、余りに若かった真沙には、恐怖に代ってのしかかった義務の観念が新しい苦痛となり、抑えようのない厭悪《えんお》感となった。……昌蔵がもう少し違った性格だったら、それでも破綻《はたん》を避ける機会はあったかも知れない。然《しか》し彼自身も二十四歳という年にしては世情に疎《うと》かった。家系の落魄《らくはく》に対する卑下感から、その結婚を過大に考えすぎたらしいし、それだけ真沙への愛情も激しくいちずになったようだ。

「真沙はおれが嫌いなのか」彼はよくこう云って真沙の両手を摑《つか》んだ。「こんなに真沙を好きなおれの気持が真沙にはわからないのか。正直に云ってくれ。どうしてもおれが好きになれないのか」

「おれはいつまで平徒士ではいないよ」僅《わず》かな酒に酔うと、肩をあげながら云った。「松室の家を興《おこ》してみせる。大した事じゃあない。みておいで真沙、おまえをきっと中老夫人にしてみせるよ。世間へ出て恥ずかしくないだけの生活を、おれは誓って真沙にさせてみせるよ」

家にいる限り、昌蔵はかたときも真沙を離さなかった。側《そば》にいれば絶えず手を握るか、肩を抱くかする。いつもじっとこちらを眺め、ふいに蒼《あお》くなったり「美しいなあ」と溜息《ためいき》をついたりする。そして三日にあげずなにか物を買って来る。派手すぎてなまめかしいような着物や帯が殖《ふ》え、釵《かんざし》、なかざし、櫛《くし》、笄《こうがい》、手筐《てばこ》、文庫、手鏡などという風に。――真沙はつとめて悦《よろこ》ぼうとした、なかには本当に嬉《うれ》しい物もあったから。けれど最も深いところで齟齬《そご》している感情が、どうしてもすなおに悦びを表わすことを妨げた。それでなくとも、昌蔵のこういう愛情の表現は、厳しく躾けられた真沙にとって好ましいものではなかった。――武士というものは、家常茶飯つねにこうだと云われて来た生活に比べると、恥ずかしさに身の縮むようなことが多い。それがますます彼女の心を良人から遠ざけるのであった。

　嫁していって間もなくのことだ。昌蔵は熟れた柘榴《ざくろ》の実を割って眺めていたが、ふと熱のある人のような眼で真沙をかえり見、割った果実の中の紅玉のような種子を示しながら、こんなことを云った。

「この美しい実をごらん。私にはこれがおまえのからだのようにみえるんだよ」

二

「割れた果皮の中から、白いあま皮に仕切られて、この澄んだ生なましい果粒が現われる。まるで乙女の純潔な血を啜《すす》ったような、この美しい紅《あか》さを眺めていると、私にはおまえの軀《からだ》の中を見るような気持がしてくるんだ」

そのとき真沙は、本当に自分の軀を割って覗《のぞ》かれたような、恐怖に近い羞恥《しゅうち》に襲われてぞっと身震いをした。云い表わしようのない嫌厭《けんえん》と屈辱のために、それから以後は昌蔵に見られるだけで、寒くなるような気持が続いた。——昌蔵は神経質になり苛々《いらいら》しだした。彼はどうかすると恐ろしく不機嫌になり、口もきかず、側へも寄らないことがある。居間からけたたましく呼びながら、急いでゆくと「もう済んだ、よし」などと突放すように云う。然しそれは決してながくは続かなかった。すぐにまた真沙をひき寄せ、詫《わ》びを云い、後悔しながら激しい愛撫《あいぶ》を繰り返すのである。「もう少しの辛抱だ。きっと出世してみせるからね」固く縮めた妻の肩を抱きながら、思い詰めた調子で彼はこう誓う。「こんなみじめな生活とはもうすぐお別れだ。真沙が妻であってくれさえすれば、私はどんな事でもする。なんでもありあしない。もうめどはついているんだ」

十月に姑が病死した。霜の消えてゆくような静かな死だった。臨終のとき姑は、枕元に坐《すわ》っている昌蔵をつくづくと眺めた。それからその眼を真沙のほうへ移し、暫《しばら》くこちらをみつめていたが、やがてそのまま瞼《まぶた》を合わせた。それは、云い遺《のこ》したいことがあるけれど、云ってもしょせんはだめだろう、そういう意味に真沙にはうけとれたのである。――昌蔵はみれんなほど泣き悲しんだ。然もそれは愛情の深いことを示すより、感情の脆さと、神経の弱さを証明するようで、真沙には寧《むし》ろ眼をそむけたい感じだった。

年を越えて二月はじめのこと、とつぜん仲人の戸沢数右衛門が訪ねて来た。下城の途中だとみえ、継ぎ上下《かみしも》で玄関に立ったまま「松室は帰ったか」と訊《き》いた。そしてちょっと考えてから、「では帰ったらすぐ私の家へ来るように」と云って、そのまま玄関から去った。

昌蔵は帰らなかった。真沙は夕餉《ゆうげ》もとらずに待った。十二時に下女を寝《ね》かし、幾たびも迷ったのち、二時の鐘を聞いたので、常着のまま自分も夜具の中へはいった。――厨《くりや》を開ける下女のけはいで眼がさめると、もういつか夜が明けていた。すぐに起きて、そっと良人の居間へいってみたが、もちろん姿もみえないし、帰った様子もなかった。

「どうなすったのかしら」

さすがに不安になって、こう呟《つぶや》きながら廊下へ出ると、そこに封書の置いてあるのが眼にとまった。真沙は危険な物をでもみつけたようにぎょっとし、五拍子ばかり怯《おび》えたような眼で眺めていたが、やがてすばやく手に取ると、人眼を恐れるように自分の部屋へいって坐った。……それは昌蔵から彼女に宛《あ》てた告白と謝罪の手紙だった。

――自分がなにをしたかということは、すぐわかるだろうから此処《ここ》には記さない。そういう書きだしであった。自分は松室の家をむかしの位地に復そうと努力した。然しそれは家名や自分の出世のためよりも、それに依《よ》って真沙を中老職の夫人にし、物質的にも精神的にも恵まれた生活をさせてやりたかったからだ。自分には真沙を幸福にすることの他になんの野心もなかった。どうかこれだけは信じて貰《もら》いたい、自分はただ真沙を仕合せにしたかったのだということを。――だがみごとに失敗した。焦《あせ》る余りに眼が眩《くら》んで、取返しようのない失敗をした。恐らくこれが松室家の辿《たど》るべき運命だったのだろうと思う。自分は退国して身の始末をつける。真沙には詫びのできることではない。だから赦《ゆる》してくれとは云わずに去るが、ただゆくすえ仕合せであるように祈ることだけは許して貰いたい。真沙のためには本当に悪いめぐりあわせだった。どうか一日も早くこの不幸ないたでから立直ってくれるように。

凡《およ》そこういう意味のことが書いてあった。

真沙はその手紙をすぐに焼いた。そのときの彼女にとっては、武士たる者が妻を仕合せにするために身を誤ったという、めめしいみれんな言葉に肚《はら》が立ったのと、これで自分は解放されるという気持の安らぎとで、短い文章に籠《こ》められた哀切の調子などは、まったく眼に入らなかったのであった。……朝食を済ませるとすぐ、真沙は着替えをして戸沢中老の屋敷を訪ねた。数右衛門は話を半ばまで聞いたが、あわただしく家士を呼んで、追手の手配をするように命じた。

「両街道へ馬でやれ。雪を利用して山を越えるかも知れぬ。針立沢へも追手をかけろ」数右衛門は激しい言葉でこう云った。「どうしても逃がせないやつだ。出来る限りの手を打て」

真沙はそのまま其処《そこ》に留《とど》まり、戸沢の家士が下女と留守宅へいった。……昌蔵は捉《つか》まらなかった。後でわかったのだが、そのときは菩提寺《ぼだいじ》に隠れていて、追捕《ついぶ》の手の緩むのを待って国境を脱けたのである。くわしい始末はわからなかったが、罪科は多額の公金費消ということだった。——真沙はそのまま戸沢家で、半年ばかり世話になった。

三

昌蔵には逃亡のまま斬罪の科《とが》が定まり、松室の家名は絶えた。本来なら当然その妻にも御咎《おとが》めがなければならない。然し仲人の責任で戸沢が奔走したものだろう、「国許《くにもと》お構い」ということで、その年の九月ひそかに江戸屋敷へ移された。

江戸では母方の叔父に当る小野木庄左衛門の家におちつき、やがて御殿の奥勤めに上った。初め松泉院という藩主の生母に付いたが、五年して中﨟格《ちゅうろうかく》にあげられ、祐筆《ゆうひつ》を勤めた。このときの扶持《ふち》が御切米金十五両、御合力七両二分の他に、月々薪《まき》六貫四分、炭二俵八分、水油八合、糠《ぬか》二升八合、菜銀三十匁で、子供を三人使うことが出来た。――それから更に六年して、二十八の年に錠口勤めとなり、三十五歳で老女になった。

ここまでは平穏で明るい生活が続いた。女ばかりの明け昏《く》れで、時には詰らない中傷や嫉妬《しっと》や蔭口《かげぐち》などに煩《わずら》わされる。中には好んでいかがわしい話題に興じたり、悪い癖を持っている者などがあって、女というものの厭《いや》らしさあさましさに、身のすくむような思いも幾たびか経験した。けれども年の若い者は別として、二十を越した者には、色いろな事情から生涯独身ときめた者が多く、そこには独立して生きる者の張《はり》と自覚があったから、松室での生活に比べれば遥《はる》かに気楽でもあるし、伸びのびと解放された気持でいることができた。

「お嫁にいって苦労することを考えると、本当にこういう暮しは女の天国ね」

「むずかしい良人の機嫌をとったり、舅《しゅうと》や姑の小言にびくびくしたり、年じゅう休みなしに家事で追い廻されたりするなんて、想像するだけでもぞっとするわ」

「女が嫁にゆくということは、詰り自分と自分の一生を他人にくれてしまうことなのね」

こんな話をよくしたものである。然し三十五歳になる頃から、真沙の心に少しずつ変化が起こりだした。それは国許から長兄の娘が、江戸屋敷へ嫁して来たときに始まる。——その姪《めい》は早苗《さなえ》といって十八になり、相手は納戸役《なんどやく》で渡辺大七といった。真沙は二人の結婚式に招かれたのが機会で、同じ家中《かちゅう》にいる三家の親族とよく往来するようになった。それは老女という身分で、勤めにいとまのできたことや、三十五歳という年齢の関係もあるだろう。ごく疎遠《そえん》だった杉原という母方の縁者とは、殊《こと》に近しいつきあいが始まり、時には家庭の中の事まで相談されるほどうちとけていった。

その杉原で、妻女が病気で寐ついたときのことだ。真沙が見舞いにゆくと、良人の伊兵衛が枕許から立つのをよく見かけた。暇があると側へ来て、ものを読んだり話しかけたりしているらしい。いつもむずかしい渋い顔をしている人なのだが、そのときは不安そうな、ひどくそわそわと落着かない様子で、薬や食事なども自分で世話をする風だった。

「男って本当に子供のようですのね」妻女は眉《まゆ》をしかめてみせた。「わたくしが死ぬかも知れないって、すっかりおろおろしているんですの。医者の云うことなぞ信用ができないと云いながら、少し顔色が悪いくらいですぐ呼びにやるんですもの。恥ずかしくなってしまいますわ」

そんな風に云う法はない。それは御主人がどんなに深く貴女《あなた》を愛しているかという証拠ではないか。真沙はこう言おうとしてふと口を噤《つぐ》んだ。理由はわからないが、なにか喉《のど》へ物でもつかえたようで、どうしても言葉にならなかったのである。その夜、真沙は初めて自分の結婚生活を回想した。夫婦生活に対する考え方は、既に十七歳の時のままではない。二十年ちかい年月のあいだには多くの事を識った。世間や人の心の裏おもて、生活を支える虚飾や真実、美しいものの蔭にある醜さ。……女が三十五という年齢で理解するものを、彼女も今は理解することができる。「自分は若すぎた――」真沙は胸の痛むような思いでそう呟《つぶや》いた。昌蔵のしてくれたことが、どんなに深い愛情から出たものであるか、それに対して自分がどういう酬《むく》い方をしたか、初めて真沙にはわかるように思った。

　そのときから、彼女の心にひとつの世界がひらけた。人を訪ねると、無意識のうちにその夫妻の様子を見ている。そしてそのたびに、自分と良人《おっと》との生活を思い返すのである。収入も家格も年齢もほぼ共通しているのに、五つの家庭があるとすれば、五組の夫婦はみな違った生活をしている。よそよそしいもの、睦《むつ》まじいもの、派手なもの、質素なもの。どのひと組も他のものに似てはいない。然もみなそれぞれにかたく結びつき、互いに援《たす》けいたわりあって生きている。脇《わき》から見れば、良人にも妻にも欠点のない者はないが、当人たちにはそれ程にみえないようだ。これが本当なのだ。真沙はそう思う。「良人となり妻となれば、他人に欠点とみえるものも、うけ容《い》れることができる。誰にも似ず、誰にもわからない二人だけの理解から、夫婦の愛というものが始まるのだ」

　真沙はいま昌蔵の示した愛情の表現を、一つ一つ思いだしてみる。それはみな彼なりに真実であった。なみはずれてみえたのは、彼の愛情が他のどんな人間とも似ない彼だけのものだったからだ。彼が真実であればあるほど、それ以外に表現のしようはなかったに違いない。

「なんということだろう」真沙は両手で面を掩《おお》った。「なんということだろう——」

# 四

昌蔵が出奔するとき遺していった、告白と謝罪の手紙も思いだされた。――真沙を幸福にしたかった。その他になんの野心もなかった。これだけは信じてくれ。こういう意味の、叫びに近い部分が朧《おぼ》ろげな記憶に残っている。武士たる者がなんというみれんなことを、……そのときはそう思うだけで、すぐに焼いてしまったが、みれんにもめめしくもみえるほど、深い、ひたむきな愛情だったということが、今の彼女には鮮やかにわかる。

「焼くのではなかった。焼いてはならなかった。いま読めばもっともっと本当のことがわかったに違いないのに」

真沙は四十歳で「年寄」になった。幕府や三家の大上臈に当る奥勤めの最上位で、切米も三十石、合力二十五両という扶持である。その頃から気持もまたひと転換した。昌蔵との結婚の失敗についても、自分に責のある点は云《い》うまでもないとして、松室の不運な家系とか、その影響をうけた昌蔵の性格とか、また複雑に絡《から》み合っていた周囲の事情とか、要するに不幸は避け難かったということなどがわかってきた。……ただそれが避け難い宿命だったと思えば思うほど、真沙自身にもう少しの知恵と愛情があったら、昌蔵の破滅だけは救えたであろうと、そのことだけがいつまでも悔いとして残った。

真沙は五十二の年においとまが下って帰郷した。城下の桃山という処《ところ》に家を賜わり、生涯五人扶持に、奥方から年十両ずつ下さることになったのである。……桃山は城下町から二十町ほど北へいった丘陵で、家はその南側の中腹にあり、赤松の林ごしに城と武家町の一部を眺められる。もと老職の隠居が住んでいたそうで、部屋数は少ないが千坪ばかりの庭があり、松や杉や楓《かえで》や桜などが、家をかこむように繁《しげ》っている。よほど季感に敏《さと》い人だったとみえ、楓や桜なども松杉と対照して、眼立たぬようにくふうがしてあり、思わぬ灌木《かんぼく》の茂みに、苔《こけ》付きの石燈籠《いしどうろう》が据えてあったりした。

さとの井沼では、ずっと前に父も母も逝《ゆ》き、長兄も五年まえに亡《な》くなって、その子の善左衛門が家を継いでいた。これはなじみも薄かったし、気性が合わないので、ほんの儀礼に往来するだけだったし、その他の親族も同じように代が替っていて、親しく問い訪《と》われるという相手が殆《ほと》んど無かった。……召使は、金造という老人の下僕に、小間使と下女を加えた四人暮しである。三十日もすると、小間使のいねがまず淋《さび》しさに堪《たま》らなくなったのだろう。「この辺は冬になると狐《きつね》が出るのでございますって——」

などと背中を見るような眼つきで云った。そのくらいのことはあるかも知れない。北側にもう一段高くなって、ちらばらに武家の別墅《べっしょ》がある他は、丘から向うの葉島谷にかけて、多く松や櫟《くぬぎ》の林と畑つづきである。真沙の幼い頃には狼《おおかみ》が出るとさえいわれ、松茸《まったけ》やしめじを採りに来るにも怯えたものだ。

「では聴狐庵《ちょうこあん》とでもつけようかな」

そのとき小間使にはこう笑ったものの、さすがに自分でも肩の寒いような気持は避けられなかった。

三十余年も賑《にぎ》やかな局《つぼね》ぐらしをしたあとではあり、はじめは流人《るにん》にでもなったような寂しさだった。夜になると燈火《とうか》を二つも三つも点《つ》けたり、いねを自分の寐間へ一緒に寝かせたり、どうしても眠れないので、しばしば夜半に酒を舐《な》めたりした。冬のかかりにいちど鹿《しか》が迷い込んで来た。そのとき真沙は松林の中でまんりょうを採っていたのだが、落葉を踏むあらあらしい音を聞いて振返ると、つい鼻先に身の丈九尺（本当にそう思った）もある牡鹿《おじか》が立っていた。栗色《くりいろ》の斑毛と、恐ろしい枝角と、そしてぎらぎら光る眼とが、いっしょくたになってこちらの眼へとび込んで来た。自分では覚えていないが、非常なこえで叫んだそうである。金造が棒を持って駆けつけたときには、その鹿は林の下枝に角をひっかけひっかけしながら、田ノ窪《くぼ》といわれる方へ逃げていったという。「ひとつ鉄砲を買って頂くんですな。惜しいことをしました」老僕はいかにも残り惜しそうに、地境の外まで見にいったが、真沙はすっかり不安になって、雪の来ないうちに庭まわりへぐるっと竹垣を結わせた。

年が押詰ってから、とつぜん一人の老婦人が訪ねて来た。

「おわかりになって――」その婦人は玄関でこう云いながら笑った。「おわかりにならないでしょ、いかが」

「まァ、戸沢の菊江さま」真沙はむすめのように叫んだ。「菊江さまでしょう。まあびっくりしましたわ。ようこそ、さあどうぞ」

客は戸沢数右衛門の末娘だった。真沙より一つ年下で、いつか戸沢家に半年ほど世話になったとき親しくした。その頃もうどこかへ縁談が定まっていて、真沙が江戸へ去ったあと嫁いだということは聞いたが、互いの境遇の変化もあって、それ以来まるで思いだしもしなかった人である。嫁ぎ先は大倉主殿という老職で、現在は良人と隠居ぐらしだという。真沙は百年の知己に会ったほども嬉《うれ》しく、金造をその家へ使いに遣《や》って、その夜はむりやり泊っていって貰った。

## 五

桃山での生活はしぜんとおちついていった。菊江の訪れから糸をひいて、折おり客も来るようになり、俳諧《はいかい》や茶の集会を催したり、月雪花に小酒宴を張ったりした。……いねは三年いて暇を取り、下女もなかなか落着いてくれなかった。金造はよく勤めたが、足に痛風が出たため、五年めに伊助という男を代りに入れて去った。それから二年ばかりのうちに、菊江が亡くなったのを始め、よく客に来た人たちの中から、江戸へ転勤になったり、病死したりして、幾人かの知人が欠け、彼女自身も三月ばかり病んで寐《ね》た。

——そのときのことである。秋も終りにちかい季節だったが、夜半と思うころふと眼が覚めると、庭のほうで横笛の音がしていた。江戸の御殿にいるうち、真沙も音曲はひととおり稽古《けいこ》をして、笛などもかなり聞き分けられるのだが、そのとき聞く節調はまったく耳馴《みみな》れないものだった。節調とはいえないかも知れない。ただ即興に好みの音色をしらべているのかも知れない。淡々として平板で、少しも人の感情に訴えるものがなかった。笛は間もなく止《や》んだ。

起きられるようになって、かたちばかりの祝いに客をまねいた。その後のことであるが、客を送り出した庭さきで、ふと伊助を呼止め、いたずら「おまえ笛をお吹きか」と訊《き》いてみた。老僕はまごついたように叩頭《こうとう》して、いつも黙々と働でございますと口を濁した。金造と代ってから二年あまりになるが、いつも黙々と働く姿を見るだけで、彼とは余り言葉を交わしたことがなかった。もう六十七八であろう。痩《や》せてはいるが骨の確《しっか》りした軀《からだ》つきで、肩のあたりにどことなく枯れた品がある。口数が極めて少ないし、なにをするにもおっとりと静かだった……。なにか過去に事情があって身をおとした人に違いない。こう思ってそのときはなにも云わなかったが、数日のち彼が庭を掃いていたとき、縁側へ茶を運ばせて、少し休むようにと呼んだ。伊助は沓脱《くつぬぎ》に腰をかけ、いかにも静かに茶を味わいながら、真沙の問いに少しずつ答えた。

「さようでございます。この土地の生れではございません」松林のかなたを眺めるような眼つきで、区切り区切りこう云った。「ひとこと話せばひとことが身の恥でござります。家はかなりにやっておりました。土蔵なども三棟ばかし有ったものですが、やっぱりそういう運だったものですか、今では帰っても土台石ひとつ残ってはおりません。さようでございます、ずっと南のほうでございます」

そのときがきっかけになって、真沙はよく伊助を話し相手に呼んだ。彼は訊かれることはすなおになんでも話すが、すべてが控えめで、直接その事を語るより、脇のことで表現するという風だった。例えば笛にしても、「自分のはでたらめである。然《しか》し三年ばかり里神楽《さとかぐら》の仲間と一緒に暮したが、あの仲間には名人といってもいいような人間がいる」こういう云い方をするのである。妻もいちど貰《もら》ったが、うまくいかないで別れた。もちろん子供もない。故郷をとびだして以来は街巷《ちまた》から街巷を流浪して歩き、口には云えないような世渡りもした。まるで水の上に落ちた枯葉と同じで、ただ流れのままに生きて来たのである。

「その枯葉が風の拍子で、淀《よど》みへ吹き寄せられた、――此処《ここ》のお世話になったのも、ちょうどそんな工合でござりましょうかな」伊助はこう云って静かに笑った。「おかげさまで生れて初めて落着きました。こんな静かな、のびのびした暮しができようとは、夢にも思いませんでしたが――」

こうして親しく話すようになっても、伊助の態度は少しも変らなかった。些《いささ》かでも狎《な》れた様子とか、怠けた風はみせない。こちらから呼びかけない限りは、黙ってこつこつ自分の仕事をしている。酒なども出してやれば飲むが、自分では決して口にしないようだった。

或《あ》る年の秋だったが、林の中を歩いていると、あけびのなっているのをみつけた。

採ろうとしたが高いので、伊助を呼びに戻った。彼は薪を割っていたのだろう、納屋《なや》の前のところで台木に腰をおろし、こちらに背を向けて、なにか手に持った物をじっと眺めていた。割られた木の、酸《す》いような匂《にお》いが、そのあたりいちめんに漂っている。なにを熱心にながめているのだろう。真沙はふと脇のほうから近寄りながら覗《のぞ》いた。――老人の掌《てのひら》の上には、柘榴《ざくろ》の熟れた実があった。真沙はなんだと思って苦笑しながら、

「うちの柘榴は酸っぱくて喰べられないのだよ」

こう云った。どんなに吃驚《びっくり》したものだろう。伊助は殆んど台木からとび上り、柘榴は彼の手から落ちてころころと地面を転げた。

「ああ胆《きも》がつぶれました」伊助はあけびを採りながらも、幾たびか太息《といき》をついた。「こんなに驚いたことはございません。きっとはんぶん眠っていたのでございましょうが――」

八年いるあいだに、彼がそんなあからさまな自分をみせたのは初めてである。真沙も久方ぶりにずいぶん笑い、後になってからも、思いだしては可笑《おか》しくて頬笑まされた。

六

庭の樫《かし》を伐《き》ることにきめたのは、後《のち》の月の十日ばかりまえだった。梢《こずえ》も伸び枝も張りすぎて、月を眺めるのに邪魔になる。去年もそう思ったのだが、つい気がすすまずに延ばしてあった。その話をすると「宜《よろ》しかったら私が伐りましょう」こう云って、伊助はすぐ城下まで斧《おの》を買いにいった。

樫は根まわり五尺ばかりあった。伊助は休み休み一日いっぱい斧を振っていたが、二日めの午後にようやく半分くらい切込んだ。……真沙はそれを見にいってから、居間へ戻って手紙を書くために机に向った。亡くなった菊江の友で、城下の本伝という大きな商家の妻女が、この頃では最も親しく訪ねてくれる。その人へ後の月の招きを出す積りだったのだ。――墨を磨《す》り、紙をのべて、筆を手にしながら書きだしを考えていると、どんな連想からだろう、とつぜん真沙の頭に奇妙な疑いが湧《わ》きあがった。それは伊助が良人《おっと》の昌蔵ではないかということだ。この奇妙な疑問が、なにを根拠に起こったかわからないが、ふとそう思ったとたんに、非常な確実性をもって真沙の頭を占領した。それは八年のあいだ、無意識に溜《た》めていた印象の断片が、自然の機会を得て、一つのかたちを成したとも云える。

「ああ」真沙は低く呻《うめ》きながら筆をおいた。

樫木が伐倒されたのであろう、だあっと凄《すさ》まじい物音がし、地面が揺れた。

真沙は身震いをした。柘榴、——松室へ嫁《か》したはじめの頃、昌蔵は柘榴の実を割って、その美しい種子粒を妻の軀に譬《たと》えた。伊助は納屋の前で掌に同じものを載せ、近づいて来る人のけはいにも気づかぬほど熱心に眺めていた。あのときの度外れな驚きようは、単にぼんやりしていたための驚きだろうか。……真沙の潜在意識の中から、八年間のあらゆる記憶が甦《よみがえ》ってくる。彼の身振り、言葉の端はし、笑う口つき、ものを見る眼もと、そしてまた柘榴。

「だがどうしたのだろう」真沙はふと庭のほうへ眼をやった。「——なにも聞えない。樫の倒れる音がしたっきりだ」

たしかに、樫の倒れる凄まじい音と地響きがしてから、急にひっそりとなにも聞えなくなった。……真沙は立って縁側へ出てみた。庭の向うがひとところ、嘘《うそ》のように明るくなって、これまで見えなかったお城の巽櫓《たつみやぐら》が正面に眺められる。樫木は斜面の低いほうへ倒れ、鮮やかに新しい切口をこちらへ見せている。なんの音もしないし人の影もない。——その異様な静かさは真沙をぞっとさせた。なにか起こった。なにか非常な事が起こった。こう直感するなり、彼女は跣足《はだし》で庭へとびだしていた。

伊助は樫木の下敷になっていた。腰骨のあたりを押潰《おしつぶ》されて……。彼は唇まで紙のように白くなり、歯をくいしばっていた。真沙は悲鳴をあげて、小間使と下女の名を呼びながら伊助の側《そば》へ膝《ひざ》をついた。――駆けつけて来た下女と小間使が、とりみだして騒ぐのを叱《しか》りつけ、一人を医者へ、下女には人を四五人呼んで来るように命じてやった。

「しっかりして下さい。もうすぐ人が来ます。医者もすぐ来ますよ。わたしがわかりますか」

「構わないで――」伊助はほとんど声にならない喉声《のどごえ》で、眉《まゆ》をしかめながらこう囁《ささや》いた。「年を取ったのですな。足を滑らせまして、……ばかな事です」

真沙は伊助の肩へ手を掛けた。そしてじっとその眼をみつめながら云った。

「本当のことを云って下さい。――あなた昌蔵どのではございませんか、あなたは松室昌蔵どのではございませんか」

伊助は口をあき眼を瞠《みは》った。その大きくみひらかれた眼を、光りのようにすばやく、なにかのはしるのが感じられた。真沙は両手で彼の肩を掴《つか》み、顔と顔を重ねるようにして呼びかけた。

「仰言《おつしや》って下さい。傷は重うございます。これが最期《さいご》になるかも知れません。本当のことをひと言だけ聞かせて下さいまし。あなたは真沙の良人でございましょう――」

伊助はじっとこちらを見た。黙って、かなりながいこと真沙の眼を見上げていたが、やがて静かに頭を左右へ振った。そして、ごく微《かす》かな、殆んど聞きとれないような声で、「いい余生を送らせて貰いました」と囁いた。

後の月の招宴はとりやめにした。伊助のなきがらを埋めた庭の隅の、灌木《かんぼく》に囲まれた日溜りに、よく鵯《ひよどり》が来ては鳴いていたが、間もなく雪が来て凡《すべ》てを白く掩《おお》い隠してしまった。

凍った根雪の上にまた雪が降り、その上にまた積っては凍りしてからも、真沙は伊助の墓標の前へいって物思いに耽《ふけ》る習慣をやめなかった。

伊助は自分が昌蔵であるということを否定した。それはそのままに受取ってもよいし、また否定のかたちをとった肯定と解釈してもよい。真沙もすでに六十三歳になっていた。言葉やかたちで示すもの以外の、もっと深くより真実なもの、人の心の奥深く秘められたものを理解する年齢に達していた。八年いるうちには、真沙があれからずっと独身でとおしたことも知ってくれたであろう。伊助も「いちど妻は娶《めと》ったが、うまくいかずに別れた。それ以来は妻もなし子もない」と語ったことがある。――その伊助が昌蔵であったにせよなかったにせよ、最期に囁いた彼の言葉は、真沙を慰めるのに十分であった。
――いい余生を送らせて貰いました。

（「サン新聞」昭和二十三年四月）

# 青《せい》嵐《らん》

# 一

結婚してようやく十二日めであった。持って来た荷物もすっかり片付いてはいない、そのときも細ごました物の包みをといて、簞笥《たんす》や長持へしまっているところだった。もう夕餉《ゆうげ》のしたくをする時刻が近いので、ひとまず止《や》めようかと思っていると、下女のお由《よし》が来てけげんそうに、

「お客さまです」と告げた。

「奥さまにだけお眼にかかりたいと仰《おっ》しゃってございます、お台所へみえていらっしゃいます」

「台所へ、――どんな方なの」

「子供を負った女の方でございます」

誰だろう、登女《とめ》は鬢《びん》へ手をやりながら頭を傾《かし》げた。思いだせない。

「とにかくゆきます」

こう答えてあたまの手拭《てぬぐい》をとり、襷《たすき》や前掛を外した。

――女は水口のところに立っていて、登女を見ると、「こちらへ」というめくばせ

をし、そのまま薪小屋のほうへ歩いてゆく。仕方がないのでこちらもそこにある物をつっかけて出た。

「伊能さまの奥さまですか」

女はこう云《い》って登女を見上げ見下ろした。

「こんどお嫁に来なさった奥さまですね」

「御用を仰しゃって下さい、なんですの」

「此処《ここ》じゃあ精《くわ》しいことは云えないです。千羽町の菱屋《ひしや》という宿屋へ来て下さい」

女はどこやら鈍い調子で云った。

「わたし昨日からそこへ泊ってます、幾日でも話しが済むまで泊ってますから」

「貴方《あなた》の仰しゃることは訳がわかりません、どうしてわたくしが宿屋などへゆかなければならないのでしょうか」

女は唇を顫《ふる》わせてこっちを見た、激しい感情のこみあげるような眼だった。それから肩を捻《ひね》って、負っている当歳くらいの子供を見せた。

「伊能さんの子です」

高いところから墜《お》ちでもした後のように、登女は頭がぼうっとして直《す》ぐにも考えることができなかった。女が去ってゆくのをぼんやり眺めながら、下女に呼ばれるまで薪小屋の前に立っていた。伊能の子、良人《おっと》の子、いったいどういう意味だろう。

――登女は夕餉のあとで良人に訊《き》いてみようかと思った。姑《しゅうとめ》の萩《はぎ》女に相談するほうがいいかとも思った、然《しか》しどちらにも話しだす決心がつかなかった。事が余りに唐突すぎる、ともかく事情をはっきり聞いてからにしよう、彼女はこう考えて不安なひと夜を過した。

翌《あく》る日。登城する良人を送りだし、あと片づけを済ませてから、「実家へ」と断わって登女はでかけた。

千羽町というのは城下町の端《はず》れに近く、もう二丁もゆくと草原や畑つづきに大瀬川が見える。軒の低いごみごみと古びた家並ではあるが、四五間おきに若い柳の木があって、そのしたたるような緑が美しく日に映え、清《すが》すがしい芳香のような雰囲気《ふんいき》をつくっていた。

――菱屋は軒の低い小さな商人宿で、屋根板ははぜ、庇《ひさし》は落ち、掛行燈《かけあんどん》の字さえはっきりと読めない古ぼけた陰気な家であった。よくよく慥《たし》かめてから入ると、裏までぬける土間のまん中に、古綿をつくねたように一匹の老犬が寝ていた。

「おつね」という名を尋ねると、すぐに昨日の女が出て来て、腫《は》れたような不愛想な顔で、奥まった部屋の一つへ案内した。鼻の閊《つか》えそうな狭い庭を前にして廊下のどん詰りで、赤茶けた破れ畳の上に敷き放しの夜具があり、その中に子供が眠っていた。

「わたしは袖《そで》ケ浦の観魚楼にいるんです、観魚楼って御存じですか」

女は歯切れの悪い重ったるい調子でこう云った。

「伊能さんの旦那《だんな》には三年まえからお世話になってました、奥さんにしてやるなんて仰しゃったこともありました、わたしはそんなこと本気にしやあしません、男はみんなそんなことを云うもんですからね、――ただ月々のものと、子供が生れたらその始末をしてくれること、この二つだけちゃんとして貰《もら》えばよかったんです」

女の腫れたような逞《たくま》しい顔には少しも表情というものがなかった。眼がときどき異様に光るのと、唇の顫えるのが僅《わず》かに激している感情を示すだけで、ぜんたいに愚鈍な、無神経な性質がむきだしである。登女は軽侮といやらしさとで顔をそむけたいくらいだった。

「旦那さんが月々のものを下すったのは精ぜい半年ばかしのあいだでした、あとはなんだのかだのって、さんざんひとを騙《だま》しなさって、子供を産むんだって一文も足しちゃくれません、そして自分じゃよそから奥さんを貰いなさる、――奥さんだって女なら、わたしがどんな気持かわかって下さるでしょう、あんまりひどすぎるじゃありませんかね」

「それで、どうしろと仰しゃるんですか」

「わたしがそう訊きたいんですよ、奥さん」

女はま正直にこちらを見た。

「わたしはおっ母《か》さんを養っているんです、観魚楼じゃ親切にしてくれますけど、いつまでこんな小さな者を抱えてやっていけやしません、わたしは伊能さんの外聞を思って、お世話になってたことも子供のことも云わずにいました、観魚楼の人だって知ってやしません、そのくらいにして来たんですから、——少しはわたしのことだって考えて下さっていいと思います」

二

登女は十九だった。嫁《か》して、まだ半月にもならない、その女に同情するよりも、まず自分自身が叩《たた》かれ踏みにじられる気持だった。

良人は三年もまえからこの女と関わりを持っていた、子まで生《な》しているのに、自分という者を妻に迎えて平然と寝起きしている、——余りにひどい、こんなにひどい侮辱があるだろうか。頭のくらくらするような怒りと絶望とで、声いっぱいに叫びだしたい衝動を感じた。

とうてい長く女を見てはいられない、持っていた僅かの金を与え、「また相談に来るから」とだけ云って、登女は逃げるようにその宿を出て来てしまった。樹々《きぎ》の緑に爽《さわ》やかな風のわたる、眩《まぶ》しいほど日の明るい街のけしきが、黒い紗《しゃ》を透《とお》して眺めでもするように、自分からは遠くよそよそしいものにみえた。登女は殆《ほと》んど夢中で歩いた、そして辻《つじ》町にある実家の鶴田の門をくぐり、案内も云わずに脇《わき》玄関から母の部屋へいった。

「まあびっくりした」

書の稽古《けいこ》をしていた母は筆を取落しそうになった。

「どうなすったの、いきなり、――」

だが登女はそこへ坐《すわ》るなり泣きだした。母の顔を見たとたんにすべての我慢がきれてしまったのである、――母親はなにか問いかけようとした、然し思い止《とどま》った風で手を伸ばし、肩を抱くようにして黙ってひき寄せた。

登女は母親の膝《ひざ》に面を俯《ふ》せ、小さなまるい肩を震わせて泣き続けた。なにもかも云ってしまおう、そして伊能とは離縁にして貰おう、……こう心のなかで叫びながら。

「泣くだけお泣き、でも、今日はお母さんはなにも聞きませんよ」

母親は娘の背を撫《な》でながら云った。

「人間はみなそれぞれ欠けた弱いところを持っているものです、夫婦というものはその欠けた弱いところを、お互いに援《たす》けあい補いあってゆくものです、――こちらが苦しい悲しい思いをしている時は、相手も同じように苦しみ悲しんでいるに違いありません、自分のことだけ考えるのでは、決して世の中に生きてはゆけませんよ」

今日は気の済むまで泣いてお帰り、四五日してまだ気持が晴れなかったら、そのときは改めて事情を聞きましょう。母親はこう云った、なにを考えるにも伊能半兵衛の妻だということを忘れてはいけません。

登女は間もなく庭に咲いている牡丹《ぼたん》を剪《き》って貰い、なにも話さずに鶴田を辞した。母の言葉を首肯したのではなく、母を愕《おどろ》かし悲しませることが怖くなった、自分はすでに鶴田のむすめではなく伊能家の嫁である、これは良人と自分との問題なので、母に話すならするだけのことをしてからでなければならない、こう思ったからであった。伊能へ帰るとちょうど昼餉だった。登女は済ませて来たからと断わり、良人の居間へいって牡丹を活けた。ひどい、あんまりひどい、そんな人だったのかしら、――幾ら拭《ふ》いてもあとからあとから涙がこぼれ、手が震えるためだろう、みごとに咲いた一輪がはらはらと散った。

伊能半兵衛は三百三十石の表祐筆《おもてゆうひつ》であった。ごく温和な性質で、いつも眉《まゆ》の明るい顔をしている。酒も嫌いではないが余り飲まず、ひとがらも才分も極めて平凡だ。勤めの余暇には野山を歩いて、雑草を採って来ては絵に描き、それを分類して蒐《あつ》めるのを楽しみにしている。

「なに、別に目的がある訳じゃあない、こんなことが好きなんだよ」

こう云って、登女にも見せてくれたことがあった。詰らない路傍の草などを置いて、いかにも大切そうに描き写している容子は、見ていても頬笑ましく温かい感じだった。とうていそんな厭《いや》らしい秘密を持つ人のようには思えない、現実にその女と会い、その子を見たのでなければ、登女にも信じられなかったに違いないのである。

――今夜こそ良人に話してみよう、事実をはっきりさせて、それから自分の進退をきめよう。夕餉のしたくを指図するあいだも、登女はそのことだけを繰返し自分に云い聞かせていた。

それほどの決心にもかかわらず、やはり登女には云いだすことができなかった。食事が終り居間へはいると、半兵衛は子供のように楽しげな顔で、

「明日から非番になるんでね」と、納戸《なんど》から胴乱を出して来た。

「弥陀《みだ》山はもうたいてい採り尽したから、明日は用賀村へゆこうと思うんだ、彼処《あそこ》には兎山というのがあってね、ずっとむかし薬草を植えたことがあるらしい、きっと珍

しいものがあると睨《にら》んでいるんだよ」

少しも蔭《かげ》のない眼であった。

「もう四五年もすれば領内の草類はたいてい蒐められると思う、五年で終るとして十三年かかる訳なんだが、それまでにもし出来たら金を拵《こしら》えて、古いのでいいから本草綱目《ほんぞうこうもく》を買いたいんだ。そして正確な分類図を作りたいんだがね、これはどうも及ばぬ夢で終るらしいよ」

「そんなに高価なものでございますか」

「元はそう高くはないいんだが、少ない本なんで手に入れるとなると相当な値になるらしい、全部でなくっても草穀果菜木類部だけの端本でもいいんだが、まあむずかしいね」

なんという朴直《ぼくちょく》な容子だったろう。欲しい玩具《おもちゃ》が高価すぎるので、ねだることができずに諦《あきら》めている子供のような、いじらしいほどすなおな云い方である、——いや今は話せない、登女はそっと頭を振った。帰ってからにしよう、今夜はとても話せない……。

三

朝になって良人が出ていってから、登女はまた用にかこつけて家を出た。どういうことになるかわからないが、いちおう子供の始末だけはして置きたいと思った。――自分が欺《あざむ》かれ侮辱されたという気持は少しも変らない、良人に対する憎悪《ぞうお》も烈《はげ》しく燃えている。人間は信じられないものだ、あの明るい楽しそうな顔、少しも蔭のない温かな眼、人の振向いても見ない雑草を蒐め、絵に描いたり分類したりして喜んでいる、あの恬淡《てんたん》と透明なひとがらの裏にもそんな事が隠されてあるのだ、こんなにも人間は信じ難いものなのだろうか。……登女は息苦しくなるような思いで、こんなことを考えめぐらしながら菱屋へいった。

おつねというその女は、登女の顔を見ると紐《ひも》の緩んだように微笑した、もう来て貰えないと思っていたものらしい、眼にも異様な敵意の光はなく、安堵《あんど》と信頼のようすをあからさまに示した。――こっちで費用を出すから子供を里子に預けてはどうか、こう云うと喜んで頷《うなず》いた。

「そうして頂けばわたしも働けますから、わたしも手放すのは厭ですけどね、おっ母さんをみなきゃならないし、観魚楼にも借りが溜《たま》ってるしするもんですから」

女は哀れなほどほっとした顔つきをした。

「――見てやって下さいませんか奥さん、松太郎っていう名なんですよ」

敷きっぱなしの寝床の中で、なにかばぶばぶ云っている子供を、女はこう云って抱き上げ、登女のほうへ差出した。登女は手を出さなかった。ほんの義理だけに覗《のぞ》いてみた、色の黒いまるまると肥えた丈夫そうな子だったが、むっとする乳の香を嗅《か》ぐと吐気のような感じにおそわれ、「いいお子ね」と云《い》うのが精いっぱいで、すぐに身を遠ざけた。

「もうお誕生くらいにおなりなの」

「ええもう、誕生ですけど、肥《ふと》っているんで負っても重くって、――名はわたしが付けたんですけどね、松太郎でいいでしょうか」

預けた先がわかったら、誰かに書いて貰って手紙で知らせるように、裏には鶴田と書くこと、そう念を押して教え、差当っての入用だけ渡して菱屋を出た。

その日は良人《おっと》がおそくなる筈《はず》で、夕餉《ゆうげ》は姑《しゅうとめ》と先に済ませた。今夜こそ良人に云おう、そう自分を励ましながら、片づけたあと居間で鏡に向い、化粧を直した。

――良人はなかなか帰らなかった。用賀村へは四里くらいある、そこから更に兎山というのへ登るので、弁当も二食ぶん持っていったが、それにしても余りおそいようだ。十時の鐘を聞いたあと、姑の部屋へいってみた、萩女もまだ起きていた。

「そう、少しおそ過ぎるようですね」

「泊っていらっしゃるようなこともございますの」

「ないこともないけれど、そんなときはちゃんと断わっていきます、暢《のん》びりしている癖にそういうところはきちんとする人ですから」

「平助でもみにやらせましょうか」

「こんな時刻ではみにやってもねえ」

姑はこう云ってふと気を変えたように、

「――まあ、なにかの都合でおそくなって、その辺の百姓家にでも泊ってくるのでしょう、そういう馴染《なじみ》の家が二三軒あるようですから、もう閉めて寝ることにしましょうかね」

姑を寝かせて戸閉りをみて、自分も寝所にはいったが、寝る気にはなれなかった。不安な苛々《いらいら》した、どうにもおちつかない感じだ。もし帰って来たらと思って、火鉢に炭を継いだり、良人の寝間へいってみたりする、暗くしてある行燈《あんどん》の光が、敷いてある夜具と、白い枕紙とを空《むな》しく照している、登女はその枕元に坐って、ぼんやり人のいない夜具を見やっていた。

――なにか間違いがあったのではなかろうか、崖《がけ》から墜《お》ちる、水に溺《おぼ》れる、野獣に襲われる、色いろと不吉な出来事が想像される、いやそんなことはない、もう八年も野や山には馴れていらっしゃるのだもの、今日に限ってそんな事がある訳はない、……登女は行燈の火を消して自分の寝所へ戻り、火を深く埋めて寝巻に着替えた。

夜具の中に身を横たえたとたんであった。とつぜん胸が苦しくなり呼吸が止りそうになった、すぐに起直り、両手で胸を抱いた、自分の口からもれる激しい呼吸の喘《あえ》ぎが、他人のもののように恐ろしいほどはっきり聞える。どうしたのだろう、登女は歯をくいしばった。抱えている手へ、胸の動悸《どうき》が突上げるようにひびいてくる。――病気なのだ、こう思ったとき良人の顔が眼にうかんだ、良人の声がまざまざと耳に聞えた。温かな眼でこっちを見ながら、良人は悠《ゆっ》くりとこう云う。

「どうも及ばぬ夢らしいね、――」

登女はああと呻《うめ》きごえをあげた。あなた、……それは病気ではなかった、良人の不幸を惧《おそ》れる本能的な恐怖なのだ、登女にとって半兵衛は、もはやかけがえのない存在になっていたのだ。あなた、――登女は口のうちでこう呼びかけながら、夜具の上にうつ伏して噎《むせ》びあげた。

## 四

半兵衛はその夜ついに帰らなかった。明くる朝はやく、平助という下僕を用賀村へみにやった。

暗い不安な時間、登女はひじょうな後悔と苦悶《くもん》に身を揉《も》まれる、夫婦というものはお互いの欠点や弱点を援けあい補いあってゆくものだ、鶴田の母がそう云った。自分のことだけ考えるのでは世の中に生きてはゆけない。

自分は良人に侮辱され欺かれたと思った、どうして、良人とあの女との関わりは自分の知らない過去のことではないか、良人はあやまちをしたのだ、あの朴直な温かい気性の良人に、悪意と無良心でそのようなことが出来る筈はない、人間の弱さ、誘惑に対する脆《もろ》さである、もちろんそれで済むことではないが、出来てしまったあやまちは誰かが赦《ゆる》さなくてはならない。

こちらが苦しみ悲しんでいるときは、相手も同じように苦しみ悲しんでいる、鶴田の母はそう云った。

あの気性で良人が苦しまなかったであろうか、……まちがっていた、責めるまえに赦さなくてはならない、妻である自分がまず赦さなくてはならないのだ、自分も弱い人間なのだから——。

午《ひる》近くに半兵衛が帰って来た。百姓馬に乗って、若い農夫と平助とで、殆んど抱くように玄関へ伴《つ》れこんで来た。姑も登女もいちど蒼《あお》くなったが、半兵衛の笑う顔を見てほっと息をついた。

「足を挫《くじ》いたんですよ」

平助と妻に支えられて居間へはいると、彼はこう云って木綿で巻いた右足を出してみせた。

「珍しい草があるので、崖といってもそう高くないもんですから、つい油断をしましてね、――摑《つか》んでいた笹《ささ》の根がひっこ抜けたんです、登女、おまえ済まないが礼を少し遣《や》ってあの若者を帰してくれないか、たいへん世話になったから」

登女はすぐに立って幾らか包み、出ていって若い農夫に礼を云った。

農夫の話では、昨日の夕方もう暗くなってから、草を刈《か》って帰る途中、「沢渡」という崖上の道で助けを呼ぶ声を聞いた、覗いてみると高さ七十尺あまりの崖の下で声がする、そこからは下りられないので、二十丁余りも廻ってゆき、途中で会った農夫と二人で叢林《そうりん》をかき分けていって救い出したのだという。

「すっかり昏《く》れちまってわからなくなったもんですから、いちどは朝になってからとも思ったんですが、――」

若い農夫はこう云ったあと、ちょうど狼《おおかみ》が仔《こ》を産む時期だということを思いだしたものでと附加えた。

呼ばれて来た土井硯斎《けんさい》という外科医は、脛《すね》の骨が折れていること、五六十日は歩けないだろうし、悪くすると跛《びっこ》になるかも知れないと云った。

午後になってから、硯斎は骨接《ほねつ》ぎの上手だという老人を伴れて来、治療をしたうえ脛に添木を当て、繃帯《ほうたい》を巻いて、

「当分は動かさないように」と注意していった。

役所へはすぐ届けを出したが、夕方になって遠藤又十郎という同役の人が見舞いに来た。

「やれやれ、ひどいことになったものだ」

夜になって妻と二人きりになると、半兵衛は苦笑しながら深い溜息《ためいき》をついた。

「五六十日の保養はいいが跛になるのは厭だね、そんなにたいそうな事とは夢にも思わなかったよ」

「硯斎さまがお威《おど》しになったのですわ」

登女はかい撫《な》でるように良人を見た。

「動かないでじっと辛抱しておいでなさるように、あんなきついことを仰《おっ》しゃったに違いございませんわ」

「そうありたいものだね、おれも不自由だが、おまえを跛の妻にするのは堪《たま》らないか

らね」

「今夜から暫《しばら》くこちらへ寝《やす》ませて頂きますわ、宜《よろ》しゅうございますわね」

「私の世話なら必要はないよ」

「いいえ」

登女はじんと胸が熱くなった。

「独りでは淋《さび》しゅうございますから、ゆうべは、――淋しゅうございましたわ」

半兵衛はそっと妻の手を撫でた。登女はそれを片方の手で押え、眼をつむってこれが自分の良人の手だ、どんなものもこの手を放すことはできない、どんなものも――祈るようにこう呟《つぶや》くのだった。

見舞い客が続いた。遠藤又十郎という人がいちばん繁《しげ》く来て、元気な声で長いこと話していった。良人とは少年時代からの友で、家は三百石の番頭格であるという、やはり表祐筆に席があるが、近く勘定奉行所のほうへ栄転するような話だった。

半兵衛は彼の見舞いを喜んでいるが、姑は余り歓迎しない容子で、来てくれても挨《あい》拶《さつ》に出ることなど殆《ほと》んどなかった。

「この三月に結婚をしなすってから少しは堅くおなりなすったようだけれど、甘やかされた独りっ子で、たいそうだらしのないひとなんですよ、半さんなどもずいぶん迷惑をかけられているんですから、堅くなったといってもあたしには信じられません」

姑がそんな風に云っていたのを、或《あ》る夜ふと良人に話すと、半兵衛は、

「それ程のこともないんだ」と軽く笑った。

「気が弱いんでつい人に騙《だま》されたりはめを外したりしたけれど、こんどは妻も貰《もら》ったし出世の途《みち》もついたんだから大丈夫さ、誰だって穿鑿《せんさく》すれば善い事ばかりはないからね」

## 五

あの日から数えて七日めに、おつねという女から手紙が来た。谷川村の作蔵という農家へ松太郎を預けたという、月々の手当はこれこれ、衣類の入費はしかじか、病気のときはどうとことこまかに書いてあった。

谷川村とは大瀬川が袖ケ浦の海へそそぐところから半里ほどこちらで、鶴来山の丘陵の裾《すそ》に当り、古い観音寺のあるところで名高い。登女は手紙を見て二三日のちに訪ねてみた、家は中どころの農家で、老婆《ろうば》に若い夫婦と作男が二人ばかりいた、土地が少し高いから、背戸へひと跨《また》ぎ登ると海がよく見える。夫婦のあいだに松太郎とひと月ちがいの女の子があって、環境も家庭もどうやら申し分がなかった。

少し訳のある子で、父親の名は知られたくないこと、なにかあったらおつねに連絡することなど、よく念を押し、代りに月々のものをやや多分に半年だけ置いて帰って来た。

子女を見たためだろう、すっかり割切った積りの感情がまたかき紊《みだ》されて、哀《かな》しく暗く胸が塞《ふさ》いだ。半兵衛にもそれがわかったとみえる、つとめて笑いながら、採集のときの可笑《おか》しい思出ばなしを色いろとした。

「それからこれはまだはっきりしないいんだがね、稗《ひえ》というものを知っているだろう、田のまわりによく生えて稲の邪魔をする――」

「袖ケ浦」と登女はとつぜん良人の話を遮《さえぎ》った。

「袖ケ浦の観魚楼というのを御存じでございますか」

半兵衛はびっくりしたように妻を見た。彼女は話をまるで聞いていなかった、そしていきなり観魚楼、――彼は疑わしげな、眉《まゆ》をひそめた顔で暫く妻を眺めていた。

「観魚楼というのは知っているよ、袖ケ浦ではいちばん大きい料理茶屋だろう、どうしてだい」

「――――」

登女は良人の眼をつよく瞶《みつ》めた、然《しか》し長くはつづかなかったし、口までつきあげる言葉も云いきる勇気はなかった。

「いいえ、なんでもございません、ただ伺ってみただけですの、それだけですの、稗のお話をお聞かせ下さいましな」

「おまえ今日はようすが違うね、登女、体のかげんでも悪いのか」半兵衛の眼にはまだ疑惑の色があった。

「それとも鶴田さんへいってなにか厭《いや》なことでもあったのじゃないか」

「鶴田へわたくしが」

こう云いかけてはっと登女は口ごもった、谷川村へゆくのに鶴田へと云い拵《こしら》えてあったのだ、彼女は激しく頭を振り、けんめいに笑顔をつくった。

「いいえ、なにも、そんな、厭なことなどございませんわ、本当になんでもございませんの、ただ少し頭が痛みまして、ほんの少しですけれど」

「おやすみ」

半兵衛はいつかのように、そっと妻の手を撫でた。

「顔色もよくない、今夜は自分の寝間がいいね、早くおやすみ」

倒れてから二十日ほど経《た》って、半兵衛は表祐筆の役を解かれた。これはまったく意外な出来事であった。表祐筆の支配は岩沼久左衛門という人だったが、この六月に退任することに定まり、半兵衛がその後任に推されていた。同僚はいうまでもなく、関係方面すべてがこれを承認していた、その期日を目前にして急に解職されたのである。どうしてだろう、半兵衛はともかく、姑《しゅうとめ》の萩女の落胆はひどかった。支配の交代は七年と定まっているし、重任の例もあるから、この機会を失えば当分はその望みがない、然も単に支配になれないばかりでなく役目さえ免ぜられてしまったのだ。

「貴方《あなた》が詰らない道楽にお凝りなさるからですよ」

萩女はやがて半兵衛にまで不平を向けた。

「訳のわからない草を集めたり絵に描いたりして、お役目を疎《おろそ》かにしていると思われたに違いありません」

「そんなばかなことはありませんよ」

半兵衛は笑った。

「非番のときは誰だって碁を打つとか魚釣りにゆくとか、それぞれなにかしら道楽があるものです。私だけじゃないんですから、きっとなにかお上の御都合なんですよ」

然しそれから間もなく、支配の岩沼久左衛門が夜になって訪ねて来た。もう六十ちかい小柄な老人で、喘息《ぜんそく》があるとみえ、頻《しき》りに苦しそうな甲高い咳《せき》をする、登女は茶を運んでから隣りの部屋に坐《すわ》っていたが、「名は云《い》わぬがやがてわかるだろう」とか、

「まったく悪意を以《もつ》て」とか、「讒誣《ざんぶ》にしても余りに」などという言葉が聞えた。誰かが良人を讒言《ざんげん》したという意味らしい、然し半兵衛はいつもの穏やかな声で、「なにどうにかなりましょう」とおちついた応待をしていた。――そのうち話が草本蒐集《しゅうしゅう》のことになったようすで、暫くすると良人《おっと》の呼ぶ声がした。登女はすぐに立っていった。

「絵の入っている箱を持って来てくれ、上から順に三つだけでいい」

云われたとおり運んでゆくと、久左衛門は説明を求めながら絵を見はじめた。それから半刻《はんとき》ほど和やかな話しや笑い声が続き、半兵衛は殊《こと》に楽しそうだった。

「これは道楽で片づけるようなものじゃない」

久左衛門は幾たびもそう云った。

「いや驚いた、こんなに丹念なものとは――」

六

梅雨が明けて暫くすると、退任した岩沼久左衛門のあとをうけて、遠藤又十郎が支配に任命されたことがわかった。

彼は勘定奉行のほうへ栄転すると思われていたので、この異動はかなり人びとを驚かした。当の又十郎にも意外だったとみえる、久しぶりに訪ねて来た彼は頻りにそのことを云った。

「なんだか伊能の席を横取りしたようで気持が悪くてしようがない、まるで想像もしなかったし、勤まるかどうかも見当がつかない」

「仮にもそんな弱音を吐いてはいけない」

半兵衛は改まった調子で云った。

「それだけのちからがあるから選ばれたんだ、自信をもつんだ遠藤、これで本当に一生が定まるんだぞ、いいか、こんどこそ確《しっか》り腰を据えて、本気になってやってくれ」

「そうは思うんだが、ずいぶんぐうたらな事をして来ているんでね」

又十郎は気弱そうに溜息をついた。

「これまでの同僚が、おれを支配として受容《うけい》れてくれるかどうかさえ」

「遠藤、――」

半兵衛が低く鋭い声でこう遮った。

「ひと言だけ云って置く、やるだけさんざんやったんだ、今では妻もある、いいか、ここで本気にならないと取返しはつかないぞ、過ぎ去った事はすっかり忘れていい、これからが勝負だ、自信をもって堂々とやれ、いちばん強いのは本気だということだ」

登女はそのとき隣りの部屋にいたが、良人の言葉のきびしい調子にどきっとした。曾《かつ》ていちども聞いたことのない、じかな、彫刀を入れるような鋭い響きが感じられた。裏には意味がある、登女はそう思った。過去の事はすっかり忘れていい、これからが勝負だ。それは自分の悔恨をも含めているのではないだろうか。人間は弱い、あやまちを犯し失敗を繰返す、傷つき泥まみれになる、然しその血を拭《ぬぐ》い泥を払って、幾たびでも強く立直るちからも持っている、……そういう意味をこめて云ったのではなかろうか。生きてゆくことの複雑さ、人の心の味わい深い翳《かげ》、登女はそういうものを覗《のぞ》いたように思い、じんと胸の温かくなるのを覚えた。

五十日まで待たずに半兵衛は起きた。幸い跛《びっこ》にもならず、秋風の立つ頃には駈《か》けても跳んでも差支《さしつか》えないと云われた。待ち兼ねたように、すぐさま彼は山あるきを始めた、萩女はちょっと色をなしたが、半兵衛はまじめな顔で、

「こんどはもう道楽じゃありません」と云った。

「無役だからといって遊んでいては申し訳がありませんからね、こんどはなにかのお役に立てる積りでやるんですよ」

「子供のようなことを仰しゃるのね、そんなことがなんのお役に立つんですか」

「それは私にもわかりませんがね」彼は軽く笑った。「草ばかりでなく樹類や菜類や獣類や鳥類や魚類虫類まで、領内にあるものをすっかり調べようと思うんです、一人くらいそんな事をする人間がいてもいいじゃありませんか」

萩女は呆《あき》れて眼を瞠《みは》ったが、それ以来なにも云わなくなった。

登女は月にいちどずつ谷川村を訪ねた、子供は丈夫に育ち、這《は》うようになり立つようになった。農家のことで釜《かまど》戸や炉の煙に燻《いぶ》されるのだろう、色はますます黒く、固ぶとりに肥えたまるい顔で、きゃっきゃっとよく笑った。登女はかくべつ愛情も感じないが、はじめのような反感や嫉《ねた》みの気持は薄らいでゆき、ときには背戸の丘へ抱いていって海を見せたりすることもあった。

岩沼久左衛門が冬のかかりに三度ばかり訪ねて来た。三度めには老職の宇野蔵人《くらんど》という人と一緒で、二刻もかかって草本図録を見たり、半兵衛の話を聞いたりしていった。

それからは宇野老職が独りで来るようになり、年が明けると粕谷図書《かすやずしょ》という人を伴《つ》れて来て紹介した。そのときのことであるが、二人が帰ったあとで半兵衛が、

「へんなことになりそうだよ」と、登女にだけ云った。

「粕谷という人は千石の大寄合で、藩政監査のような役にいるんだが、こんど殿さま

直轄《ちょっかつ》で私の席を設けて下さると云うんだ、もちろんまだ確定した訳ではないから母上には内証だが」

いかにも楽しそうな笑顔だった。

「林野取調べというような名で、下に四五人つかえるらしい、草木鳥獣菜魚の種類や分布や移動などを調べるんだ、実現すれば祐筆《ゆうひつ》支配などよりやり甲斐《がい》がある、瓢簞《ひょうたん》から駒《こま》の出たような話だがね」

三月になって領主が帰国すると、半兵衛は物頭格でお側《そば》へあげられ、文庫の中に部屋を貰った。とりあえず三人の若侍がその部に附き、役料五十石のほかに領主から年々二十両ずつの手当が出ることになった。

「なが生きをすると色いろなことを見るものですね」

姑は喜んでいいか歎《なげ》いていいかわからないという風に頭を振った。

「さむらいが雑草だの木だの毛物などを調べて、それでお役に立つなんて訳がわかりません、お父上がいらしったらなんと仰《おっ》しゃるでしょう」

然し萩女は眼にみえて元気になり、家ぜんたいが戸障子をあけ放したように明るくなった。

## 七

八年も独りでこつこつやって来たことが、公けに認められて前例のない役が設けられ、部下を使って思うままに仕事が出来る、どんなに本望だろう、登女もこう思って充実した楽しい気持で日を送った。

それにも拘《かかわ》らず半兵衛のようすが少しずつ変ってきた。三月いっぱいで準備を終り、四月になると山あるきを始めたが、彼は冴《さ》えない顔色で、ふと眉をひそめたり溜息《ためいき》をついたりする、いかにも屈託のあるようすで、夜中に独り言を云ったり、沈んだ眼でじっと壁を眺めていることなどが多くなった。

——どうしたのだろう、新しい仕事になにか支障でも起こったのではないだろうか。登女は理由を訊《き》くわけにもゆかず、側からできるだけ気をひきたてるようにし、劬《いたわ》り慰めるより仕方がなかった。——四月初旬が過ぎた一日、良人の出たあとで登女は谷川村へいった。その頃はひと月にいちどずつ訪ねる彼女を覚えていて、顔を見るなり子供は声をあげて喜ぶようになった。その日も二た誕生には少し間があるのに、登女をみつけると舌足らずになにか叫びながら、よちよちこっちへ駈けて来た。

「危ない危ない、駈けてはだめだめ」

登女はこう云いながら走り寄っていって抱き上げた、ひなたの匂《にお》いと汗臭さでむっとするようだ、ますます黒くなったおでこが、熟れた栗《くり》の皮のように黒光りに光っている。

抱かれるとすぐに、

「うみよ、うみよう」

こう云って軀《からだ》を捻《ひね》り、背戸のほうへ手を伸ばす、向うで女の児《こ》を負った老婆《ろうば》が笑っているのへ、登女はちょっと会釈《えしやく》して、子供を抱いたまま背戸へまわった。一段のぼったところが梨畑《なしばたけ》になっている。春に来たときはみごとに咲き競っていたが、今は葉がくれに指の尖《さき》ほどの実がみえる。その梨畑の端に立つと、低くなってゆく畑地や林のかなたに袖ケ浦の海が眺められた。

「まあぼううみいった、うみいったよ」

子供は頻りにこう饒舌《しゃべ》る、両手で登女の頬を挟《はさ》んで、口と口を付けるようにして繰返す。

「じゃぶじゃぶ悪いよ、おっかけたよ、うなだんだよ」

「ほらほら見てごらん」

登女は子供の手から顔を離し、抱き直して海のほうへ向ける。

「あんなに青い海、きれいだわねえ、——」

こう云ったとき、うしろに人の近づいて来るけはいがした。老婆が来たのだろうと思って振り返ると、ついそこに良人が立っていた。

半兵衛の顔は白く硬《こわ》ばっていた、眼には明らかに苦痛の色があった。登女は「あ」と口のなかで叫び、身ぶるいをした。半兵衛は静かに近寄って来た、感情を抑えたぎこちない身振りで子供を覗き、「丈夫そうな子だね」と、喉《のど》へつかえるような声で云った。

「四つくらいにみえるじゃないか、松太郎という名だそうだね、——云ってくればよかったんだよ」

登女にはまだ口がきけなかった。

「いつまでこんなことにして置くのはよくない」

半兵衛は低い声で続けた。

「だいぶ噂《うわさ》にもなっているらしいしね、なんとか方法を考えようじゃないか、私に出来るだけのことはするよ」

「でも、——」

ようやく登女は云った。

「わたくしはもう暫《しばら》くこのままのほうが宜《よろ》しいかと存じますけれど」

「知れないうちならいいが、かなり噂が広がっているらしいからね、母の耳にでもはいったら、——あの気性だから事が荒くなると思うんだ、今のうちなんとかするほうがいいよ」

「なにか御思案がおありですの」

「おまえには辛《つら》いかも知れない、事情もよくわからないが、相手の人に引取って貰《もら》うよりほかにないと思う、——登女は伊能の嫁になったんだからね、どういう人か知らないが、いつまでおまえの手を煩《わずら》わすというのは」

登女はなかば叫んで良人の顔を見直した。

良人は思い違えている、それもひじょうな思い違いだ、登女は舌が硬ばるほど感情が昂《たかぶ》った。

「お待ち下さいまし、仰しゃることがよくわからなくなりました、相手の人というのはどういう意味でございましょうか」

「登女、もう隠すことはないよ、私は少しも責めているんではないんだ」

「なにを責めると仰しゃるんですの」

登女は額から蒼《あお》くなった。

「貴方《あなた》は、――この子が、誰の子か御存じなのですか、この子が貴方のお子だということを御存じなのですか」

半兵衛は、あ、というように口をあいた。

「去年の五月まだ嫁入って十日あまりにしかならない日から、わたくしまる一年のあいだ出来るだけのことをしてまいりました、おつねという方にも貴方の恥にならないだけのことは致した積りです、このお子だっていつかは」

「登女、お待ち、まあ待ってくれ」

半兵衛は強い眼で妻を見た。

「これが私の子だって、私の、――それはどういうことなんだ」

「申し上げても宜しいでしょうか、この子は貴方が観魚楼のおつねという方にお産ませなすったお子ですわ、あのひとは母親を抱えていらっしゃる、このお子があってはやってゆけないからと、わたくしを頼っていらしったんです」

「観魚楼だって、おつねだって――」

半兵衛はなお強く妻を見た。

「いったい登女はなにを云う積りなんだ、頼むからわかるように話してくれ」

# 八

半分は泣きながら登女が話した。

彼は聞き終っても暫く黙っていた、余りに事が意表外で、ものが云《い》えないという感じだった。然《しか》しやがて彼はべそをかくように微笑した。

「それで、登女はそれを信じたんだね」

「――本当ではなかったのですか」

「その子を置いておいで」

半兵衛はこう云って歩きだした。

「表の道で待っている、一緒に観魚楼へゆこう」

二人は袖ケ浦へいった。観魚楼は二階造りの大きな料亭で、広い庭がすぐに海へ続いている、とおされた座敷からも、松林をとおして汀《みぎわ》へ白く波のよるのが見えた。

「おつねという女中がいたら――」

半兵衛がこう云って呼ぶと、女はすぐに来て廊下へ手をついた。もう座敷へは出ないのだろう、くすぶったみなりで髪もほつれ、汚れた太い指をしていた。

「おまえおつねというんだね」

半兵衛はそっちへ向き直った。

「――こっちをごらん、ここにいる人を知っているか」

おつねは眼をあげて登女を見た。汗をかいて赤くなっている顔に、ふと鈍い微笑がうかび眼が動いた。

「はい、知っています。伊能さまの奥さまです」

「では、私を覚えているか」

半兵衛は穏やかにこう云った。

「覚えていたら遠慮なく云ってごらん」

登女はじっとおつねの表情に見入った。どんなに微《かす》かな感情の動きをもみのがすまいと思って。おつねはまじまじと半兵衛を眺め、意味もなく笑いをうかべた。

「どなたさまでしょう、御贔屓《ごひいき》になったかも知れませんけど、あたし頭が悪いもんで」

「じゃあ、伊能半兵衛という者を覚えているか」

「――ええ」

おつねはふと怯《おび》えたように登女のほうへ眼をはしらせた。

「――知ってます」

「私を伊能半兵衛だとは思わないかね」

おつねはけげんそうに首を傾《かし》げた。なにを云われたかわからないらしい、半兵衛は登女を見た、彼女の眼には涙があふれていた。

「伊能半兵衛というのは私だ」

彼は穏やかにこう云った。

「おまえは伊能が松太郎という子の父親だと云って、ここにいる妻の世話になったそうだが、今でもその子の父親が私だと思うかね」

「違います、貴方は伊能さんじゃありません」

「然し伊能というのはほかにはないんだよ」

半兵衛は女を励ますように云った。

「いったいそれはどんな男だったんだ、なりかたち、着ていた物、覚えていたら云ってごらん」

おつねは愚鈍なくらい正直な眼で、座敷の一隅を眺めながら考えこんだ。

だが登女はもう殆《ほと》んどその問答を聞いていなかった。激しい火のような感情が胸いっぱいにふくれあがり、声をあげて叫びたい衝動に駆られた。松太郎は良人《おっと》の子ではなかった。良人はこの女とはなんの関係もなかった、なにもかもまちがいであり誤解だったのだ。

ああ、登女はとつぜん立って廊下へ出た、そして連子窓《れんじまど》のあるつき当りまでゆき、袂《たもと》で面を掩《おお》って噎《むせ》びあげた。悲しみも苦しみも煙のように消えた、一年のあいだ胸を塞《ふさ》いでいたものがきれいに洗い去られ、たとえようのない幸福感が全身を包む、今なら良人に子のあることを認めてもいいような幸福感だった。

「泣くことはないじゃないか」

半兵衛が来てそっと肩へ手を掛けた。

「わかったのだろう」

「――はい」

「私の名を偽った人間も見当がついた、あの女は仏のように正直なんだね、まるで疑うということを知らないらしい、――もっとも登女だってあの女の云うことをいきなり信じたんだからな」

半兵衛は軽く笑った。

「云えばよかったんだよ、いちばん初めにさ」

「貴方も思い違えていらっしゃいましたわ」

登女は涙を拭《ふ》きながらこう云った。

「あの子供をわたくしの隠し子のように仰《おつ》しゃったではございませんの」

ああそうかと半兵衛は苦笑した。彼の話は登女には意外であった、――彼女が伊能へ来るまえに、不義の子を産んで里子に預け、今でもひそかにその子に会いにゆく、こういう噂があるということを以前の同僚から聞いた。もちろん信じられなかったが、ほかの事とは違うので、幾たびも考えたのちとうとう慥《たし》かめに来たのだという。

「では、――暫くまえから沈んだようすをしていらっしったのはそのためでしたのね、ああ」

登女は感情のあふれるような眼で良人を見た。

「わたくしたち、二人ともずいぶん危ない道を通りましたのね」

「殊《こと》におまえは一年ものあいだね」

半兵衛も妻の眼を思いふかげに見まもった。

「――だが事実がわかってみれば悪くはない経験だったよ、ほかの夫婦なら五年も十年もかかるところを、僅《わず》かな期間でこんなに深くお互いを知りあえたんだからね」

登女は良人の眼をみつめたまま、大きく静かに肯《うなず》いた。

## 九

せっかく来たのだからと、二人はそこで昼食をとり、少し休んで観魚楼を出た。

やや強い風のしきりに吹き渡る野道を帰りながら、登女はまだ幸福に酔っているような気持で、一年の月日を回想し、自分の苦しみが決してむだでなかったことを思った、自分は今こんなにも深く、ぎりぎりいっぱいに良人を理解し愛することができる、こんな日が来るとわかっていたら、もっと苦しんでもよかったとさえ思った。

城下へはいる前で登女と別れた半兵衛は、城へ上って表祐筆《おもてゆうひつ》の部屋へゆき、遠藤又十郎を呼び出した。

「暇はとらせないからちょっと来てくれ、話があるんだ」

彼はさりげなく云った。

「潮見櫓《しおみやぐら》のところで待っているよ」

又十郎はすぐにゆくと答えた。潮見櫓は城の東南の端にあり、周囲が松林になっている、又十郎はおちつかない容子でやって来た。半兵衛は黙って石垣のところまで歩いてゆき、振り返ってじっと相手を見た。

「遠藤――おれとおまえとは少年時代からの友達だね、これまでおれは苦いことはいちども云わずにつきあって来た、だが今日は云わなければならないことがある」

「たいがい察しがつくよ」

又十郎は虚勢の笑いをうかべた。

「おれが伊能を讒誣《ざんぶ》して、祐筆支配の席を横領したということだろう、あれには少し訳があるんだ、事情を話せばきっと」

「いや、そんな事はどっちでもいい、おれのことならいいんだ、友達だからな、然し、――罪もない女を泣かせてはいけない。茶屋女などを騙《だま》し、子供まで産ませて、そのまま捨ててかえりみないという法はない、それだけはよくない」

「そんな――」

又十郎の額がさっと白くなった。

「そんなばかな、そんな、……それこそ誹謗《ひぼう》だ、おれにはまるで覚えのない」

半兵衛の右手がとんだ、又十郎の頰がぴしりと鳴り、上体がぐらっと傾いた。半兵衛は左手でその衿《えり》を摑《つか》み、もう一つ力まかせに平手打ちをくれた。

「おまえは伊能半兵衛の名を騙《かた》った、女はそれを信じて、嫁に来たばかりのおれの妻のところへ、子供を負って泣き込んだ、おれの妻が、どんなにひどい打撃をうけたかわかるか、――妻は今日まで、おれの産ませた子供だと思って、里子にやって面倒をみて来た、するときさまはこんどは、おれの妻に不義の隠し子があるという噂をふりまいた、……遠藤、おれはむかしからきさまの尻拭《しりぬぐ》いをして来た、もうたくさんだ、こんどは自分で始末をしろ、わかったか」

又十郎はぶるぶる震えながら頭を垂れた。半兵衛は摑んでいた衿を突き放し、つきあげてくる怒りを抑えながら、踵《くびす》を返してそこを去った。

然し二十歩ばかり来て振り返った、又十郎は頭を垂れたまま立ち竦《すく》んでいる。すぼめた肩、……蒼くなった横顔、――半兵衛は舌打ちをした。なんといういくじのない奴《やつ》だ。思いきってゆこうとする、然し彼には出来ない、半兵衛は不決断にあとへ戻った。

「子供はあの女が松太郎という名を付けた」

半兵衛は脇《わき》を見たまま云った。

「よく肥えた眼の大きな、丈夫そうないい子だ。谷川村の作蔵という百姓の家に預けてある、――ああ、おまえは妻の訪ねる姿を見たんだから知っている筈《はず》だな、なるべく早くいってやれ、そして折をみて妻女にすっかり話すがいい」

「――――」

然し又十郎はくしゃくしゃに歪《ゆが》んだ顔でこっちを見た。

「そんなことをあれが承知するだろうか」

なんという哀れな弱いやつだ。又十郎の顔を見ながら、半兵衛は殆んど涙ぐましくさえなってきた。

「嫁に来て十日あまりにしかならないおれの妻でさえ、おれに隠して面倒をみたじゃないか、本当に後悔した気持で話してみろ、二年も夫婦ぐらしをして来たんだ、おまえが本気ならきっと赦《ゆる》してくれるよ」

彼は又十郎の肩へ手を置いた。

「――知っているのはおれ独りだ、妻にさえおまえの名は云わずにある、遠藤、……これ限りだぞ」

「勘弁してくれるんだね」

又十郎はこっちを見た。そのとたんにぽろぽろと涙がこぼれ落ちた。半兵衛は頷《うなず》いて、その眼をやさしく見ながら、労《いたわ》るようにはたはたと肩を叩《たた》いた。

「元気を出してやれ、これが片付けばよくなる。但《ただ》しもう懲《こ》りろよ」

すがすがしく洗われた気持で又十郎と別れた、松林にはしきりに風が渡っていた。

（「講談雑誌」昭和二十三年六月号）

# おばな沢

# 一

節子が戸田英之助と内祝言《ないしゅうげん》の盃《さかずき》をとり交わしたのは、四月中旬の雨の降る日であった。

縁談のきまったのは去年の十月で、今年の三月には結婚する筈《はず》であったが、正月になって節子が風邪をひき、それがなかなかはっきりしないと思ううちに、午後から時間をきって熱があがるとか、かるい咳《せき》が出たり、胸がいやなぐあいに痛いとか、また肩がひどく凝って、軀《からだ》がぬけるようにだるいとかいったふうに、だんだん調子が悪くなるばかりだった。

そこで御城詰めの和田玄弘という医者に診察してもらったところ、これは労症にちがいないということで、にわかに薬も療法も変り、二十日ばかりは手洗いに立つことも禁じられた。

当分は結婚などできまいというので、いちど戸田のほうへ取消しの相談をしたが、英之助は病気のなおるまで待つといって、そのはなしは受けつけなかった。そうしてほどなく、彼は尾花沢の番所支配を命ぜられ、いよいよ出張ということにきまって、内祝言の盃だけでもと熱心に申し出た。

――節子も半日くらいは起きていられるようになり、戸田のほうからこちらへ来るということで、その日ごく内輪だけの式が行われたのであった。

英之助は、すぐ出張しなければならないので、盃の済んだあとゆるしを得て、節子の病間へゆき、そこでしばらく話をした。

「この部屋を見るのは初めてだな、ここで寝ていらっしゃるんですね」

彼はなつかしそうな眼で、幾たびも部屋の中を眺めまわした。そこは彬斎《さんさい》といった祖父が老後に使っていた部屋で、風とおしがいいのと日がよく当るのとで、医者がすすめて病間にしたものである。

障子の外は濡縁《ぬれえん》になっており、向うは卯木《うのき》の生垣をまわして、広庭と仕切りができている。ちょうどその生垣の卯花がさかりで、まだ小さい若葉の緑とまっ白な花とが、雨に濡れてひときわ鮮やかに見えた。

「相良《さがら》がいつかあなたに申し込んだことがあるそうですね」

話の合間に、彼はとつぜんこう問いかけた。

「御両親は承知なさろうとしたのに、あなたがいやでお断わりになった。そういうことを聞いたんですが、本当ですか」

「――さあ、そんなこともあったようですけれど」

節子は、とまどいをしたように眼を伏せた。

「――わたくしもう、よくおぼえておりませんですわ」

相良とのいきさつは、彼は知っている筈である。現にいちど彼はそういう意味のことを云《い》ったことがあった。今になってどうしてきゅうにそんなことをきくのだろうか、――節子のほうから逆にそう反問したいくらいだったが、英之助はそのまま話を変えた。

「こうして見ると顔色もいいし、病気をしているようには思えませんね。しかし疲れていらっしゃるなら横になって下さい」

「いいえ、わたくし大丈夫でございます」

「そりゃあ大丈夫ですとも、これは催促病気というくらいで、あなたぐらいの年頃にはよく出るんです。あせらずに気をゆったりもって、できるだけわがまま勝手にしていればなおるものなんです。心配することなんかないですよ」

「――催促病気とはなんでございますの」

「いや、それはそのうちにわかりますよ」

彼はこう云って、少年のように明るく、八重歯の出る邪気のない顔で笑った。

二

尾花沢へいった英之助は、十日にいちどくらいのわりで手紙をよこした。神経のこまかくゆきとどいた、愛情のあふれるような手紙で、節子は初めそらぞらしいような気持さえした。

しかし三通となり五通となるにしたがって、意も情もつくした巧みな書きぶりと、いちずな愛の訴えにひきいれられ、こんどは反対に手紙の来るのを待つようになった。尾花沢からは定期的に城へ連絡があるらしい。英之助の手紙は、そのとき使いの者が届けるので、ときには山の珍しい花なども添えてよこした。

「むかしから、戸田にはそういうところがあった、少しいやみだね」

兄の泰馬が、いちどその花を見てこう云った。そばにいた母が不審そうに、いつものおっとりした口ぶりで、

「いやみなことはありませんよ、節子はまだ病人で寝たり起きたりしているんですもの、戸田さんがおみまいに花を下さるのはあたりまえじゃないの」

「それにはそれでやりかたがあるんですよ、しかし、……まあいいでしょう」

「お兄さまの仰《おつ》しゃりたいことは、節子にはよくわかっていますわ」

節子はわきを見ながら云った。

「──お兄さまはこの花の贈りぬしがお気にいらないのよ、これが戸田さまでなく、べつの方ならそんなふうには仰しゃらないでしょう」

泰馬はこっちを見た。へんにむきな眼つきであったが、そのまま気を悪くしたように立っていった。暢気《のんき》な母はかくべつなにも感じないらしかった、けれども節子は神経が苛《いら》いらし、自分の顔が硬《こわ》ばってくるのが自分でわかった。

兄は英之助を嫌っていた。節子はそう思っていなかったが、戸田との縁談がきまってから、そのことがはっきりしだした。

兄は相良桂一郎が好きだったのである。節子が相良の求婚を断わり、戸田と結婚することに不満なのだ。口にだしては云わないが、このごろのそぶりにはよくそれがあらわれていた。

「尾花沢ではなにがありますの、お母さま」

「──なにがって、なあに」

「だって、これまであそこには三人か五人、足軽くらいの人がいるだけだったのでしょう、それなのに番所を建て増したり、御弓組を二十人もつれて戸田さまがいらしったり、まるでなにか騒動でもあったようじゃございませんの」

「母さんはなんにも聞いていないけど、あなたどうしてそんなこと知っていらっしゃるの」

「お手紙に書いてありましたのよ、お父さまからお聞きになって御存じかと思っていましたわ、そうじゃございませんでしたの」

「いいえ、母さんは知らないことよ」

「まあ困った、どうしましょう」

節子は当惑げに肩をすくめた。

「お手紙には決してひとに話してはいけない、たいへんな秘密な事なのだからと書いてございましたの、お母さま御存じでなければお聞きするんではございませんでしたのに、どうぞないしょにして下さいましね、お母さま」

「母さんは云やあしませんよ、そんなこと、それよりこのお花どうなさる、根があるからお庭へ植えましょうか」

母は気にするようすもなく、安穏《あんのん》な顔つきで立っていった。

節子は独りになってから、英之助の手紙をとり出して読みなおしてみた。七通あるうちの四通めから、尾花沢の生活ぶりが少しずつ書いてある。ごく断片的で、どことなくぼかしたような筆つきであるが、彼が二十人の弓組を支配していること、増築した番所がほんの仮小屋で、冬になったらさぞ寒いだろうということ、勤務というほどのものはないが、絶えず危険に備えていなければならないことなど、そうしてこれらの事は決してひとに話さないようにと、くどく念が押してあった。

　父の三郎左衛門は筆頭年寄役だし、兄は奉行職寄合所の考査役だから、藩の重要な事は知っていなければならない。

　もちろん知っていても家庭などでそんな話をするわけはないが、出入りの人も多いし言葉の端はしや動静で、どうしたってわからずにはいないものだ。——それが尾花沢については、英之助が支配になってゆくまでわからず、彼が出張して八十日ちかく経《た》っているのに、なにひとつ知ることができないのである。

　尾花沢は大仏山の嶮《けわ》しい嶺《みね》つづきで、隣藩との境界に当り、古くから番所があった。節子が幼いころ聞かされた話によると、そこには奥の知れぬ深い峡谷や、野獣の棲《す》んでいる原始林などがあり、またその峡谷の一部にはふしぎな土民がいて、これまでどの領主にも従わず、世間へも出ずに生活している。そういう伝奇的な感じのつよいものであった。

　——そんなような処《ところ》で、いったいなにが起こっているのだろうか、絶えず危険に備えているとはどんな意味なのだろうか。

事情がてんでわからないと、手紙の書きぶりが不吉なことを暗示するようで、節子はだんだんと不安なおちつかない気持になっていった。

三

七月の下旬、季節はもう秋にはいったわけだが、その年はじめてという暑い日の午後、英之助がまえぶれもなく訪ねて来た。

彼は日にやけて、かなり肥えていた。頬や肩などにこりこりと肉が附いて、全身に休暇を三日もらったのだそうで、その日はすぐ帰り、翌日とその次の日と続けて来た。

節子は手紙のことを聞きたかったが、彼はさりげなく軀を躱《かわ》して、専《もっぱ》ら山の風物やそこの生活ぶりを話すばかりだった。

「その森の凄《すご》いことときたら、檜《ひのき》や杉なんぞの千年も経ったかと思うやつが、幹や枝をびっしり重ねて繁《しげ》っていて、その中にしぜんと枯れたのや落雷で裂けたのが、白く晒《さら》されて、まるで巨人の骸骨《がいこつ》かなんぞのように、こう、しんと立っているんです、まるで神代の眺めといった感じですね」

「そういうところに棲んでいるのではございませんの、あの古くからいる、土民とかいう人たちは」

節子がこう聞くと、英之助は警戒するように顔をひきしめた。うっかりしたことは云えないという眼つきで、言葉をぼかした。

「それはわからないんですよ、その森から峡谷の奥へかけて、どこかにいるらしいんだが、その場所はどうしてもみつからない、尾花沢の口のところに樵夫《きこり》の部落がありましてね、小屋が七八戸あるだけの小さな部落なんだが、なかには数代もまえから、そこで暮している者もあるんですが、かれらもその土民たちがどこに棲んでいるか、まだ見たことがないそうです」

「――その人たち、なにか悪いことでも致しますの」

「さあ、悪いことと云って、そうですね、……まあとにかく御領内にいて法令に従わないだけでも、罪は罪でしょうからね」

英之助は、そこでまた巧みに話をそらした。結局はっきりしたことはわからずじまいであったが、いずれにせよ、その土民たちに関係があることは慥《たし》かだと思えた。三日目の昏《く》れがた、帰るときになって、彼は袂《たもと》から紙に包んだ金をとり出して節子に渡した。

「こんどの出張で、特にこれだけお手許《てもと》からさがったんです、ほかの者には知れぬようにということですから、どなたにもないしょで預かっておいて下さい」

「でもそれは、お家のほうへお預けなさるのが本当ではございませんの」

「いやあなたに持っていて頂きたいんです、今後もときどきさがるらしい話しでしてね、実を云うと母には浪費癖があるんですよ」

英之助はあまえるように眼で笑った。

「——いつかあなたが戸田へ来て下さるときまで、あなたの手で預かっておいて貰《もら》いたいんです。またさがったら持って来ますから、しかし誰にも話さないように願います」

節子はその二十五金の包みを、自分の用箪笥《ようだんす》の中へしまった。

英之助が尾花沢へ去ってから、節子は預かった金にふとこだわりを感じた。彼には母親と十七歳になる昌次郎という弟がいる。戸田は物頭格で食禄《しょくろく》も多くはない。彼は節子との結婚で、その点をかなり気にしている。節子がぜいたくにそだったからというのではなく、節子を愛するために貧乏をさせたくないというのである。

この金を預けたのもそういう気持から出たことであろう、同時にそれで自分の誠意を示し、節子の心を絶えず自分につないでおこうという、彼らしい弱気な考えの含まれていることも、これまでの経験で節子にはよくわかった。

――もしこんなことがわかったら、戸田のお母さまは不愉快になるに違いない、こんど来たらよく話し合って、あちらへ預けるようにして貰おう。

内祝言の盃をしたとき、節子は彼の母親に会っている。色の浅黒い小柄なひとで、ちょっと片意地らしい眼をしていたが、身分の差ということが気になるとみえ、必要以上に卑下した態度で、しきりに座のとりもちをした。……そのとき節子は、英之助にも同じような性質のあることを感じて、鬱陶《うっとう》しく胸のふさがるのを覚えたのであるが。

いまその人を思い、その人に秘密を持つことを考えると、どうにも気持がおちつかなかったのである。

## 四

病気のほうは四月から順調であったが、八月になってまもなく、午睡《ひるね》をしたときちょっと風邪をひいたのが崇《たた》って、また熱が高くなり、胸の痛みと食欲不振と、全身のぬけるようなけだるさがぶり返した。

「気候の変りめということもあるには違いないが、それよりも病気に対する油断でしような、この病気ばかりは医者や薬より、まず本人とまわりの者の用心が大切です」

和田玄弘はこう云《い》って、当分はまた安静に寝ていることを命じた。

兄の泰馬は怖い顔で、枕許へ来てながいこと小言を云った。妹に向うと特にそうで

あるが、愛情や労《いたわ》りをやさしい言葉で表わせない、わざと怒ったりふきげんになるの

が、いつもの兄の癖であった。

「仮の盃にしても、あんな祝言などをするのがまちがっていたんだ、二、三年はむり

だと医者がはっきり云っていたじゃないか」

「――だって、お兄さまだって強《し》いて反対はなさらなかったわ」

「おれが反対したところで、悪くとられるにきまっているさ。おれがなにか云えば、

お母さまもおまえも、すぐ相良をひきあいに出すんだ」

「――でも本当にそうなのですもの、お兄さまは今だって節子を相良さまへお遣《や》りに

なりたいのでしょ」

「そんなことを云ってるんじゃない、もっと病気に対して本気になれというんだ、こ

れは胃が悪いとか頭痛がするなぞという簡単なものじゃないんだぞ」

「――おおげさに仰しゃるのね」

節子はむきになった兄をなだめるように、手を伸ばして袴《はかま》に附いている糸屑《いとくず》を取っ

てやりながら云った。

「——そんなに心配することはないですってよ、世間では催促病気というくらいで、我儘《わがまま》にじっとしていればすぐなおると云ってましたわ」

「誰だそんな卑《いや》しいことを云ったのは」

泰馬は眼を尖《とが》らせた。

「——卑しいって、なにが卑しいんですの」

「いま云ったなになに病気とかいうやつさ、そんな品の下ったことを云うと嗤《わら》われるぞ、おまえは案外なばかだ」

節子はむっとした。なぜそれが品の下った卑しいことなのか、意味を知らない彼女には兄の云いかたのほうが不愉快で、

「——もうようございます、お兄さまの気持はよくわかっていますわ、戸田へお嫁にゆくときまってから、節子はばかなんですから」

「まったくだ、おまえは底が抜けてるよ」

泰馬は憎らしそうに云って立っていった。

——どうしてあんなに、戸田をお嫌いなさるのかしら、そんなにも相良さまがお好きなのかしら、自分が結婚するわけでもないのに、もうさっぱりして下すってもいいころだわ。

節子も昂奮《こうふん》して、暫《しばら》く心がおちつかなかった。

兄が英之助を嫌いだしたのは、節子との縁談がきまる前後からのことで、そのまえにはそんなことはなかった。もともと兄と戸田と相良とは藩の学寮からの友達で、少年じぶんから親しく往来し、かれら二人が訪ねて来ない日はないくらいだった。節子もその仲間にはいって、家で遊んだり、野山や川へ伴《つ》れていって貰ったりしたものだが、その当時から相良よりも戸田のほうが好きであった。

相良の家は代々の大寄合で、桂一郎は少年時代から「長方形」といわれる長い角ばった顔つきをしていた。

——相良さんはいつでも半分怒っている。

節子は幼いころそう云って、父母や兄から適評だと笑われたものであるが、たいてい可笑《おか》しいことがあっても、桂一郎は歯をみせて笑ったためしがない、口を一文字にして気にいらないのをがまんしているといったふうな、なにかしら芯《しん》のある顔つきをしていた。

一昨年の九月の十五夜は、泰馬が家で、月見の宴を催した。兄の役所の者や友人たちが集まり、かなり騒々しい酒宴になった。節子はようすをみはからって、いいころに自分の部屋へ退却したが、そのあとを追うように、泥酔した英之助がよろけ込んで来た。

――助けて下さい、死にそうです。

彼はこう云ってそこへ倒れ、頭をぐらぐらさせながら苦しそうに喘《あえ》いだ。節子は水を注いで飲ませ、薬を取りに立とうとした。すると彼は哀願するように、片手をさし伸ばしながらこちらを見た。

――いやここにいて下さい。薬なんかいりません、少しこうしていればなおるんです。心ぼそくってしようがないんですから、済みませんが暫く側にいて下さい。

節子は彼の手を握ってやった。彼は眼をうるませ、いかにも安心したように、大きく深い吐息をついた。

――そんなにお苦しくなるまで召上るものではございませんね、少しは加減して召上ればよろしいのに。

――そうなんです。よく承知しているんですが、ついやり過して後悔するんです、どうしてこうだらしがないのか、――いつも失敗ばかりして、恥ずかしい思いばかりして、われながらあいそがつきますよ。

節子は握った手を、そっと撫《な》でてやった。泣かされて帰った子供が、母の膝《ひざ》で安心してあまえている。そういう感じが節子をとらえ、切ないような気持にさせた。彼は半刻《はんとき》ばかりそうしていた、自分の孤独な性分や、母と折合えない淋《さび》しさや、生きることがいかに退屈であるか、などということを云い続けた。

——ときどきふっと死にたくなる、夜中に起きて刀を抜いて、独りでじっとその刀をみつめるんです、すると光った刀の表面が透けてきて、その中に無限のように深い空間がみえる、……ああ、あなたにわかるでしょうか、人間の生きることが無意味であるように、死ぬことさえも意味がない、ではどうしたらいいか、……云って下さい、こんなとき私はどうしたらいいでしょう。

自分を救ってくれるものは愛情だけである、お互いの魂のぴったり触れ合った、まじりけのない愛情。それだけはなにものにも破壊されず、死でさえも滅ぼすことができない、自分を支え自分を生かしてくれるのはそういう愛情だけである。

——そんなことも云った、全身で縋《すが》りつき、身をすり寄せるような、いじらしいともいいたい口ぶりであった。

相良から縁談が来たのは去年の春のことで、両親も兄もひじょうな乗り気だった。節子は断わった。そうして夏の末に戸田から話があると、形式的に四、五日の余裕をもらったが、実はもうゆく気持になっていた。

——戸田の孤独で淋しがりな気性は、自分でなければ理解ができないだろう。

節子は十五夜の酒宴のときからそう思っていた。彼を支え、彼を励まし、彼を愛情で包み、生きるちからを与えてやるのは、自分を措《お》いてほかにはない。そう思っていたのである。兄の泰馬はあたまから反対で、おまえは黒と白の見わけもつかない盲人だ、などという失礼なことまで云った。

五

兄は戸田がなぜいけないか、という理由は云わなかった。云う根拠もなかった。友達ならいいが、妹を嫁に遣る人間ではない。そのくらいの考えだったのである。

その後も英之助はよく来た、節子が承知したことを望外のことのようによろこんでいて、そのよろこびを訴えるようなまなざしで、いつもじっとこちらの顔を見た。

――相良に気がとがめるようで……。

英之助はそんなふうに囁《ささや》いたこともあった。

兄も彼が来ればかくべつ粗略にするというわけではなく、よく話もするし、食事や酒を出すことも珍しくはなかった。そのくせ彼との結婚問題だけは、今でも気にいらないようすなのである。

兄と口あらそいをした翌日の朝、節子が朝の粥《かゆ》をたべ終ったとき英之助が来た。

「また寝ていらっしゃると聞きましてね、城へ来る使いの者に代ってもらって、お顔だけ見にちょっとお寄りしました、すぐ帰ります」

彼は八重歯の覗《のぞ》く白い歯をみせて、明るくいっぱいに笑ったが、心配し不安に駆られているようすは隠せなかった。

「きっと不摂生をしたんでしょう、女のひとは神経がこまかいようでいて、自分のことになるとまるで投げやりになるんだから、山にいてもそれだけがいつも心配なんです」

「このまえはそうは仰《おっ》しゃいませんでしたわ――」

節子はつい可笑しくなって微笑した。

「いやそれはあなたの聞き違いですよ、私はそんなに気にやむ必要はないと云ったので、決して不養生をしていいとは云やあしません、お願いしますよ、どうか気をつけて下さい、さもないと山にいられなくなりますから」

彼は熱のあるような眼でこちらをみつめ、すり寄って来て手を出した。節子は微笑しながらその手を握った。

「――節子さん」

低く押えつけたように囁いたと思うと、彼の眼がふいにきらきらと光り、握っている手の指が痙攣《けいれん》した。一種の本能的な直感で、節子はあっと叫びそうになった。しかしそのまえに英之助が上からかぶさり、片方の肩をつよく抱かれた。

「――堪忍《かんにん》して下さい」

彼はすぐに離れ、坐《すわ》りなおして頭を垂れた。眼の中で火花が飛んだような気持だった。節子は掛け夜具を額までひきあげ、そっと自分の唇を拭《ふ》いた。

「――堪忍して下さい、前後を忘れたのです、日も夜も、眠っていても、いつもあなたのことを思っていました。あなたの御病気が重くなるような気がしてならない、万一のことがありはしないかと、そう思うといても立ってもいられなくなる、毎日そんなふうなんです」

彼は低い声で、胸苦しそうに囁いた。

「――だんだん不安になるばかりなんです、節子さん、私たちは本当に結婚することができるでしょうか」

節子は、掛け夜具の中から云った。

「――そんな心配はなさらないで、……わたくしきっと丈夫になります、でも、こんなことをなすってはいけませんわ」

「――いけませんでした、もう決してしません、あなたが戸田へ来て下さるまでは」

英之助はこう云って紙の音をさせていたが、つと夜具の下へなにかを押し入れた。

「これだけまた預かっておいて下さい。急ぎますからこれで失礼します」

また金だと思った。話して断わらなければならないと思ったが、どうしても顔を出すことができなかった。——英之助はもういちど挨拶《あいさつ》をして立ちかけ、ふと思いだしたように、

「ちょっとお耳にいれておきますが、尾花沢の総支配をしているのは相良です、私は彼の部下というわけなんです、いつか彼のことを聞いたのは、そういう理由があったんですよ」

節子はなぜともなく、どきっとした。

「しかし相良とはうまくやって来ました、これからもどうやらうまくゆきそうです、どうかお大事に、暇をみてまたお伺いします」

掛け夜具をかぶったまま挨拶をし、彼の足音が聞えなくなるまでそうしていた。

その日は一日じゅう唇が気になった。いくら拭いてもそこが濡《ぬ》れているようで、別に汚いという感じではなく、ただきみが悪くてしかたがなかった。だがそれより気になったのは、相良が尾花沢の総支配だということである。そんなこともあるまいが、いわば二人は恋がたきで、感情のもつれや疎隔《そかく》はまぬかれないであろう、ことに場所

がそんな場所だから、どんな機会にまちがいが起こるかもしれない。

——相良という人はそんな人ではない、そんなことを根にもって相手をおとしいれるような、めめしい人では決してない。

節子は自分でこう慰めながら、それでも数日はともするとに不安におそわれ、軀《からだ》の調子もずっといけなかった。

## 六

兄が横目附になったのは十月で、それを機会にかねて婚約ちゅうの人と結婚をし、にわかに家の中が賑《にぎ》やかになった。向うは次席家老の茶谷忠右衛門という人の二女で、名を宇知といい年は節子より二つ下の十七だった。大柄なふっくらした軀つきで、年を聞かなければ十九か二十くらいにみえる。気性も明るく、一日じゅうどこかで笑いごえが聞えるというふうだった。

そういうごたごたが影響したものか、節子はその月末に血を吐き、十日あまり口もきけないほど病気が悪化した。

「どなたにも仰しゃらないでね、お母さま、またあの方に聞えると、むりをしておみまいにいらっしゃるから、お願いよ、お母さま」

節子は高い熱のなかで繰り返した。

「誰にも云《い》うもんですか、わかってますよ、云う筈《はず》がないじゃないの」

母はこう約束した。もちろん他人に話すわけはないのだが、このあいだに英之助は二度もみまいに来たのである。親たちが会わせもせず、そう告げもしなかったので、節子はまるで知らなかった。

十二月のはじめ、すっかり熱がさがって、気分もよくなったとき、訪ねて来た英之助に会い、彼の話でそのことがわかったのである。

医者の注意で、面会は三十分と限られていたから、二人で話したのはほんの短い時間にすぎなかった。

「相良さまとは故障はございませんの」

節子は、まずいちばん気になることを聞いた。

「ええ、まあまあ、なんとかやってますよ」

「なにかいやなことがあったのではございませんの」

「あなたは病気をなおすことだけ考えて下さい、私の問題は私がやります、そんな心配は決してしないで下さい」

彼は涙ぐむような眼でこう云った。節子は彼のようすが違っているのを見た、いくらか瘦《や》せたようだし、顔色も冴《さ》えない。山でなにかあったに相違ないと思い、節子はかなりきつい調子で、いったい、尾花沢でなにが行われているのか、危険とはどんな種類のものかということをきいた。

「どうぞ本当のことを聞かせて下さいまし、なにも知らずに心配するよりは、知っていてがまんするほうが気持が楽ですわ、そうでないとわたくしもう、不安で不安で……」

「よろしい話しましょう、これは藩の厳重な秘事なんですが、あなたには知っておいてもらうほうがいいかもしれない」

彼はこう云って話しだした。

時間がないためごく簡単ではあったが、それはかなり重大な意味のあるものだった。ずっと昔から大仏山のどこかに砂金鉱があるといわれていた。まえまえから領主の変るたびにずいぶん捜していたらしい、こんども三代まえに移封して来てから、ときには江戸から専門家まで呼んで手を尽して探ったがわからなかった。——

それが去年の冬のかかりに、ほんの偶然なことから発見のいとぐちがついた。城下に、丸庄という呉服雑貨商がある。古くから地つきの富豪で、藩の金御用を勤めていたがその店でひそかに砂金の売買をしていることがわかり、主《あるじ》を調べたうえ、店へ売りに来た男を捕え、その所在を知ることができたのである。

場所は尾花沢から暗闇谷といわれる谿谷《けいこく》へさがったところで、三百尺もある断崖《だんがい》に、蔓《つる》かずらで猿のかようほどの桟を渡し、それを伝ってなお谷へ下るという、まったく孤絶した位置にあった。砂金の鉱脈は露頭といって、がれに添って表面に見えている、しぜんに崩れて谿流に洗い去られたり、また採り尽されたりしたらしく、もうあまり豊富とはいえなかったが、それでも相当な量を見積ることができた。

藩では極秘のうちに手配をし、尾花沢の番所を増築して、最小限の人数で今年の雪溶けから仕事を始めた。十日にいちどずつ城へ使いが来るのは、つまり採った砂金を運ぶためだったのである。

採鉱のほうはわりかた順調であったが、現場には絶えず不穏な影がつきまとってい た。あの伝説的な土民の一群——丸庄で捕えられた男はその一人であるが、——かれらはその砂金鉱を自分たちの財産だと信じていた。かれらは七百年の昔からそこを守り、そこから採った金で生活して来た。先祖代々いかなる領主にも屈せず、その踪跡《そうせき》を知られることもなく、原始林と人跡の絶えた峡谷の奥を転々し、なにものにも束縛されない自由な年月をすごして来た。

かれらは今その財宝を奪われている。何百年という遠い昔から、かれらの所有でありかれらが守り、かれらに自由と解放の生活を与えた、その唯一《ゆいいつ》のものが奪われつつある。

「かれらがどんなに恨んでいるかおわかりでしょう、そこはかれらの所有なのですから、仮に私がかれらの立場になったとしても、決して黙って見ていはしないですよ」

英之助はこう云って、言葉を区切って、また次のように続けた。

「仕事をはじめてからもう十三人もやられています。六人は死にました。かれらは叢《そう》林《りん》や崖《がけ》の蔭《かげ》から弓で射るのです。ひじょうに敏捷《びんしょう》です、猿のようにすばしこい、まだかれらの姿は誰も見たことがありません、——先月の中旬のことですが、番所の武器庫から、弓十二張と、矢が二十束ほど盗まれました、その補給のために私が城下へ来て、そうしてあなたのお悪いことを知ったんです」

「——今でもその人たち、そんなふうに、絶えずみなさんを狙《ねら》っていますの」

「こっちが金を採ることをやめるまではね、かれらにとっても軽い問題じゃないんです、かれらにとっても死活に関することなんですから」

「よさないか戸田、ばかなことを云うな」

とつぜんそう云いながら襖《ふすま》があき、兄の泰馬がするどい眼でこっちを見た。

「極秘も極秘だが節子は病人じゃないか、ようやく少しおちついたところへそんな話をして、また悪くでもなったらどうするんだ」

「お兄さま違います。節子がむりにお願いしたんですわ、そうでもないと不安で」

「おまえは黙っていろ、ものにはけじめということがある、どうせがまれたからといって藩家の秘事を、しかもこんな病人に向って饒舌《しやべ》るという法があるか、もう時間も過ぎている、戸田、帰ってくれ」

泰馬は仮借しない態度で英之助の立つのを待っていた。そうしてまるで追いたてるように、彼を先にして去っていった。

七

英之助の話は節子には刺激がつよ過ぎた。しかし病気にはさしたる影響はなく、却《かえ》って気持がしゃんとなったようにさえ感じられた。しっかりしなければいけない、あの方はそんな危険なところにいらっしゃる、本当なら今こそおそばにいてあげなければならないのだ。

――私たちは本当に結婚できるでしょうか。

英之助のそう云った意味が、節子には初めて理解ができた。眼をつむると見える、岩の蔭、藪《やぶ》の茂み、断崖の上に、野獣のように身をひそめている人間の姿が。……弓に矢をつがえ、息をころして、桟道を通る人を狙っている。その矢表に英之助がいる、彼は気づかない、足もとを見ながら、部下の者を指揮しながら、その矢の正面をゆっくり歩いてゆく。——弓はきりきりと絞られる、狙いに狂いはない、彼はそこに来た。そして弓弦《ゆみづる》が鳴る。

「——ああっ」

節子は思わず声をあげ、身ぶるいをする。自分の描いた空想の矢が、戸田の胸へ突き刺さる音まで聞えるようだ。

——あのときの言葉はなにかの前兆かもしれない、本当に結婚はできないのかもしれない。……こうしているまにも、あの方は土民の矢に当って死んでいるのではないだろうか。

そんなふうな妄想《もうそう》がしつこく胸を占め、じっと寝ているに耐えないような気持になる。早く病気をなおして、尾花沢を訪ねてゆこう、……そう思うようになったのは、その前後からのことであった。

手紙はその後ぱたりと来なくなった。

兄にどなられたので怒ったのか、それともすでに雪の季節にはいって、城へ連絡がなくなったのか、どちらかわからない。

もしかすると本当に土民の矢で不幸なめにあい、自分だけが知らずにいるのではないか。——人間はこんなばあいに不幸な予想ほど信じたくなるものだ、節子は病床で少しもおちつかず、あに嫁の苦労のない笑いごえなどを聞くと苛々《いらいら》した。

「おねえさまに静かにして下さるように仰《おっ》しゃってよ、お母さま、あの声ぴんぴんして、頭に響いていやだわ」

「そんなことが云えますか、そんなに響くほどじゃないじゃないの、小姑《こじゅうと》根性とか鬼千疋《びき》とか、すぐに云われるのはそういうことなのよ」

「だって節子が寝ているのを知っている筈でしょう、この家の人になればこの家の者のことも少しは考えて頂きたいわ、おねえさまがいらしってからお母さまもお変りになったのね、節子のことなど誰も心配してくれる者はいないんだわ」

「そんなことをお云いだってあなた、……節子さんは神経を立てすぎるのよ、そんな、母さんがあなたのことを考えないわけがないじゃないの」

「わたくし尾花沢へいくわ、春になって雪が消えたら、どんなことしたって」

節子は母からそむいて、涙をこぼしながら云った。

「お父さまやお兄さまがどんなに反対なすったって、道があけて、動けるようになったら、わたくし独りで尾花沢へゆくわ」

母の気心が変ったと云ったのは、もちろんそのときのはずみである、暢気《のんき》でものにこだわらない母は、節子の病気にもさしておろおろするようすはなかった。嫁に対しても同様である、気にいっていることは慥《たし》かだが、とくべつひいきするというわけでもない。

それはわかっていたけれども、小姑根性とか、鬼千疋などと云われたことは、節子の身にすれば相当に痛かった。悲しいような口惜しいような、自分がまったく孤立したような思いで、すぐにも尾花沢へとんでゆきたいという衝動に駆られることがしばしばであった。

八

医者がびっくりするほど、病気は好調を続け、二月には起きて家の中を歩いたり、身のまわりを片づけたりするくらいになった。

その月の下旬に、泰馬が尾花沢へ巡察にいった。横目附としての出張である。節子はいっしょに伴《つ》れていってくれと頼んだ、泣いて頼んだのであるが、山にはまだ雪があるし、道もまだ悪いし、医者が承知しないので、結局その希望はいれられなかった。

「これから役目で月に一度ずつ出張しなければならない、道が乾いて軀《からだ》の調子さえよかったらいつでも伴れていってやる、だからこんどは待っておいで」

泰馬はこう云いなだめて立っていった。

兄がでかけたのと入れ違いだったろう、その翌日に思いがけなく英之助が来た。まったく思いがけなかったことで、節子はわれ知らず声をあげた。彼はすぐ山へ戻るからと云い、泥まみれのまま庭から縁先へまわって来た。節子は彼を見るなり胸が熱く、躯じゅうの血が音を立てて流れるような、激しい動悸《どうき》を感じた。

「気のせいか少しお肥《ふと》りになりましたね、お顔の色もいい、安心しました」

母が去るのを待ちかねたように、彼はこう云ってじっとこちらをみつめた。いきなり抱き緊《し》めたいという欲望を、けんめいにがまんしているようすである。眼が涙でいっぱいになり、それをごまかすために口早に話した。

節子はなんども深い息をついた。躯の中でとつぜん火の燃えるような感じがし、それが急に氷のように冷えたりする。彼の話す声はあらゆる神経にしみわたるようで、痺《しび》れるような、うっとりするような、快い安堵《あんど》のなかに節子を浸した。

「相良さまとは、この頃いかがですの」

彼の話の合間をみてこうきいた。

英之助はすぐに返辞をしなかった、雪にやけた特有の黒い顔で、ふと眉《まゆ》をしかめ、

少しまをおいて、こちらをじっとみつめながら、

「あなたは私を信じてくれますか」

「――だって、どうしてそんな、……節子はいつもお信じ申していますわ、どうしてそんなことをおっしゃいますの」

「信じて下さい、あなただけは」

彼はどこやら悲痛な口ぶりでこう囁《ささや》いた。

「私は気の弱い人間です、利巧でもないし剛胆でもない、あなたに信じられなくなったら生きてはゆけません、私には今あなたが唯一の柱なんです、わかってくれますか」

「ええわかります、どんなことがあっても、節子はあなたをお信じ申しますわ」

「なにか忌《いま》わしい噂《うわさ》がお耳にはいるかもしれません、あなたがびっくりするような、不愉快な評判がたつかもしれません。――たぶんそんなことはないでしょう、なにごともなしに済むと思いますが、……もしそんなことがあっても、あなただけは私を信じていて下さい、私はこれをお願いしたかったんです」

彼はにっと作り笑いをした。気弱そうな、淋《さび》しげな笑いかたである、そのうえあんなに白かった歯が少し汚れているので、なにかしらいたましく、うら悲しげな感じさ

えした。

「またこれだけ褒賞《ほうしょう》がありました、御迷惑かもしれないが預かっておいて下さい」

別れ際《ぎわ》になって彼はまた金包みを渡した。

「こんど伺うときにはもっとよくなって頂きたいですね、予定はつかないが、四月のあの日には必ずまいります、どうぞ大事に」

もういちど笑ってみせて、元気な足どりで彼は去っていった。

節子はこんどはすなおに金が受取れた。彼の母のほうへ預けさせようなどとは思わなかった。自分と英之助とはもう離すことはできない、自分は彼を信じ、彼の望むようにしていればいい。節子は静かな安定した気持でそう思っていた。

——四月のあの日には必ず来ます。

彼の言葉はいつまでも耳に残った。その声の余韻までがなまなましく聞え、ふっと血の騒ぐこともたびたびあった。節子は母に隠れて、彼のために肌の物を少しずつ縫った。三月には兄といっしょに尾花沢へゆこう、彼はどんなによろこぶだろうか、そのときまでどうか病気がおちついていてくれるように、——彼が子供のように狂喜するさまを想像しながら、そしてこれまでになく軀のぐあいを気にしながら、節子はひまをみては針を手にした。

兄はないしょにするつもりらしかったが、あに嫁のふとした口からもれた。泰馬が三月十一日に二回目の出張をするという、節子は気づかないふりをして、ひそかに身のまわりの準備をしていた。

節子のやりかたは成功した。十日の夜、父母と兄のいる前で、自分も明日いっしょにゆくこと、支度もすっかりできたということを告げると、三人とも絶句したような顔で、暫《しばら》くなにも云《い》えないふうだった。

それからちょっと異議が出たけれども、初め意表を突かれたのと、こちらの決心の固いのを察したらしく、わりかたすらすらと望みをいれてくれた。

同伴といっても兄は役目の出張なので、途中はうしろから離れてゆかなければならない。節子は駕籠《かご》に乗り、下女と二人の下男が供に附いて、まだほの暗いうちにでかけ、先に城下はずれへいって待っていた。

――幸い好天気で、暖かないい日和《ひより》だった、野道にかかると麦畑がうちわたしてみえ、さかりの桜や梅や、杏子《あんず》の花などが、眼の向くところに華やかな色彩を綴《つづ》っていた。……城下町を流れる川の上流だという、石ころの河原の広い川を渡り、げんげの咲いている丘の上で弁当をつかい、その日はまだ昏《く》れないうちに樫田《かしだ》村というところの、古めかしい庄家の家で泊った。

「どうだ疲れたか、軀の調子はいいか」

駕籠をおりるとすぐ兄がようすをみに来た、男たちだけならその日のうちにゆける、そんなところで泊るのは節子ひとりのためなのだが、泰馬は少しもそんな顔をしなかった。

「ゆっくり眠っておくんだよ、明日はもう道のりは僅《わず》かだが、山にかかるし駕籠も変るからね、薬を忘れずに飲んでおくんだぜ」

そして気遣わしげに顔色をじろじろ見ていった。寝るときにもいちど来たが、節子は眠ったふりをしていたので、安心したように、そおっと抜き足で去った。

明くる日はすぐ登りにかかり、猿の茶屋というところで山駕籠に乗り換えた。そこから右手に谷峡《たにかい》の凄《すご》いような森林が、深く遠くひろがっているのが眺められた。話に聞いた原始林というのであろう。薄い朝霧をこめて黒ぐろと繁《しげ》り、遠いかなたは谷峡の奥へと消えている。そのなかにところどころ、白く枯れた巨木が見えるのは、英之助が巨人の骨のようだと云ったそれに違いない。

「まあ美しいこと、本当に神代の景色というほかにないわね、お兄さま」

「――うがったようなことを云うね」

「だってこの世のものとは思えませんわ、神々《こうごう》しくって、そしておごそかに静かで」

節子は頭がしんとなるような、荘厳な感動にうたれて、兄がせきたてるまで、眺めまわしていた。

嶮《けわ》しい山道にかかり、なんども絶壁の端のようなところを通った。そういう場所では遠く下のほうに城下町が見えそれが一度《ひとたび》ごとに遠く小さくなっていった。――勾配《こうばい》は急になるばかりで、石ころや岩のごつごつした滑りやすい道は、裸の崖《がけ》や叢林《そうりん》の下をうねうねと迂曲《うきょく》し、いたるところで水が音を立てて流れていた。

「大丈夫か、苦しくはないか」

兄は戻って来ては心配そうに覗《のぞ》いた。

「遠慮はいらないんだよ、辛《つら》かったら休んでもいいんだぜ、むりをするなよ」

節子は元気に笑ってみせた。駕籠に乗るというのも、さほど楽なものではない。かなり疲れていたが、気持はもう飛ぶようで、少しのまも休むのは惜しかった。

峠の頂上へ出たところで、道は枯れた叢林の中を右へ折れた。まっすぐゆけば隣藩になるそうで、明るくうちひらけた平野の一部がちょっと見えた。本道から三十間ばかり、細い道をだらだら下りてゆくと、木の柵《さく》をまわした番所の建物の前へ出た。――節子は駕籠から出たとき、ひどく昂奮《こうふん》していて、下女のそろえてくれる草履がなかなかはけなかった。杉林に囲まれた番所は古いが、そこから一段さがって新しい建物がある、それがこんど急造した小屋なのだろう。

——あそこに暮していらっしゃるのだ。

その人はそこにいるのだ。こう思うと胸苦しいほど動悸が高くなり、頭がくらくらするようだった。

泰馬はまっすぐ番所へはいっていった。節子はあたりを眺めながら暫く息をつき、動悸のおちつくのを待ってはいっていった。

——そこは暗い土間で、奥の左右に障子を立てた部屋があり、つき当りは杉戸になっていた。その土間に兄のうしろ姿と、こっち向きに相良桂一郎が立っていた。

二人は顔をつき合わせるようにして、低い声でなにか話していた。久しぶりに見る相良は寝くたれたような身なりで無精髭《ぶしょうひげ》を伸ばし髪も乱れたまま、ひどく憔悴《しょうすい》した顔をしていた。節子がはいってゆくとすぐ、相良は黙ってこちらへ目礼して、泰馬になにか囁いた。——兄は振向いてこっちへ来た。そして節子の肩へ手をかけながら、

「出よう」

と云った。

「悪いときに来た、戸田には会えない」

「——どうしてですの、お兄さま」

「わけはあとで話す、とにかく出よう」

「――なにかありましたのね」

節子はじっと兄の顔を見あげた。

「――あの方、おけがをなすったのでしょう」

節子は兄の手を払いのけ、すばやい動作で相良の前へいって立った。泰馬は叱《しか》りつけるように、

「節子」

と叫んだが彼女は刺すような眼で相良を見、そして云った。

「戸田はどこにおりますの、相良さま、会わせて下さいまし、わたくし戸田の妻でございます」

相良の眉がしかみ、唇が歪《ゆが》んだ。しかし静かな眼で節子を見まもり、やがて頷《うなず》いて、どうぞこちらへと奥へ導いた。土間の左がわのいちばん端へゆき、その障子を明けると、彼は身をひらいてこちらへという手まねきをした。

節子は穿物《はきもの》をぬいであがった。一方に切炉のある板間があり、その三方に畳が敷いてある。炉の右がわに夜具をのべて、そこに人が寝ていたが、顔に白い布がかぶせてあるのを見て、節子ははっと息が詰った。――顔にかけてある布のぞっとするような

白さ、横たわったまま微動もしない軀の怖《おそ》ろしい沈黙。……節子は喘《あえ》ぎ、両手をついて身を支えた。血がぐんぐん冷えてゆき、眼が廻って、今にも倒れそうになったのである。

「土民に弓でやられたのです、今朝まだ暗いうちでした、お気の毒です」

相良が夜具の裾《すそ》をまわって来て、向うの枕許《まくらもと》へ静かに坐《すわ》った。

「独りで出ては危ないと、いつも注意してもいたんですが、今朝も部屋にみえないので、心配してみにゆくと、この下のねぶが沢というところに倒れていました。矢は心臓のまん中に当っていましたから、おそらく即死でしょう、私がみつけたときはもう冷たくなっていました」

節子は唇を嚙《か》んだ。相良の話を聞きながら、頭のなかではまったくべつな幻想が動いていた。

夜明けの暗い坂道がみえる。こっちの藪《やぶ》の蔭《かげ》に相良がひそんでいる、彼は弓に矢をつがえ、息をひそめて、暗い道のかなたをじっとうかがっている。未明の霧がゆれ、誰かが坂道を登って来る、それはしだいに近くなり、やがて英之助だということがはっきりする。

藪の蔭にいる人間は身構えをし、きりきりと弓をひき絞る。英之助はなにも知らない、足もとに気をとられて、ゆっくりと登って来る、間合は絶好だ。狙《ねら》いも慥《たし》かである、そして弓弦《ゆみづる》が鳴る。

「――ああっ」

節子は声をあげた。幻想はいつかのものとそっくりであるが、もの蔭にひそんでいる人間だけが違う、いま節子に見えるのは土民ではない、それは相良桂一郎であった。

「あなたは、そのとき、……戸田の死体をみつけたとき、あなたのほかに誰かいっしょにいらしったのですか」

殆《ほと》んど問罪の調子でこうきいた。

「いや私ひとりでした」

「まだ暗いうちと仰《おっ》しゃいましたわね」

「そうです、ほのかに明るいくらいでした」

「そしてその矢は、戸田を射た矢は、土民のものでございましたか」

相良はぎょっとしたようにこちらを見た。節子はその眼を放さずみつめながら、たかぶってくる感情を抑えて続けた。

「いつか番所の武器庫から、弓と矢が盗まれたと聞きました、戸田を射た矢は、もしかするとそのときのものではございませんか」

「——そうでした」

相良は眼を伏せてそっと頷いた。

「——彼を射たのは番所の矢でした」

「ああやっぱり」

節子は叫んで、歯を嚙みしめながら眼をぎらぎらさせて相手を見た。全身がひき裂けそうな感じである。そこに戸田を殺した人間がいるではないか。そんな早い時刻に、戸田が部屋にいないことを、どうして彼が知ったのか、どうして彼だけが心配して、彼ひとりで捜しにでかけたのか。部下も大勢いるではないか、捜すならなぜ部下たちに命じなかったのか。

「わたくしにはわかります」

節子はふるえながら云った。

「わかっています、誰が戸田を殺したか、土民などではありません、いいえ決して、もっと身近な、もっと卑《いや》しい、そして」

「——節子、やめろ」

うしろで泰馬の叫ぶ声がした。

「そして正直らしい顔をしている人です、それは、今そこにいる」

「黙れ、黙れ節子」

兄がうしろからとびつき、片手で節子の口を塞いだ。しかしその必要はなかったのである。節子は気力をつかいはたしていた。兄が手で塞がなくとも、あとの言葉は出なかったであろう。泰馬の腕で抱えられたとたん、彼女は眼がくらみ、なにもかもわからなくなった。

## 九

山の番所で十日ほど寝たうえ、途中を休み休み、三日がかりで城下の家へ帰った。それから一年は殆んど起きることができなかった。秋のはじめ、ちょうど去年と同じころに喀血《かっけつ》して、冬いっぱい重態が続いた。春さきに医者から「これはいけない」と云われたこともあったそうである。

——しかしその期間も頭だけは冴《さ》えていた、自分でもこわいくらい意識は慥かで、はっきりとものの判断ができ、また空想力も活発であった。

節子はいつも英之助を想《おも》っていた。彼の哀れな性格と、不幸な死を思い、そしていつも独りで泣いた。

——あの方を殺したのは相良桂一郎だ。

それはもう動かない事実だと信じた。

「――戸田は味方の矢で死んだ、その矢を射たのは相良桂一郎である、しかもその事実をはっきりさせる法はない」

病気が危機をぬけたのは明くる年の秋であった。二年つづけて同じ時期に喀血したので、その前後は厳重なくらいに用心した。だが、じっさいそのころから恢復《かいふく》に向い、冬にはいると眼立って肥えはじめた。

「喀血したのが却《かえ》ってよかったのかもしれない。しかし肥《ふと》るということは、それだけでは安心できる兆候ではないので、今後も油断は禁物です」

和田玄弘はそう云《い》ったが、ようやくこっちのものになったという、安堵《あんど》の色を隠すことはできなかった。

十一月のはじめに雪が降った。その雪を寝床の中から眺めていると、母が来て、

「相良さまがみまいにいらしっているが」

と云った。

節子は危うく叫びそうになり、色を変えて壁のほうへ眼をむけた。

「こんど尾花沢のお役目が解けて、昨日こちらへ帰っていらしったのですって、ちょっとみまいを云いたいと仰しゃっているのだけれど」

「おめにかかりたくありません、お断わりして下さい」

「おみまいの品も頂いたし、ちょっとお会いするだけでいいのだがね、そのまま御挨《あい》拶《さつ》だけすれば」

「もう仰しゃらないで、お母さま」

節子は不作法に母の言葉を遮《さえぎ》った。

「相良さまには決しておめにかかりたくありません、おみまいの品もお返しして下さい。もう二度と訪ねて来ないように仰しゃって下さい」

「そんなあなた、そんなことを節子さん」

「いいえもういや、なにも仰しゃらないで、わたくし死んでしまいます」

相良のことをそれ以上云われると、本当に死んでしまうような気持だった。母は途方にくれたことだろう、しかし節子は掛け夜具の中へ顔を入れ、口惜しさと憎しみとで、半刻《はんとき》あまり泣きやむことができなかった。

昏《く》れ方になって、もう燈《ひ》をいれる時刻だと思っていると下城したばかりの身なりで兄がはいって来た。

「相良がみまいに来たのを断わったそうだな」

彼は坐るとすぐにこう云った。雪の中を帰って来たためだろうか、とりはだの立つようなこわい顔で、眼が怒っていた。

「おまえまだあのばからしい誤解がとけないのか、山で口ばしったあの無礼な想像がまちがいだったとまだわからないのか」

「――まちがいでも誤解でもございません」

節子もするどいような眼で兄を見た。

「――戸田を殺したのはあの方です、誰を云いくるめることができても節子をごまかすことはできません」

「よし云ってみろ、それだけ信ずるには理由があるだろう」

「――ございます、理由ははっきりしています、自分で云うのはいやですけれど、節子は相良さまを断わって、戸田へ嫁にゆくことを承知しました」

「相良がその恨みでやったと云うのか」

「戸田がいつも申しておりました、尾花沢で戸田はあの方の部下です、どうかしてうまくやってゆきたいと、いつも申しておりましたし、しまいまでうまくはゆきませんでした。わたし戸田からみんな聞いております」

「それは戸田の曲言だ、それだけで相良が殺したという理由にはならない」

「――では、ではお兄さまには」

節子は声が詰り、軀《からだ》がふるえた。

「——相良さまの、したことでないという、証拠がございますか」

「おまえの用簞笥《ようだんす》の金をさきに聞こう、紙に包んで三つ、合わせて金七十枚ある、おまえが重態になったとき、お母さまがそこに隠してあるのをみつけた、あれはどういう金だ」

節子は唾《つば》をのんだ。固い物が喉《のど》へこみあげて来て、すぐには口がきけなかった。あれは秘密に預かった金である。ひとには云わない約束であった。しかし今は云わなければならない、——節子はこう思って、英之助から預かった事情をはっきりと語った。

「そんなことは嘘《うそ》だ、そんなことはありはしない、おまえはなにも知らないんだ」

泰馬は怒っていた態度をやわらげ、こんどはずっとおちついた調子で云った。

「おまえがいちばん不審なのは、あんな時刻に戸田が、どうして一人で外へ出たか、なぜ相良がそれに気づいて捜しに出たかという点だろう」

「一人で出ることが危険だということは、戸田がいちばんよく知っていたと思います」

「それを知っていて、彼は出なければならなかった。夜中か、明け方の暗いうちに、どうしても一人で出る必要が戸田にあったのだ」

泰馬は声をひそめて、囁《ささや》くように云った。

「戸田はひそかに砂金を盗み、それを城下で金に替えていた、相良がそれをみつけた、意見をしてやめさせたが、隙《すき》を狙ってはまたやる、命が危ないぞ、金には代えられないぞ、こう云ったがどうしてもやまない、砂金は僅《わず》かなことだ、どうでもいい、相良は彼の身を心配した、彼自身のために、そうしてそれよりも彼が、おまえの良人《おっと》になる人間であるから」

「――――」

「あの朝とうとうその時が来た、戸田はまたぬけ出した、そう気づいて相良がみにゆき、彼の死体を発見した、そして彼の袂《たもと》の中にはいっていたひと包みの砂金を隠し、番所へ急を知らせたのだ」

「――――」

「誰にでも聞くがいい、尾花沢へいっていた者で、お手許から特に褒賞《ほうしょう》などさがった例はない、おまえの預かった金は、彼が砂金を売ったものだ。だからこそ、ひとには秘密だと念を押したのだ」

節子は眼をつむり、歯をくいしばって、わなわなとふるえながら黙っていた。

「相良は黙っていた。おれにも初めはひと言も云わなかった。諄《くど》いほど問い詰めてようやくうちあけたが、ほかに知っている者は一人もない、——相良はかたく沈黙を守っている、これからも口にするようなことはないだろう、……古い友情のために、そしてそんなにも彼を信じているおまえを、悲しませないために」

節子が泣きだしたのは、兄が去っていったあとのことである、心配してみに来た母にもいってもらい、夜具をかぶって、身をふるわせて、声を忍んで泣いた。

「——可哀《かわい》そうな戸田さま」

泣きながらそう囁いた。

「——節子に貧乏をさせたくなかったのね、節子をよろこばせて、節子の心を絶えずひきつけておかなければ、安心することができなかったのね、あなたをそんなふうにしたのはわたくしよ、堪忍《かんにん》して下さいましね」

十

泰馬の話は疑う余地はなかった。なにもかもあまりに明瞭《めいりょう》である、けれども節子は却って心がおちつき、なにかしら重い荷をおろしたような、割切れた楽な気持になった。顔つきも明るくなり、あに嫁ともすっかりなじんでいっしょに声をあげて笑うようなことも、珍しくはなくなった。

「――とうとう結婚できませんでしたわね」

独りでいるときには、そこにいる人を見るような眼で、微笑しながらよくそう囁いた。

「――節子の軀ももう結婚はできないでしょうって、わたくし持仏堂を建てて頂きますの、お輿《こし》入れの費用では足りませんかしら、……でもよろしいわ、一生のあまえ納めにおねだりするつもりよ」

その人は頷《うなず》き、静かな邪気のない顔で笑う、白いきれいな八重歯がみえる。節子はぽっと赤くなり、幻の人をやさしく睨《にら》む。

「――いつかあんなことをなすって、いけない方ね、わたくし一日じゅう、お母さまのお顔が見られませんでしたわ」

片手でそっと唇を撫《な》で、眼をつむって、うっとりと節子は囁くのであった。

「――たったいちど、一生のうちのたったいちど、……節子は死ぬまで忘れませんわ、あなた、持仏堂が出来たら、わたくし一生そこで、あなたのお位牌《いはい》を守ってくらしますの、……仏と尼の結婚、これも楽しくはございませんかしら」

節子が結婚できない軀だということで、誰よりも父の三郎左衛門がふびんに思ったらしい。彼女の頼みはそのままいれられて、雪が消えるとすぐ工事にかかった。加賀のほうから伊与四郎という番匠を呼んだが、ひどく丹念な職人で、日数が倍ちかくもかかり、出来あがったのは十月の中旬であった。

かたちばかりであるが、菩提寺《ぼだいじ》から僧を招いて落慶供養《くよう》をすることになり、節子は相良桂一郎を招待した。

持仏堂は広庭の南の隅に寄って建てられた。そこは芝生の小高い丘のようになっていて、うしろは松と櫟《くぬぎ》の林に囲まれ、前に立つと密生した松林のかなたに、泉水のある広庭の一部と母屋《おもや》の屋根が見える。――その日は早くから、節子は持仏堂のほうへいった。六畳二間に四畳半だけの、小さな住居《すまい》が附いている、その濡縁《ぬれえん》に出て、念珠《じゅず》を手にして庭を眺めていた。

手紙で時刻を云ってやったので、供養の始まる半刻まえ、庭を横切って相良桂一郎がやって来た。彼は今日は髭《ひげ》の剃《そ》り跡の青い、「長方形」のきりっとした顔で、袂から念珠を出しながら、静かに丘を登ってこちらへ来た。

節子は胸の中を風の吹きとおるような、爽《さわ》やかな気持で彼の眼を見あげた。

「――ようこそおいで下さいました、どうぞここからおあがり下さいませ」

「まだしかし、どなたも……」

「――相良さまお一人だけ、さきに来て頂きましたの」

節子はしんとした調子で云った。

「——わたくしお詫《わ》びを申さなければなりません。そうして、……あの位牌に代って、お礼も申上げなければなりませんの」

相良は眼を伏せた。しかし節子は明るい声で、心をこめてこう云った。

「——相良さま、兄からすっかり聞きました、戸田もわたくしも愚かでございました。どうぞおゆるし下さいまし、……なにもかも、有難うございました」

（「講談雑誌」昭和二十四年十二月号）

# 茶摘は八十八夜から始まる

# 一

水野平三郎は江戸から呼び戻されるとき、その理由を察して、心外に思った。

「ばかなはなしだ」と彼は口に出して呟《つぶや》いた、「おやじにはおれがわかっていないんだ、このおれが酒や遊蕩《ゆうとう》に溺《おぼ》れるような人間だと思うのかな」

彼は帰国したが、父の五郎左衛門はなにも云《い》わなかった。

水野五郎左衛門は九百七十石ばかりの老職で、そのときちょうど、矢矧川《やはぎがわ》の堤防工事の総奉行をしており、平三郎に自分の助役を命じた。矢矧川は一昨年の八月と去年の七月と、二年続けて暴風洪水にやられた。一昨年は堤防が五百間欠壊、田地三万三千石を流され、去年は六百五十間に及ぶ堤と、九千三百石余の田を流されたのである。普請《ふしん》現場の詰所は光円寺にあり、支配は鈴江主馬という男で、平三郎は午前九時から午後四時まで、毎日その光円寺の詰所へ通勤した。

総奉行の助役はほかに二人いたし、彼にはかくべつな事務はなく、詰所の一日は退屈なものであった。自分も退屈であるし、ほかにも退屈そうにみえる者がいる。そこで彼は、勤めが終ったあと、そういう連中の中から好ましそうな者をさそって、町へ飲みにでかけ、夜になってから家へ帰った。平三郎は友人なかまにもにんきがあり、女にもよくもてた。この城下町は海道でも随一といわれる繁昌《はんじよう》な土地で、当時のことだからむろん料理茶屋などはなかったが、二軒の本陣と、三十軒ちかい旅館旅籠《はたご》に、「岡崎女郎衆」なる女がいて、客の相手をした。触書《ふれがき》などでは「食売女」といい、俗には「めしもり」ともいう。規則では一軒に二人しか置けないし、着物は木綿、髪道具はしかじかと、きびしい定めがあったけれども、大きな旅館などでは人数も多く、きらびやかに髪化粧し、着飾って座敷にはべったものらしい。平三郎は腕が立って男まえで、金遣いがきれいだったから、友達なかまに好かれる以上に、女たちに騒がれた。

——殿町の若旦那《わかだんな》がみえた。

といえば、ほかの座敷に出ている女たちまで、そっとぬけだして来るというふうであった。だが、そんなことでやにさがるほど、彼は甘い男ではなかった。彼は意志が強く、友情にも、女にも、酒にも溺れなかった。

——おれは三河武士だ。

という爽《さわ》やかな自尊心が、かなり美男である彼の顔に、いつもしっかりと据《すわ》ってい た。友人たちはまえから、殿町の水野は老成している、といっていたし、女たちの中には、若旦那とならいつでも心中する、などと云う者が幾らでもいた。

「酒や遊びなんぞつまらない」と彼は鼻で笑う、「やめようと思えばいつだってやめるさ、今日からだってやめてみせるよ」

父の五郎左衛門はめったに小言を云わなかった。ひとり息子で可愛《かわい》かったばかりではなく、放っておいてもものになるやつはなる、という考えだったらしい。ただ一度、平三郎が酒を飲み始めたじぶん、こういうことを云った。

――酒も遊びも、そのものは決して悪くはない、それが習慣になることが悪いのだ。酒や遊びが習慣になり、やめられなくなると身を誤る、というのである。そのとき云っただけで、それ以来その話には決して触れないが、彼を江戸から呼び戻したのは、彼を信用しなくなったからに相違ない。もちろん、彼は江戸でも飲んだり遊んだりした。江戸へいったのは学問をするためであったが、平三郎は柳生《やぎゅう》の道場へ入門した。もともと剣術や柔《やわら》が好きで、その道なら家中《かちゅう》でも群を抜いていたから、みるみるうちに腕をあげ、古参の者にさえ「一本願おう」などと云われるようになった。しぜん気の合うなかまができ、かれらを伴《つ》れて遊びにでかけるが、そこでも金ばなれはいいし、さっぱりした性分で、なかまの人望はもとより、女たちにも騒がれた。

彼は江戸で満足し、充実した生活をしていた。なにも不足のない、充実した生活に満足していたのである。それを二年そこそこで呼び返され、普請場の詰所などへやられるというのは、明らかに酒と遊蕩に対する無言の懲戒にちがいない。そう思うと彼は愉快でないばかりか、自尊心を傷つけられるようにも思うのであった。

十月中旬の或《あ》る夜、十時をまわった時刻に、平三郎は時雨《しぐれ》に濡《ぬ》れながら、殿町筋の家へ帰って来た。彼はひどく酔って、そうして、しぼんでいた。彼はこの二三日、ずっとしぼんでいるのだ。十日ばかりまえに、詰所から帰ろうとすると、支配の鈴江主馬が「そう飲んでばかりいていいんですか」と云った。――なにを、と彼は主馬を見た。主馬は穏やかに微笑しており、彼は黙って詰所を出た。なにを小役人の分際で、と思ったのであるが、主馬の穏やかに微笑した顔と、懸念《けねん》そうなその言葉とが、まるで針でも突刺さったように、頭の芯《しん》からはなれなくなった。

――そう飲んでばかりいていいのか。

という言葉が、しつっこく頭の中で聞えるのである。そう飲んでばかりいていいのか、また飲むのか、いいのか、まだ飲むのか、それでいいのか、いいのか、いいのか。といったふうで、頭の中に虻《あぶ》でもうなっているかと思われるほど、絶えまなしに聞えるのであった。

「よし」と彼は云った、「そんなら今日からやめてやる」

彼は決心した。今日こそ飲まないぞ、と決心したが、退勤するちょっとまえに、梶《かじ》川《かわ》伊八郎が来て、にやにやしながら、大林寺の門前でおこのに会った、と囁《ささや》いた。

「久しく来て下さらないと云って、うらんでいましたよ、考えてみると半月以上もいっていませんからね、今日あたりひとつ、どうですか」

彼は伊八郎と松尾忠之助を伴れて、おこのという女のいる浜屋へゆき、かなり更《ふ》けるまで飲んで帰った。その翌日も浜屋へゆき、酔って帰る途中、「そうむきになるな」と自分に云った。

「酒をやめるぐらいぞうさのないことだ」と彼は云った、「しかしやめる理由もないのにやめることはないじゃないか」

頭の中では「いいのか、いいのか」と呟くのが聞えていた。いいのか、飲んでばかりいていいのか、また飲むのか、それでいいのか、いいのか、いいのか。——平三郎は二三日まえから自分が疑わしくなり、これはどういうことなのかと、まじめに考え始めた。まじめに考えてみると、どうやら捉《つか》まったらしい、ということを認めなければならなくなり、すっかりしぼんでしまったのであった。

二

こうなると自信などというやつは脆《もろ》いものだ。その夜、なかまと別れたあと、彼は伝馬町の通りで道掃除を見た。そんな時刻で雨も降っているのに、明日どこかの太守でも通るのだろうか、蓑笠《みのかさ》をつけた人夫たちが四五人ずつ組になって、濡れながら道の掃除をしていた。いつもなら眼にもつかないのだが、平三郎はいきなり殴られでもしたような顔になり、慌《あわ》てて眼をそむけながら横丁へ曲った。

「いまのを見たか」と彼は自分に云った、「きさまなんぞ、まぐそ拾いも満足にできやしないんだぞ」

殿町筋の屋敷へ着くと、土塀《どべい》について裏へまわった。屋敷の裏に当る西側だけ、柴垣《しばがき》になっており、木戸が付いている。夜おそく帰ったときはそこからはいり、親たちに気づかれないように庭をぬけて、自分の寝間へ、窓から忍び入るのである。——だが、その夜は客間にまだ燈《ひ》がついてい、人の話し声が聞えるので、平三郎はどきっとして足を停めた。自分のことで集まっているのではないか、と直感したからだ。彼はそっと近よっていった。飛石が濡れているので、滑りそうになり、枯れた芝生の上をぬき足で歩いていった。

「詰腹を切らぬとすれば」

という言葉がまず聞えた。平三郎は急に耳が鳴りだすのを感じ、もっと近く、土庇《どびさし》の下へはいっていった。そのとき庇から衿首《えりくび》へ雨だれが落ち、彼は危うくとびあがりそうになった。

客は二人、城代家老でありここの本家に当る水野三郎右衛門と、江戸家老の分家で老職の、拝郷内蔵助《くらのすけ》であった。話はもう終りかかっているらしく、問題がよくわからなかったが、「詰腹を切らせる」という言葉が幾たびも聞えた。誰かに切腹させようということらしい。そのうちに父の声で、やむを得なければ毒害しよう、と云いだした。平三郎は息が詰りそうになった。

「うん」と本家が云った、「そのほうがいいかもしれぬ」

「それがいい、それにきめよう」と拝郷の云うのが聞えた。

「当人に知らせずに命を縮めるというのは、侍の道に外れた仕方ではありますが」と父が云った、「この場合はむしろ、そうするほうが慈悲かとも思うのです」

平三郎はそこをはなれた。

「おれのことではないな」と彼は歩きながら呟いた、「まさか酒と遊蕩ぐらいのことで、詰腹を切らされる筈《はず》はない、まして毒害しようなどというんだから、おれのことでないのは慥《たし》かだ」

庭をまわってゆき、自分の寝間の外へ近よった。音のしないように、雨戸と障子の敷居には蠟《ろう》が塗ってある。馴《な》れているから巧みに中へはいり、すっかり濡れているので、まず寝衣《ねまき》に着替えたうえ、脱いだ物をひとまとめにして、そっと風呂舎《ふろや》へ持っていった。しかし刀はそのままにはしておけないので、忍び足で居間へゆき、手入れ道具の箱を持って出るとたん、廊下の向うから父に呼びかけられた。客を送りだして戻るところらしい、こっちへ近よって来ながら、「いまじぶんなにをするのだ」と訝《いぶか》しそうに訊《き》いた。

平三郎は抱えている箱を父に見せた、「刀の手入れです」

「ふむ」と五郎左衛門は彼の寝衣姿を眺めた、「寝てから思い出したのか」

「いやその、ちょっと、眠れそうもないものですから」そう云って彼は急に向き直った、「じつは話したいことがあるんですが」

「もうおそい、おまえ刀の手入れをするんだろう」

「暇はかかりません、どうしても聞いて頂きたいことがあるんです」

五郎左衛門は彼の顔をさぐるように見た、「おまえまた酔っているな」

「飲んではいますが酔ってはいません」と彼はいそいで云った、「まじめな話なんです、すぐに着替えてお居間のほうへ伺います」

そして自分の寝間へ戻った。

出してあった常着に着替えながら、平三郎は口の中で、なにかぶつぶつと自問自答した。彼は父に告白し、詫《わ》びを言おうと決心したのである。さっき耳にした三人の話から、強い自責の念に駆られ、まさか自分のことではあるまいと思う一方、このへんが締括《しめくく》りをつけるべきときだ、とも考えたのであった。

「そうか、――」突然、彼は帯をしめかけていた手を停め、顔をあげて呟いた、「あれは本多侯のことだ、そうに違いない、それならわかるのに、どうして気がつかなかったのかな」

平三郎の顔に安堵《あんど》の色があらわれた。よほどほっとしたらしい、ゆっくり帯をしめながら、彼は微笑し頭を振った。しかしすぐに、彼はまた表情をひき緊《し》め、つよく唇を噛《か》んだまま、ながいことそこへ棒立ちになっていた。やがて襖《ふすま》の向うで、そっと彼を呼ぶ声がした。彼には聞えないようで、黙って立っており、すると静かに襖をあけて、母親のみやが覗《のぞ》いた。

「どうなすったの平三郎さん、父上がお待ちかねですよ」

平三郎は身ぶるいをして振返った、「いまゆきます、すぐにゆきます」

母親は彼を心配そうに見まもったが、なにも云わずに去った。――五郎左衛門は居間で、茶をのんでいた。平三郎は火桶《ひおけ》からはなれて、きちんと坐《すわ》り、まっすぐに父を見て口を切った。五郎左衛門は聞き終ってから、「そうだ」と頷《うなず》いた。

「だが、――どこで聞いた」

「どこで聞いたかは云えませんが、それがもし事実ならお願いがあるのです」彼は父の眼をみつめたまま云った、「どうか私に本多侯の相伴役をさせて下さい」

五郎左衛門は彼を見返した、「それはどういう意味だ」

「言葉どおりです」

「なにか仔細《しさい》があるのか」

「いたわしいと思うのです、このままでお命をちぢめるのはあまりにいたわしい、私が相伴役にあがれば、なんとか御行状を改めることができるかと思うのです」

五郎左衛門は火桶へゆっくりと手をかざしながら、感情を抑えた声で静かに云った。

「おまえは他人のことよりも、自分の行状を改めるほうが先ではないのか」

「そのこともあるのです」と彼は眼を伏せて云った、「それでお願いする気になったのです」

五郎左衛門は彼を見まもった。平三郎は眼を伏せたまま、じっと動かずにいるが、その姿ぜんたいが、悔恨と或る決意をあらわしているように思われた。

「なにか成算があるのか」

「ありません」と彼は答えた、「ただ、自分ならできるように思うのです」

「考えておこう」と五郎左衛門は冷やかに云《い》った。

三

本多出雲守《いずものかみ》政利が岡崎藩に預けられてからまる二年になる。政利はもと明石《あかし》城六万石の領主だったが、家政紊乱《びんらん》の咎《とが》で領地を削られ、陸奥《むつ》のくに岩瀬郡のうち一万石を与えられたが、なお不行跡が改まらないため、その一万石も没収のうえ、酒井忠真に預けられた。酒井家には十年いたのだが、このあいだに酒乱の癖が昂《こう》じ、酒井家で預かることを断わったため、岡崎の水野家へ預け替えになったものであった。――初めは侍臣五人と三人の侍女が付いていた。けれども岡崎へ来たときには、萩尾《はぎお》という若い侍女が一人しかいなかった。他の七人は政利のために手打にされたり、そうでない者は政利の乱暴に耐えかねて逃げてしまったのだという。

すでに五十歳を越していたが、政利は軀《からだ》も大きく、力があって敏捷《びんしょう》で、いちど暴れだしたら手がつけられない。この岡崎へ来てからでも、相伴役の者が三人も斬《き》られ、一人は重傷で、死にはしなかったが、片足を腿《もも》から切断しなければならなかった。朝から酒を飲み、喰べもの、衣服、住居について贅沢《ぜいたく》を云い、それがとおらないと暴れだす。しかもすぐに刀を抜くので、しぜんとおさまるまでは近よることもできないのであった。

五郎左衛門はこれらの事情を平三郎に詳しく話した。平三郎もおよそのことは噂《うわさ》で聞いていたから、父の話でそれほど驚きはしなかったし、相伴役を勤めたいという希望も、飽くまで撤回しなかった。

「合議のうえ許してもよかろうということになった」と五郎左衛門が云った、「しかし、扱いかねるからといって、途中であやまるわけにはゆかぬぞ」

平三郎は黙っていた。自分から願い出る以上、念には及ばないという顔つきであった。

彼は村松義兵衛という前任者に会い、役目の手順を聞き、警護の侍や小者たちとも会った。そして、拝郷内蔵助に伴れられて北ノ丸へゆき、本多政利と対面して「相伴役交代」の挨拶《あいさつ》をした。――政利は長い配所ぐらしの人にも似ず、骨太のひき緊った軀つきで、浅黒く酒焼けのした顔に、太く濃い眉《まゆ》と、まなじりの切れあがったするどい眼つきをしてい、下唇の厚い口許《くちもと》には、あらゆる事物に対する侮蔑《ぶべつ》と冷笑の色が感じられた。

萩尾という侍女は二十一歳になる。小柄で柔軟な軀つきが、ひよわそうにみえるし、おもながで皮膚の薄い顔だちや、長い睫毛《まつげ》に蔽《おお》われた、少し大きすぎるほどの眼や、やわらかに波打っている唇なども、ひよわそうで、いたいたしいような印象を与えた。

北ノ丸にあるその屋形は、現藩主（忠之）の祖父に当る監物《けんもつ》忠善の建てたもので、隠居所にでもするつもりだったのか、間数は五つ、厨《くりや》が付いており、柱も床板も頑丈造りだが、ただ住むに足るというだけで、飾りらしい物はなにもなく、いかにもよく武張った忠善の好みをあらわしていた。――政利を預かるに当って、相伴役や警護の者のために、その側《そば》へ新しく長屋を建て、また、その周囲に柵《さく》を設けたが、屋形そのものは手入れをしただけで、造作は少しも変えなかった。もう一般に畳を用いるようになっていたが、そこは板敷のままで、昼は円座を用い、夜は敷畳を一枚置いた上に、夜具をのべ、枕許に屏風《びょうぶ》をまわして寝るのであった。

政利にはそれがまず気にいらなかったらしい。初めから「畳を敷け」と要求し、いまでも同じ要求を繰り返していた。平三郎に向って、第一に云ったのもそのことであった。

「酒井家ではこんなことはなかった、これは不当な扱いである、武家の作法を知らぬやりかただ、すぐに畳を入れてもらおう」

「岡崎ではこれが代々の家法です」と平三郎は答えた、「家中《かちゅう》の侍はもちろん、藩主も日常は畳を用いてはおりません、これで御辛抱を願います」

次いで食事が粗末すぎること、火が乏しいから、もっと部屋焙《あぶ》りや火桶を増し、囲《い》炉裡《ろり》を作ること、また衣類や調度が不足なこと、外出運動をさせること、などというぐあいに、それも悪罵《あくば》に近い表現で云いつのるのであった。——平三郎は当らず触らずに受けながして、五日のあいだようすを見ていた。どんなに面罵されても相手にならず、それまでどおり酒も飲ませた。だだっ子のように不平不満を並べ、酔うと物を投げたり暴れだすようすが、平三郎には反感や軽侮を感ずるよりも、深い憐《あわ》れみの情をそそられるようであった。

そういう気持が通じたのであろうか、侍女の萩尾は平三郎に対して、しだいに感謝と信頼の色をみせはじめた。政利が暴れるだけ暴れ、疲れはてて寝てしまうと、長屋へさがる平三郎を送りだしながら、萩尾は囁《ささや》くように詫びを云い、これからのことを頼むのであった。

「さぞお肚《はら》の立つことでしょうけれど、ふしあわせな者だとおぼしめして、どうぞ堪《かん》忍《にん》してあげて下さいまし」と萩尾は云った、「こんなことを申しては不躾《ぶしつけ》ですけれど、水野さまに代って頂いてから、乱暴も少なくなるようにみえますの、御迷惑でしょうけれど、どうぞお頼み申します」

平三郎は脇《わき》を見たまま頷《うなず》いた。

萩尾の言葉つきや、韻の深い声や、平三郎を見るまなざしには、自分で意識しないあらわな感情がこもっていた。それは殆《ほと》んど平三郎を狼狽《ろうばい》させたくらいであるが、彼はけんめいに自分を抑え、無感動をよそおった。——五日間、政利のようすを見ているうちに、平三郎の思案もきまった。六日めになると、彼は父をその役部屋に訪ねて、政利を城外に移してくれるようにと頼んだ。幕府から預けられた者を、無断で城外に住まわせるのは違法である。しかし極秘でそうはからってもらいたい、自分が一命に賭《か》けて責任を負う、と強調した。

老職の合議があり、平三郎の願いは許された。すでに幕府からは、「手に余るなら詰腹を切らせろ」という内達が来ている。それをよく覚えていて、万一のとき仕損じのないように気をつけろ、と五郎左衛門は注意した。

政利は大林寺へ移された。そこは城の北にあり、広い境内の一方は外堀に面しているが、西と北とに深い樹立《こだち》があって、寺と墓地とを隔てていた。政利の移された建物は、その樹立の中にあった。住職の隠居所で、部屋は三つ、厨が付いており、外に井戸もあった。

「いよいよやるか」と大林寺へ移ったとき、政利が云った、「やるならやれ、おれは断じて自決しないし、手を束《つか》ねて斬られもせぬぞ、やってみろ平三郎」

平三郎は相手にしなかった。

「貴女《あなた》に働いてもらわなければならない」と彼は萩尾に云った、「ここへ移ったことは極秘なので、人を雇うことができないのです、私もできることは手伝いますが、炊事も洗濯も掃除も、みなやってもらわなければならない、承知してくれますか」

萩尾は頷いて答えた、「はい、仰《おつ》しゃるように致します」

四

「また、これから少し手荒なことをします」と彼は付け加えた、「見ていて辛《つら》い場合もあるでしょうが、ほかに手段がないのですから、どうか貴女は眼をつむっていて下さい」

萩尾の大きな眼に、不安そうな色があらわれるのを、平三郎は認めた。だが、不安そうな色はすぐに消え去り、彼女は「はい」とはっきり頷いた。

大林寺へ移った日から酒を禁じた。平三郎はそれを政利に告げ、今後も決して酒は出さないと云った。政利は黙っていたが、夕餉《ゆうげ》の膳部《ぜんぶ》に酒がないのを見ると、怒った。

「酒の付かぬ食事をしたことはない、おれは酒なしで食事はしない、さげろ」

「お断わり申しますが」と平三郎が云った、「これからは定刻以外には御膳を差上げません、もし御空腹になられても明朝まで差上げませんが、それでよろしゅうございますか」

「さげろ」と政利が云った。

平三郎は萩尾にめくばせをし、そのまま膳部をさげさせた。

その日の夕餉を喰べたのは平三郎だけであった。萩尾も欲しくないと云って、箸《はし》を取らず、平三郎は独りで喰べたが、彼も食欲はなく、また、気分がひどく悪かった。酒を断ってから六日になり、そろそろがまんが切れてきたのだろう。飲みたいという意識はないが、軀のほうが絶えずなにかを求め、喉《のど》の奥から胃のあたりにかけて、灼《や》けるような渇きと饑《き》餓《が》が感じられた。しんじつ灼けるような感じで、それをしずめるには一つの方法しかないことが、六日めのいまになってはっきりわかった。

「相伴役にあがったことはよかった」と、その夜寝てから彼は呟《つぶや》いた、「もし本多侯という人がいなかったら、おれはこの誘惑に勝てなかったろう、おそらく口実をみつけて飲みだしたことだろう、こいつは簡単なことじゃないぞ」

政利は翌日の朝食もとらなかった。

当時はまだ朝夕の二食が一般の習慣で、百姓とか、激しい労働をする者以外は、午《ひる》飯《めし》というものは喰べなかった。政利は酒を断たれたのと、食事を二度とらなかったので、午すぎになると激しい饑餓におそわれたらしく、全身をがたがたとふるわせながら、酒だ、酒だ、と喚《わめ》きはじめた。——平三郎は横庭で薪《まき》を割っていた。彼は伝馬町まで用たしにゆき、帰って来てから薪を割りはじめたのだが、萩尾の叫び声を聞くと、斧《おの》を投げて駆けつけた。

政利は座敷のまん中に立っていた。顔は死者のように蒼白《あおじろ》く、眼がつりあがって、軀ぜんたいが瘧《おこり》にかかったようにふるえていた。

「水野さま」と萩尾が云った、「お願いでございます、ほんの少しでようございますから、どうぞいまだけお酒をあげて下さいまし」

平三郎は答えなかった。

「酒だ、酒をもて平三郎」と政利が叫んだ、砂で貝殻でも擦《こす》るような、乾いたざらざらした声であった、「たとえ預けられた身でも酒まで禁じられるいわれはない、命じたのは誰だ、云え平三郎、酒を禁じたのは誰だ」

「私です」と平三郎は答えた。

「相伴役にそんな権限があるのか」

「それは侯御自身がご存じでしょう」

政利は床間へゆき、刀を取って抜くと、鞘《さや》を投げた。萩尾が「水野さま」と叫んだ。平三郎は萩尾に手を振り、「来てはいけない」と云った。そこへ政利が斬りかかった。刀を上段から叩《たた》きつけるように、非常なすばやさで斬り込んだ。平三郎は左右の手を振り、躰《たい》を捻《ひね》った。政利は半円を描いて転倒したが、刀は手から放さず、はね起きるなり、また斬りつけた。平三郎は政利の腕を摑《つか》み、刀を奪い取ると、大きく叫びながら、腰ぐるまにかけて政利を投げた。

「水野さま」と萩尾が悲鳴をあげた、「どうぞそんな乱暴をなさらないで、水野さま」

そして政利の側へ走りより、起きあがろうとする政利を、泣きながら抱きとめた。

「もうおやめ下さいまし、お願いでございます」と萩尾はひっしに縋《すが》りついた。

「お放しなさい」と平三郎が云った、「とめてはいけない、好きなようにおさせなさい」

政利は萩尾を突きのけ、よろめきながら立って刀を拾った。萩尾はまた悲鳴をあげ、政利は平三郎に襲いかかった。平三郎はこんどもたやすく刀を奪い、肩にかけて政利を投げた。少しも容赦のない、力いっぱいの投げかたで、政利は烈《はげ》しく背中を打ち、「う」というなりそこへのびてしまった。

萩尾が泣きながら、政利のほうへ走りよるのを、平三郎は見向きもせずに刀を拾い、ぬぐいをかけて鞘におさめると、床間の刀架へ戻しておいて、薪割りをするために、横庭へ出ていった。

まもなく、井戸のほうで釣瓶《つるべ》の音がした。振向いて見ると、萩尾が水を汲《く》もうとしていた。その井戸は深く、また釣瓶が大きいうえに重いので、水を汲むのは萩尾にはむりであった。平三郎は斧を置いてそっちへゆき、萩尾の手から釣瓶縄を取った。

「ひどい熱で、ふるえていますの」と萩尾は泣きじゃくりながら云った、「こんなこと、初めてでございますわ」

その声に非難の調子があるのを平三郎は聞きとめた。

「病気ではない」と彼は云った、「酒を断ったのと食事をしないためです」

「お酒はどうしてもいけないのですか」

「そのことで話があります」と彼は水を汲みながら云った、「手があいたら来て下さい、ここで待っていますから」

萩尾はそっと頷いた。

半分ほど水を汲み入れた手桶《ておけ》をさげて、萩尾は厨へはいってゆき、平三郎は元のところへ戻って、薪割りを続けた。萩尾が出て来たのは、割り終った薪を、彼が薪小屋へ運んでいるときであった。

「いま眠っておりますの」と萩尾は近づいて来て云《い》った、「お手伝い致しますわ」

「そのまえに話しましょう」と彼は云った。

着物に付いている木屑《きくず》をはたきながら、平三郎は林の中へと、萩尾をみちびいていった。松と葉の落ちた楢《なら》の林へはいってゆくと、枯草に掩《おお》われた狭い空地があり、そこに樹《き》の切株が二つあった。向うは樒《しきみ》の生垣で、生垣の中は墓地になっている。平三郎は切株の一つを手ではらって、萩尾をかけさせた。

平三郎は立ったまま、どう話しだしたらいいか思案するように、暫《しばら》く黙っていてから、やがて低い声で「本多侯に詰腹を切らせるようにと、幕府から内達があったのを知っているか」と訊《き》いた。萩尾は「はい」と頷いた。

「私が相伴役を自分から買って出たのも、そのことを聞いたからです」と彼は云った、「侯は自決することを拒まれた、それで毒害という相談まで出たのです、わかりますか、やむを得なければ毒害するというのですよ」

五

おどろいたことに、萩尾は殆んど無感動に云った、「いっそ、そのほうがお仕合せかもしれませんわ」

「なんですって」彼は自分の耳を疑った。「十年以上もこんな不自由なお暮しをなすったうえ、それだけが楽しみのお酒さえあがれなくなるくらいなら、いっそのこと死んでおしまいになるほうがいいと思いますの」

「聞いて下さい」と彼が云った、「うちあけて云いますが、私が相伴役を買って出たのは、もう一つ理由があるのです」

そして平三郎は、自分の酒と遊蕩《ゆうとう》のことを語った。父に訓戒されたが、自分がそんなものに溺《おぼ》れるとは思わなかった。いつでもやめられると信じ、だが、いつのまにかやめられなくなっていることに気づいた。そう気づいてから、その誘惑がどんなに強く、どんなに抵抗しがたいかということを知った、と平三郎は少しも飾らずに云った。

「私自身がそうだったので、本多さまの苦しさが身にしみてわかるのです」と彼は続けた、「詰腹か毒害か、という相談を聞いたとき、私は正直のところ自分のことかと思いました、それから、自分を本多さまの立場において考えてみたのです、このまま切腹することができるか、――いや」と彼は首を振った、「それはできない、このままでは死ねない、これでは生きてきた甲斐《かい》がない、死ぬ決心なら行状を改めるくらいのことはできる、私はそう思いました、あの方の立場に立ってみてそう思ったのです」

「でもそれには殿さまは、もうお年をとりすぎていますわ」

「まったく年をとっていないともいえるでしょう」と彼は云った、「あの方は六万石の世子に生れ、六万石の領主の生活と、十余年にわたる配所ぐらしのほかは御存じがない、世間へ出したら、失礼な云いかたですが、おそらく二十歳の青年ほども年はとっていないと思う、貴女にはそう思えませんか」

萩尾は黙って、ごくかすかに頷き、それから眼をあげて平三郎を見た。

「もしかして」と萩尾はおそるおそる訊いた、「――殿さまの御行跡が直るとしましたら、公儀のおぼしめしも変りますでしょうか」

「わかりません、それは答えられませんが、このまま死を待つよりはいいと思います」彼はそこでひそめた声に力をいれて云った、「――見ているのは辛いでしょうが辛抱して下さい、いまあの方に必要なのは同情や憐《あわ》れみではなく、立ち直らせる鞭《むち》、立ち直る力となる鞭です、わかりますか」

萩尾は腰かけている膝《ひざ》へ肘《ひじ》をつき、両手で顔を押えながら云った、「母が同じようなことを申しておりました、殿さまがこうなったのはお側衆《そばしゅう》の罪だ、もっときびしくお育て申し、身に代えて直諫《ちょっかん》する人がいたら、たとえ生れつきわがままな御性分でも、これほどすさびはなさらなかったろう、お側に人のいなかったことが殿さまの御不幸だったと、よく申しておりました」

「すると、お母さまもお側に仕えておられたのですね」

「はい」と萩尾は頷いた、「萩尾というのは母の呼び名でしたの、わたくしは里子にやられまして、十二の年に母の側へよばれ、母が亡《な》くなりましてから、母に代ってお世話をしてまいりました」

自分の本名はうた。母は四年まえ、政利が酒井家に預けられていたときに死んだ、と萩尾は云った。平三郎は下唇を嚙《か》みながら、包むようなまなざしで萩尾を見まもった。

「お父さまはどうなすったのです」

萩尾は軀《からだ》を固くし、それから立ちあがって云った、「わたくしもう戻ります、お眼ざめになるといけませんから」

平三郎は脇《わき》へよけた。

「どうぞ、――」と萩尾は俯向《うつむ》いたまま、囁《ささや》くように云った、「殿さまのことをお願い申します」

平三郎は自分の質問が、彼女にとって辛いものだったということを悟り、どう辛いかという理由はわからないが、自分に対して舌打ちをした。

夕餉のときにも同じ騒ぎがあった。政利は酒を要求して暴れだし、刀を抜いて平三郎に斬《き》りつけた。萩尾は隅のほうで顔を掩って泣き、平三郎は政利を投げとばし、組伏せ、また投げとばした。そして、政利が動けなくなると、介抱を萩尾に任せて、庭へ出ていった。

その夜十時ころ、——平三郎は布子半纏《はんてん》に股引《ももひき》という姿で、寝ている政利を起こし、同じような布子半纏と股引を出して、政利に「これを着て下さい」と云った。洗ってはあるが着古した品で、紺の色も褪《さ》めているし、肩や膝には大きな継《つぎ》が当ててあった。

政利は黙ってそれを眺めていた。

「どうぞ着て下さい」と彼は云った。

「なんだ」と政利が云い返した、「こんな物を着てどうするのだ」

「町へ出るのです、着て下さい」

政利は眼をそばめた、「町へ出る、——」

「着て下さい」と彼はするどく云った。

政利は横になろうとした。平三郎は歩みよって、政利の腕を摑み、乱暴に立ちあがらせた。平三郎の手にはうむをいわさぬ力がこもってい、政利は痛さのあまり顔をしかめた。

「さあ、股引からはいて下さい」

「手を放せ」と政利は呻《うめ》いた。

襖《ふすま》をあけて、萩尾がこっちへ来ようとした。平三郎は屹《きっ》と振返り、「来るな」というふうに首を振った。萩尾は顔をそむけながら、襖を閉めた。——政利は着替えた。それはまるで、平三郎に摑まれた痛みに操られてでもいるような、意志のともなわない動作であった。

「結構です、でかけましょう」

彼は玄関で政利に足袋と草鞋《わらじ》をはかせ手拭《てぬぐい》で頰かむりをした上から、筍笠《たけのこがさ》をかぶらせた。彼自身も同じように身拵《みごしら》えをしたが、足は素草鞋であった。彼は人足問屋の印のある提燈《ちょうちん》に火をいれ、「まいりましょう」と云って、寺の庫裡《くり》のほうへ歩きだした。

——曇った夜で、空には星ひとつ見えず、風はなかったが、気温はひどく低かった。裏門を出た二人は、肴《さかな》町の通りを東へゆき、籠田の惣門《そうもん》を通って、伝馬町の人足問屋へいった。まえに通じてあったから、町木戸も門も黙って通したし、問屋では平三郎の来るのを待っていた。老人の手代が出て来て、二人を店の横へ案内をし、そこにある箱車を「これです」とさし示した。

「中に塵取《ちりとり》も箒《ほうき》もはいっています」と手代は云った、「町筋にはすっかり話してありますが、なにかあったらこの問屋へ掛合うように仰《おっ》しゃって下さい」

平三郎は礼を述べてから訊いた、「──身分のことは内密になっているだろうな」

「知っているのは主人と私だけでございます」

「よし、いってくれ」と平三郎は頷いた。

手代は店のほうへ戻った。

「さあ、この提燈を持って下さい」と平三郎が云った、「車は私が曳《ひ》きます」

「なにをするんだ」

「提燈を持って下さい」と彼は云った、「なにをするかは歩きながら話します」

## 六

伝馬町から東へ、両町も通りぬけて、畷道《なわてみち》のかかりへ来ると、平三郎は車を道の端へ停め、梶棒《かじぼう》のあいだから出て、車の箱の中から、箒と、竹で編んだ大きな塵取を二組取り出し、一組を政利に渡した。だが、政利は取るより早くそれを放りだした。

「おれは平八郎忠勝の曾孫《ひまご》だ」と政利はふるえながら云った、「たとえ改易、配流《はいる》となっても、平八郎忠勝の正統であることに変りはない、そのおれに道掃除をしろというのか」

平三郎は近よって、両手で政利の腕の付根を掴んだ。彼の手には、満身の力がこもっており、政利は腕が痺《しび》れるのを感じた。

「貴方《あなた》が忠勝公の曾孫なら、私は岡崎の老職、水野五郎左衛門の嫡男《ちゃくなん》です」と彼はひそめた声で云った、「わかりますか」と彼は掴んだ手にもっと力をいれた、「家柄や血統はその人間の価値には関係がありません、貴方は忠勝公の正統であることを、誇るよりもむしろ恥じるべきでしょう、六万石の家を潰《つぶ》し、家臣を離散させた、そのことを考えて下さい、旧御家臣の中には路頭に迷っている者があるかもしれない、それをよく考えて下さい」

彼は政利をぐいと揺りたてた。政利は呻き声をあげ、ついで「手を放せ」と云った。

「道掃除をなさいますか」

政利は黙ったまま弱よわしく頷いた。

「貴方おひとりにさせはしません、私もやります」と云って彼は手を放した、「こんなことは私も初めてですが、べつにむずかしい仕事でもないでしょう、では始めるとしましょう」

平三郎は提燈を取って腰に差し、政利に塵取と箒を渡したうえ、自分のを持って歩きだした。

岡崎は東海道でも繁昌《はんじょう》第一といわれる土地で、早打や急飛脚などが夜でも往来するし、それらのために、夜明しの建場《たてば》茶屋や旅籠《はたご》なども幾軒かあった。また、参覲《さんきん》で上り下りする諸侯にも、ここでは「馳走触《ちそうふれ》」をするので、町筋はつねに掃除を怠らないよう、きびしい規則があり、大藩諸侯が宿泊するときなどは、夜間でも火の用心や掃除のために人が出た。平常はむろん日暮れまでであるが、人馬の往来は終夜——疎《まば》らにしても——絶えないから、道筋は牛馬の落した不浄や、切れた草鞋や紙屑などで、かなりよごれていた。

「これではだめですね」少しやってから平三郎が云った、「これでは手許《てもと》が暗くなる、提燈を持って下さい、交代でやりましょう」

彼は提燈を政利に渡した。

一人が提燈で照らし、一人が掃除をする。車の箱は四つに仕切ってあり、牛馬の不浄や紙屑などを、それぞれの仕切りに分けて入れるのだが、馴《な》れない動作をするので、政利はいうまでもなく、平三郎もたちまち疲れてきた。

暇のかかりは欠村という、そこから投町、両町と続いて、伝馬にはいるのだが、十王堂の前まで来たとき、平三郎はひと休みした。政利は昨日から食事をしていなかったし、働くなどということは生れて初めての経験だから、疲れもいっそうひどかったらしく、凍てた地面へじかに腰をおろし、両足を投げだして呻き声をあげた。――空は曇ったままで、寒気は骨にしみとおるほど強く、少し休んでいると軀がふるえだし、手足の爪先《つまさき》が痺れるように感じられた。暗い道の上を西から東へ、荷馬が二頭ゆき、東から飛脚が走って来て通りすぎた。一人が提燈をかかげて先を走り、状箱を担《かつ》いだ一人がそのうしろを走っていった。腰きりの半纏にから脛《すね》で、しっしっ、しっしっというような掛声が、こちらの前を通りすぎ、遠ざかってゆき、やがて聞えなくなった。

「始めましょう」と平三郎が云った。

政利は動かなかった。

「立って下さい」と彼は云った、「動いているほうが温かいですよ」

「いやだ」と政利が云った。

平三郎は側へより、両手で政利の肩を摑《つか》み、力任せにひき起こした。政利はまた呻き声をあげ、平三郎は摑んだ手に力をこめて、ぐいぐいと政利を揺りたてた。

「放せ」と政利は苦しそうに云った、「やるから放せ」

「いま通った馬子や飛脚をごらんになったでしょう」と彼は手をゆるめずに云《い》った、「生計をたて妻子を養うために、かれらはこの寒夜を眠らずに働いているのですよ、かれらには限らない、世の中には食うだけのためにけんめいな人間が、数えきれないほどたくさんいるのです、考えてみて下さい、貴方はこれまでにいちどでもそういう苦労をなさいましたか、配所ぐらしをなさるようになってからも、衣食住に不自由はなさらなかったでしょう、そこをよく考えてみて下さい、わかりますか」

そして彼は手を放した。彼はひどく顔をしかめ、政利に提燈を渡すと、まるでなにかから逃げだそうとでもするような、おちつかない動作で掃除を始めた。彼はいま自分の口から出た言葉で、自分が恥ずかしくなり、良心にするどい痛みを感じたのである。

——それは他人に云うより、自分に云うべきことではないか。

平三郎はそういう囁きを聞いたように思った。憖《たし》かに、すぐ側に誰かいて、彼の耳に口をよせ、冷笑しながらそう囁きかけたように感じられた。

「いまに思い知らせてやるぞ」と政利はふるえながら呟《つぶや》いた、「このままでは済まさぬ、いまにきっと思い知らせてくれるぞ」

平三郎は振返ったが、なにも云わずに掃除を続けた。

伝馬町へかかると、障子に燈《ひ》の見える家が多くなった。旅館、旅籠を合わせると百軒を越し、妓《おんな》を置く宿だけで三十軒ほどあった。これらの宿のうち、店先の一方にある蔀際《しとみぎわ》が、板縁になっているのと、竹縁になっているのとがあって、後者は「竹」と呼ばれ、格が一段下であった。平三郎はそのことを政利に話そうとし、口まで出かかったが、ぎゅっと唇をひき緊《し》めてそっぽを向いた。

——饒舌《しゃべ》りすぎる、きさま饒舌りすぎるぞ。

彼はそう自分を叱《しか》りつけた。

伝馬町から曲って、六地蔵町を済ませると、車はほぼいっぱいになった。時刻も午前四時にちかいらしい、政利は空腹と疲労とで、立っているのがようやくというふうに見えた。平三郎は二人の道具をしまい、「今夜はこれで終りにしましょう」と云って、自分で車を曳き、伝馬町の問屋へ帰った。

問屋の店は閉っていた。平三郎は店の横を裏へまわり、そこで箱の中の物をおろした。その空地に低く板囲いをして、牛馬の汚物、紙屑、襤褸《ぼろ》、古草鞋や縄切など、それぞれ別に積んである。彼はその仕切りどおりに始末しながら、地面に霜のおりているのと、自分の息が白く凍るのとに、初めて気づいた。

七

車を片づけ、井戸端で手を洗うと、にわかに、明け方の寒さが感じられた。

「温まるものを喰べて帰りましょう」

平三郎はそう云って、両町のほうへとあと戻りをし、政利はそのあとから、ただ惰性で歩くような足どりでついていった。

両町の中ほどに、「あわ雪」と障子に書いた夜明しの茶店があった。馬子、駕籠《かご》屋、飛脚、近在から来る農夫などがおもな客で、また、遊び帰りの若侍たちも、「飲み直し」と称して、面白半分にたち寄ることがしばしばある。泡雪豆腐《あわゆきどうふ》はこの土地の名物として古くから知られているが、その茶店では、つけ揚げを入れた饂飩《うどん》が評判であった。

平三郎はその饂飩を喰べた。つけ揚げというのは魚か海老《えび》を油で揚げたもので、そのこってりした味が熱い饂飩にしみて、なかなかの珍味だといわれていたが、政利は喰べなかった。

「食わぬ」と政利は強く首を振った、「こんな下賤《げせん》なものが食えるか、無用だ」

意地になっているばかりではない、過度の空腹と、激しい疲れと怒りとで、たべものなどはうけつけない状態のようであった。

明くる夜もその次の夜も、そして、それ以来ずっと休まずに、毎晩でかけて道掃除をした。十日めぐらいまでは力ずくで伴《つ》れだささなければならなかった。平三郎自身、初めは軀の節ぶしが痛み、立ち居に不自由を感じるほどであった。武芸で鍛えた若い筋骨も、違った使いかたをするとまいるらしい。政利は年も年だし、かつて労作らしいことをしたためしがないから、どんなにこたえるかはおよそ察しがついた。しかし平三郎は見て見ぬふりをし、一晩も休ませようとはしなかった。

「だめです、休めば却《かえ》って苦しくなります」と彼は云った、「馴れるまでの辛抱ですからがまんして下さい、でかけましょう」

彼は萩尾に、眼をつむっていてくれ、と云ったが、いまは自分が眼をつむる気持で、むりやりに政利を伴れだした。萩尾にはなにも云わなかった。政利も話さないらしく、萩尾はおちつかない不安そうなようすをしていたが、それでもなにも訊《き》こうとはしなかった。

十日めを過ぎるころから、政利はようやくおとなしくなった。半月ちかく経《た》った或《あ》る日など、夕方から雨になったので、「今夜は休もう」と云うつもりだったが、時刻が来ると、政利は黙ってでかける身支度をした。平三郎はふと眼のうちが熱くなるように思い、寺の庫裡へいって蓑《みの》を借りて来た。

「弱気になるな」と彼は自分に云った、「息を抜かずにやりとおせ、息を抜くと元の杢阿弥《もくあみ》になるぞ」

その夜の仕事が終ったあと、政利は初めて饂飩を喰べた。そんなに熱いものには馴れていないのだろう、初め一と口入れると「あ」と云って吐きだし、唇をすぼめてふうふうと息を吸った。もちろん蓑笠《みのかさ》はぬいでいるが、手拭の頬かぶりはしたままなので、唇をすぼめて息を吸う政利の顔は殆《ほと》んど道化てみえ、平三郎は危なく笑いだしそうになった。

「ばかげて熱い」と政利はふきげんに呟いた、「舌を焦《こ》がしてしまった」

平三郎は黙って喰べ続けた。

次のときには用心して喰べ、茶店を出ると、怒ったような声で「うまかった」と云った。

「うまいものだな」と惣門のところでまた政利は云った、「あんなうまいものは初めてだ」

「お口に合えば結構です」

平三郎の口ぶりが冷淡なので、政利はなおなにか云いかけたが、思い返したようすで眼をそむけた。

政利の態度がしだいに変ってきた。道掃除に馴れるのとともに、周囲の見聞にも興味をもち始め、馬子や駕籠屋、人足、百姓たちのすることや話すことを、熱心に見たり聞きいったりした。或る夜、——霜月中旬のことであったが、京へのぼる老中の行列がはいることになり、作法触が出た。掃除も常よりは入念にやり、町筋では盛り砂三カ所、家の前には手水桶《ちょうずおけ》、箒《ほうき》などを出す。投町、材木町、下肴町などの茶屋の店は、簾《すだれ》をまわして囲い、どの家でも不浄場には蓋《ふた》をする。また道に沿った田畑は一日まえから肥《こえ》を止め、見苦しい物はすっかり片づける、などということが厳重に行われた。

町役の指図で、住民や助郷《すけごう》、人足たちが走りまわるのを眺め、「作法触」の仔細《しさい》を聞くと、政利は事のおおげさなのに驚《や》いたらしい。折も折、十王堂の前で、台提燈の支度をしていた男たちが、高声でしきりに不平をならべているのを聞いた。特に悪意をこめたわけではない、ありふれた不平にすぎないが、政利には相当つよくひびいたようであった。

「おれはそう思うんだが」と男の一人が云った、「一生のうちに一度でもいいから殿さまになって、こういうけしきを駕籠の中から暢《のん》びり眺めたいもんだ」

「そうかな」とべつの男が云った、「おれがもし殿さまになったら、こんなばか騒ぎはやめにするがな」

「どちらも間違ってら」と老人らしい声が云った、「お大名なんて者は、こんな作法触の苦労なんぞ知りゃあしねえ、知らねえから、眺めたってべつにいいこころもちでもなんでもねえさ、また、こんな騒ぎをやめるのなんのというような、ちっぽけな気持じゃあ大名などは勤まらねえもんさ」

「じいさんは大名に詳しいな」と一人が云い、すると他の一人が云った、「ちっぽけな気持で済まなかったよ」

政利は箒を使いながら耳をすましていた。箒を使うのがうわのそらで、その話にすっかり気を取られていることが、平三郎にはよくわかった。

そのじぶんにはもう、茶店へ寄ることが楽しみになったようで、饂飩もお代りをするし、他の客たちの話を聞いて、くすくす笑うようなこともあった。またしばしば、かれらの話にひきつけられて、喰べ終ってからもあとを聞きたそうに、立ちしぶることがあったたし、話の中でわからないことがあると、外へ出てから平三郎に訊き糺《ただ》すようになった。

「ようなびとはなんだ、あのねいはとんてきだがようなびをする、と話していたが、どういうことだ」

「ようなびは夜稼《かせ》ぐことです、ねいとは娘のことで、あの娘は夜も稼ぐというわけです」

「とんてきとはなんだ」

平三郎は首をかしげた、「存じません、いずれ岡崎訛《なま》りでしょうが、訊いておきます」

訊いてみたら「おてんば」という意味であったが、政利にうまく説明できないのに困った、などということもあった。——十一月下旬になって、平三郎は父から呼ばれ、久方ぶりに殿町筋の家へ帰った。

八

五郎左衛門はむろん道掃除のことを知っていた。詳しい理由は云わなかったが、平三郎があまり熱心に頼んだので、とにかく手続きをとり、その手配をしてやった。だが、夜半を選んで道掃除をする、などということは桁外《けたはず》れであるし、特にそれを政利にやらせるとなると、まず不可能とみるほかはなかった。

——やるにしても、どうせ長続きはしないだろう。

そう思っていた。それで、平三郎の報告を聞いても、すぐには信じられないようすで、いちいち念を押して訊き返した。平三郎はできるだけ控えめに話し、飾ったり誇張したりしないように注意した。

「では、——」と五郎左衛門は疑わしそうに訊いた、「本多侯は行状が改まったというのか」

「いや、そうは申しません、ただ、このように変って来たという、事実を申上げただけです」

五郎左衛門は暫《しばら》く黙っていて、ふと眼をそばめて平三郎を見た。

「いったいどうして、道掃除などということを思いついたのだ」

平三郎は頭を垂れた。彼の頸《くび》から耳のあたりが赤くなり、膝《ひざ》の上の手が固くにぎり緊められた。

「すっかり申上げてしまいます」と彼は頭を垂れたまま云った、「そもそも始めは、相伴役を願って出たときのことですが、あのころ私は自分で自分にあいそをつかしていたのです」

平三郎は正直に告白した。いつでもやめられると信じていた酒や遊蕩《ゆうとう》が、事実は、いつのまにかやめられなくなっていたこと。——酒や遊蕩そのものが悪いのではなく、習慣になることが恐ろしいのだ、という父の訓戒を思いだし、そこからぬけ出ようと努力したが、どんなに困難であるかがわかり、殆んど絶望しかけたこと。そうしてあの夜、客間で本家の三郎右衛門や拝郷や父の話しているのを聞き、「詰腹」とか「毒害」とかいう言葉を耳にして、自分のことではないかと思ってぞっとしたこと、などを語った。

「それが本多侯の問題だということはすぐにわかりました」と彼は続けた、「そのとき私は、同じ病気を病んでいる者同志、というような気持を感じたのです、自分の酒や遊蕩も、本多侯の御乱行もべつのものではない、自分なら本多侯の弱さや、苦しさや、心の痛みがわかるだろう、そう思って相伴役を願い出たのです」

同じ夜のことだが、酔って帰る途中で、道掃除をしている人夫たちを見た。夜の十時すぎで、小雨が降っていた。そんな時刻に、濡《ぬ》れながら道掃除をしている人夫たちの姿を見たとき、自分はかつて経験したことのない、するどい良心の痛みを感じた。

「きさまにはまぐそ拾いもできないじゃないか、——とそのとき私は自分に云いました」と彼は頭をいっそう低く垂れた、「まったくそういう気持でしたし、それが道掃除をするきっかけになったのです」

五郎左衛門が訊いた、「どういう効果があると思ったのか」

「なにも考えませんでした」

「これからも続けるつもりか」

「そのつもりです」と平三郎は答えた。

五郎左衛門は片手で火桶《ひおけ》のふちを撫《な》で、その眼を壁のほうへ向けながら、「じつは公儀からその後のようすを知らせろと云《い》って来た」と低い声で云った。おまえも承知のとおり、あまりに行跡がひどいので、公儀へうかがいをたてた結果、やむを得なければ詰腹を切らせろという沙汰《さた》があった。それに対して、「ようすを知らせろ」というのだから、なんとかはっきり返事をしなければならぬ、どう返事をしたらいいか、と五郎左衛門が訊いた。

平三郎は当惑したように云った、「もう少し待つことはできないのですか」

その言葉は五郎左衛門にとって意外だったらしい。明らかに、彼はわが子からべつの答えを期待していたとみえ、顔には不満の色があらわれたし、その眼はするどい光りを帯びた。

「おまえは」と五郎左衛門が云った、「自分で責任が負えないのか」

平三郎は父の表情を見、その言葉の意味を考えた。そして、急に眠りからさめたように、明るく微笑しながら云った。

「私に責任を負わせてもらえるのですか」

「むだなことを云わなくともいい、公儀へはどう答えるのだ」

「御乱行はおさまるものと信じます、その責任は私が負います」

五郎左衛門は「よし」と頷《うなず》き、それから少し機嫌を直したように云った、「芯《しん》まで腐った木にも芽の出ることがある、だが、その芽は必ずしも腐った幹のよみがえった証拠にはならない、餛飩をよろこんで喰べるくらいのことで気をゆるすと、後悔するぞ」

平三郎は「はい」としっかり頷いた。

五郎左衛門が声をかけると、それを待っていたように、母が茶と菓子を持ってはいって来た。菓子は母の手作りで、無花果《いちじく》の実を乾《ほ》して砂糖で煮たものであった。平三郎は茶だけ啜《すす》り、菓子は包んでもらって立ちあがった。

大林寺へ帰ったのは午後三時ごろであった。裏門からはいり、いつものように庫裡《くり》の横をぬけてゆくと、その裏にある植込のところで、萩尾が寺の下男と立ち話をしていた。彼は呼びかけようとしたが、急に口をつぐみ、二歩ばかりうしろへさがった。——萩尾がその下男から、酒の徳利を受取るのを認めたのである。平三郎はつよく唇を嚙《か》んだ。萩尾はこちらには気づかず、しかしいそぎ足で離屋のほうへ去ってゆき、平三郎はそのあとからゆっくりと歩いていった。

「いや、まさか」と彼は口の中で呟《つぶや》いた、「まさかそんなことはあるまい」

彼は急に疲れを感じた。足が石にでもなったように重く、そうして、耳の奥で父の笑う声が聞えるように思った。彼はもっとつよく唇を嚙み、立停って空を見あげた。

空はしらじらと晴れており、墓地のほうから線香の匂《にお》いが漂って来た。

平三郎が厨《くりや》へはいってゆくと、暗い板の間でなにかしていた萩尾が、「あ」と声をあげ、なにかをとり落して、それが高い音をたてた。平三郎は大股《おおまた》にそっちへ歩みより、萩尾は板の間に膝をついたまま、大きくみはった眼でこちらを見まもっていた。――彼女の前に酒の徳利があり、燗鍋《かんなべ》があった。燗鍋は横にころげていて、うちまけられた酒が強く匂った。平三郎はそれらを眺め、それから萩尾を見た。萩尾は大きくみはった眼で、平三郎をまっすぐに見あげていたが、やがて、その眼が涙でいっぱいになり、まるで草の葉から露でもこぼれるように、涙が膝の上へこぼれ落ちた。

「いつからです」とやがて平三郎が低い声で訊いた、「いつから飲ませていたんです」

萩尾は口をあいたが、舌でも痺《しび》れたように、なにも云うことができなかった。

平三郎は高い声で云った、「お云いなさい、いつからこんなことをしていたんです、こんなことをして、貴女《あなた》は恥ずかしくないんですか」

彼は板の間へあがり、片膝をついて、いきなり萩尾の衿《えり》を摑《つか》んだ。怒りとも憎悪《ぞうお》ともわからない、激しく暴《あら》あらしい感情で胸がいっぱいになり、彼は乱暴に萩尾を小突いた。

九

「貴女は恥ずかしくないのか」と平三郎は叫んだ。

「かんにんして下さい」と萩尾がおろおろと云った。涙のこぼれ落ちる眼で、平三郎をひたと見あげたまま、萩尾はおろおろと云った、「じっと辛抱していらっしゃる、殿さまのごようすが、あんまりおいたわしくて、どうしても差上げずにはいられなかったのです」

「いつからだ」と彼はもっと強く衿を摑みあげた、「いつから飲ませていたのだ」

「これで三度めです」と萩尾が云った、「わたくしの差上げるだけしかめしあがりませんし、めしあがっても乱暴はなさいません、もう少しくらいならいいと思ったものですから」

そのとき、「放せ」と叫ぶ声がした。

あけてある杉戸のところに、政利が立っていた。拳《こぶし》をにぎった左手は腿《もも》にそって下げ、右手はうしろに隠していた。平三郎は萩尾の衿を摑んだまま、上躰《じょうたい》を捻《ひね》って振返った。

「その手を放せ」と政利が云った、「萩尾に手を触れるな」

平三郎は手を放した。すると政利は「無礼者」と絶叫しながら踏み込んだ。その右手でぎらっと白刃《はくじん》が光り、萩尾は悲鳴をあげた。平三郎は軀《からだ》をあおってとびこみ、政利の右手を逆に取ると、力に任せて押しつけ、緊《し》めあげながら、ぐいぐいと奥の座敷まで押し戻した。政利は大喝し、取られた腕を振放した。政利は膂力を恢復《かいふく》していた。

腕を振放して立ち直ったようすには、膂力を恢復したことがよくあらわれていた。平三郎はうしろへとびさがった。

「今日こそ」と政利が歯をみせて云った、「今日こそ思い知らせてくれるぞ、動くな」

平三郎はとび込んだ。うしろで萩尾が叫び声をあげた。

政利は刀を振ったが、平三郎はつぶてのようにとびこみ、政利を肩にかけて投げた。重おもしい響きと共に家が震動し、はね起きようとする政利を、がっしりと平三郎が押えこんだ。政利の手から刀がとび、なおはね起きようとして、両足で畳を打った。

――平三郎は上からしっかりと押え、右手を政利の首にあてて、ぐっぐと絞めつけた。政利の喉《のど》でかすれた喘鳴《ぜんめい》が起こり、萩尾がうしろから平三郎の背にすがりついた。

「おゆるし下さい、堪忍《かんにん》して下さい」と萩尾が泣きながら叫んだ、「殿さまに罪はございません、わたくしが悪かったのです、どうぞ堪忍して、放してあげて下さいまし」

「聞えますか、いまの言葉が聞えますか」と平三郎は政利に云った、「萩尾どのは二十幾歳になる今日まで、殆《ほと》んど世間へも出ず、娘らしいよろこびも楽しみも知らず、ゆくすえになんの希望もないのに、流人《るにん》同様のこなたさま一人を頼みにし、こなたさまがいたわしいというだけで仕えて来たのですよ、他の侍者がみな去ってゆくなかで、直接にはなんの恩顧もない萩尾どの一人は残っていた、なんのためだと思うのです、私は男だからいい、私には将来もある、だが娘ざかりをこんなふうにくらし、ゆくすえの望みもない萩尾どののことを、考えてみようとは思わないのですか、それでもこなたさまは、平八郎忠勝公の嫡孫《ちゃくそん》だといえるのですか」

「これに構うな」と政利がしゃがれた声で云い返した、「これがおれと生涯を共にするのは当然だ、きさまになにがわかる、こまちはおれの娘だ」

平三郎は聞き違えたかと思った。だが、彼の背にとりすがっていた萩尾が、彼の背からすべって泣き伏したとき、政利がなにを云ったかということを理解した。政利のほうでは、自分が云ってはならないことを云ったのに狼狽《ろうばい》したらしく、「いや違う」と首を振り、全身の力をぬいて、両腕をばたっと畳の上へ投げだした。

「いま云ったことは誤りだ」と政利は喘《あえ》ぎながら云った、「おれにとっては、娘も同様だと云いたかったのだ」

平三郎はこくっと唾《つば》をのみ、吃《ども》りながら云った、「もしもそうお考えなら、二度と萩尾どのを悲しませないようにして下さい、そうして下さいますか」

「する」と政利は顎《あご》で頷いた、「そうすると約束しよう」

平三郎は政利をたすけ起こしてやった。萩尾がすぐに、乱れた衣紋《えもん》を直しにかかり、平三郎は刀を片づけた。それから、もういちど政利の前に坐《すわ》り、「無礼おゆるし下さい」とお辞儀をした。

「いいおりですから申上げておきます」と平三郎は穏やかな調子で云った、「明日、――老職から公儀へ答申書が出されますが、それには、侯の御行状が改まり、謹慎のごようすがあらわれた、と述べられる筈《はず》です、どうかそれをお忘れにならないで下さい」

そして立ちあがって、廊下へ出た。

平三郎が自分の部屋へさがろうとすると、萩尾が追って来て呼びかけた。萩尾はまだ泣きじゃくっており、眼のまわりが赤く腫《は》れたようになっていた。

「わたくしが悪うございました」と萩尾は低く頭を垂れた、「これからは決して致しません、どうぞこんどだけおゆるし下さいまし」

平三郎は萩尾の顔を見ることができなかった。けれども、その頼りなげな、うちしおれた声を聞くと、突然、抱きしめて慰めてやりたいという、激しい衝動にかられ、われ知らず向き直った。廊下のうす暗がりの中で深くうなだれた萩尾の、鮮やかに白い頸筋が、殆んど彼の眼の下にあった。――平三郎はどきっとし、それからふと気づいて、ふところをさぐり、袂《たもと》をさぐったうえ、袂の中から潰《つぶ》れた紙包みを取り出した。包んだ物が潰れて、紙が茶色くべとべとによごれていた。

「母が自慢で作った物です」と彼はぶきようにそれを差出した、「無花果を砂糖で煮たものなんですが、……いまのあれで潰れて、こんなになってしまいましたけれども、よかったら喰べて下さい」

彼は逃げるように自分の部屋へ去った。

――あの人は本多侯の娘だ。

と平三郎は思った。いつか彼女に「父親はどうしているか」と訊《き》いたとき、彼女は答えなかったし、今日まで、唯《ただ》一人だけ側《そば》をはなれなかったことも、それで合点がゆく。政利は自分の言葉をすぐに否定したが、いかにも弁解がましかったし、却《かえ》って事実であることを証明するように聞えた。

「おそらく、亡《な》くなった萩尾という人と、侯のあいだに生れたのだろう」と彼は仕事着に着替えながら呟いた、「本来なら六万石の大名の姫君として、多くの侍女にかしずかれて育ち、しかるべき大名の奥方となられたことだろうに」

だが彼は急に頭を振り、「そんなことは返らぬぐちだ」と自分に云った。

「あの人にはまだ望みが残されている、侯がしんじつ悔悟し、謹慎の実を示すようになれば、――」と彼は厨口から出ながら呟いた、「それが第一だ、侯にしんじつ悔悟の実を示してもらうことが、そうすれば……」

十

平三郎は暗くなるまで薪割《まきわ》りをした。

彼は食事は自分の部屋でするのだが、その日は政利から「いっしょにするように」と云われ、政利の座敷で夕食を共にした。萩尾の膳《ぜん》もそこにあったが、彼女は箸《はし》をとらなかった。給仕が終ってから喰べるのだろう、と平三郎は思っていたが、茶を出してからも食事をするようすはなく、政利が「ちょっと待っていてくれ」と云って立つと、いっしょについて出ていった。――二人はまもなく戻って来たが、政利は着替えをし、継ぎ裃《かみしも》をつけ、小刀を差していた。政利が座につくと、萩尾は膳部を片づけ、自分は脇《わき》にさがって坐った。

――どうしたのだ。

平三郎は腑《ふ》におちない顔で見ていた。なにか予期しない事が起こる、ということは感じたが、なにごとが起こるかは見当もつかなかった。そして政利が話し始めたとき、彼は自分の周囲にある物がすべて、くるくると廻りだすような錯覚におそわれた。

「明日の公儀への答申は待つようにと、老職に伝えてもらいたい」と政利は云った、「おれは自決をする」


そこで口をつぐみ、両手を膝《ひざ》に置いて、政利は眼をつむった。平三郎は半ば口をあけたまま、息もつけないといったような顔をしており、政利が再び口をひらこうとする直前に、ようやく、「なにを仰《おつ》しゃるのか」と吃りながら云った。

「どうなすったのですか」と彼は声を励まして云った、「自決などという問題はもう消えています、それはもう過ぎ去ったことです、私のやりかたに御不満があるのですか」


政利は眼をつむったまま極めてゆっくりと首を振った。

「おれの云うことを聞いてくれ」

「いや私は聞きません、さようなことはうかがいたくありません」


政利が静かに、けれども反対を許さない調子で遮《さえぎ》った、「おれの云うことを聞いてもらいたい」

平三郎は唇をひきむすんで黙った。

「この四十日ほどのあいだに、おれはずいぶん多くのことを学んだ」と政利は云《い》った、「道掃除をするあいだにも、茶店で饂飩《うどん》を喰べるあいだにも、これまでかつて経験したことのない経験をし、経験をしたこと以上に多くのことを学んだ、——こういう云いかたは芝居がかっているかもしれない、もっとべつの云いかたがあるかもしれないが、いまはこんなふうにしか云えない、この四十日ほどのあいだに見聞したことは、おれ自身の過去、おれがどんな人間だったかということを、はっきりとあぶりだしてみせたのだ」

「平三郎は気がつかなかったろう」と政利は続けた、「或《あ》る朝、夫婦と幼い子供二人の家族が食事をしていた、話を聞くと、暮しが立たなくなったので、よその土地へゆくらしい、五歳くらいとみえる男の子が、これからゆくところのことをしきりに訊いていた」

政利はちょっと言葉を切り、やはり眼をつむったままで、記憶を辿《たど》るようにゆっくりと続けた。

——そこにはお家《うち》があるの、とその子供が訊いた。

——あるとも、と父親が答えた。

——御飯たべられるんだね。

——ああ、おなかいっぱいたべられるよ。

——嘘《うそ》じゃないね。

——嘘じゃないとも。

——いいな、お家があって、御飯がいっぱい喰べられて、ほんとだね。

——本当だよ、もっと饂飩をたべな。

政利はそこで暫《しばら》く黙った。

「その次の朝、いや」と政利はやがて話し継いだ、「次の次の朝かもしれない、その家族四人が、矢矧川へ身投げをし、いちばん下の子だけ助けられた、ということを茶店で話していた、まるで冗談ごとのように、……みんな死ねればまだしも、いちばん小さいのを助けられるなどとは、あの夫婦もへまなものだ、そう云って笑った、それだけだ、あの夫婦もへまなものだと云って、笑って、すぐにほかの話を始めた。かれらには珍しいことではなかった、おそらく、そんな例は絶えずあることで、いまさら同情したり悲しんだりすることではなかったのだ、そのことが、——四人家族の死んだということより、それを冗談のように、へまなものだと笑って済まされたことのほうが、おれには耐えがたかった、そうだ、耐えがたいことだったし、事実そうなのだ、茶店で話されることの大部分が同じようなものであった、年貢《ねんぐ》の滞ったために、店賃《たなちん》の払えないために、仕事が無くなったために、嵩《かさ》んだ借銭のために、……一家が離散し、夜逃げをし、盗みに入って捕われ、自殺をする、そうして、それを話す者は、殆んどが面白半分で、悲しんだり心を痛めたりするようすがなかった。

どうしてだ、これはどういうことだ、とおれは不審に思った、だが、やがてわかってきた、かれらが同情したり悲しんだりしないのは、そういう悲惨な出来事に馴《な》れているだけではない、いつかは自分の身にも同じようなことがめぐってくる、いつかは自分もそうなるだろう、そして、そのときにはきりぬけるみちはないのだ、ということをみとおしているためであった」

政利は静かに眼をあいた。外はすっかり昏《く》れて、障子が明るく灯をうつしていた。午後から少し風立っていたのが、やや強くなり、裏にある竹藪《たけやぶ》がしきりに葉ずれの音をたてていた。

「おれが早くこういうことを知っていたら、領主としてなにかしたかもしれない」と政利は云った、「政治ということを知らぬから、領主の意志だけではなにもできなかったかもしれないが、少なくともなにかしようとはしたと思う、だが事実は、――現におれがなにをして来たかということは、多くの者の知っているとおりだ、領主としてはもちろん、単に人間としてもおれは屑《くず》に劣る」

「お言葉ではございますが、そこに御合点のいったいまこそ、これまでの償いをなさるときではございませんか」

「今生《こんじょう》ではできない」と政利は首を左右に振った、「償うことがあまりに多すぎるし、おれにはもうその力はない、平三郎にもわかっている筈だ、それは今生では不可能なことだ」

「私は、安穏な御余生が送れるようにと、それだけを念じて相伴役にあがったのです」と平三郎が云った、「そのためにこそ力ずくで御意にさからい、道掃除などという下賤《げせん》なことまで強《し》いました、それはただ、御余生が平安であるようにと願ったためなのです」

「いや、自決するときめたいまほど、平安な気持はおれにはなかった」と政利はおちついた口ぶりで遮った、「過ぎ去った五十年よりも、この四十余日のあいだに、おれは人間の生きかたを知った、それで充分だ、老職から公儀へ答申するということを聞いたとき、おれは肚《はら》がきまったのだ、そうあってはならない、これ以上生き延びてはならない、五十余年にわたる罪の償いはできなくとも、死にどきだけは誤りたくない、この気持は平三郎にもわかる筈だ」

平三郎は頭を垂れた。かすかに、萩尾の嗚咽《おえつ》がごくかすかに聞えていた。

「今宵《こよい》のうちに老職へ伝えてくれ、公儀への答申はやめること、次に明日、検視と介《かい》錯人《しゃくにん》をよこしてくれること、これはおれの見知らぬ者に命じてもらいたいこと、以上だ」政利はそこで声をゆるめた、「——平三郎には世話になった、礼は云わぬ、礼を云わぬうえにもう一つ頼みがある」

平三郎が云った、「わかっています」

「こまちのことだ」

「わかっています」と平三郎が云った、彼は頭を垂れたまま、くいしばった歯のあいだから云った、「萩尾どののことで御心配はいりません、私が慥《たし》かにお引受け申します」

「それで心残りはない」と云って政利は振向いた、「こまち、盃《さかずき》を持ってまいれ」

萩尾が立って、膳部を持って来た。萩尾の食膳だと思ったのが、そうではなく、このときのために用意してあったらしい。政利が盃を取り、萩尾が銚子《ちょうし》を持った。そのとき、ひときわ強く風がわたって、裏の竹藪が潮騒《しおさい》のように鳴り立った。

銚子を持つ萩尾の手は、しっかりとおちついていた。


（「講談倶楽部」昭和三十二年五月号）

# 花の位置

一

脇机《わきづくえ》の上にある辞書を取ろうとして、手を伸ばしたとき、警報が鳴りだした。心臓が大きくどきっと搏《う》って止まり、おちつこう、と自分に云《い》うつもりが「お母さま警報よ」という叫びになってしまった、調子はずれの、うわずったおろおろ声だった。からだの重心が狂った感じで、防空服装を着けるのにいくたびもよろめき、手や足はばかにでもなったように、むやみにつかえたりつまずいたりした。頭巾《ずきん》の紐《ひも》がなかなか結べないのをそのまま、廊下から茶の間へはいると、母はもう支度をして広縁の硝子《ガラス》戸をあけているところだった。「お父さまは」「いま二階へいらしったよ」母の声はいつものとおりじれったいほどおちついていた、「ああ頼子《よりこ》さん、あなたちょっとラジオをかけておくれな」そしてなおなにか云うようだったが、硝子戸を繰る音で聞えず、頼子には訊《き》き返すだけの気持のゆとりがなかったので、すぐにラジオの前へ走っていった、ところがスイッチは入れてあり、軍情報のブザーが鳴りだしたと思うと同時に、空襲警報の断続音が聞えてきた。

それから自分の部屋の窓を開け、原稿類の入っている手提鞄《てさげかばん》を持って、庭の待避壕《たいひごう》へはいったのだが、どういう順序でそれだけのことをしたか記憶がなかった、鞄があるので鞄を持ってきたことがわかり、窓の開き扉の開けにくかったことで、窓を開けたことを思いだしたくらいである。「お母さま早く」壕の中から何度も、母がはいって来るまで繰り返しそう叫んだ、母がはいって来ると父を呼んだ、すると考えたよりも近いところで、「僕はまだはいらなくてもいいんだよ」とうるさそうに父の答えるのが聞えた、「おまえたちだってまだ早いよ、敵機が近くへ来てから待避すればいいんだ、としよりとか病人とか赤ん坊はべつだがね、達者な若い者がそうむやみに待避することばかり考えちゃいけないよ」「だってお父さま敵は高々度で来るんですのよ……」自分たちの眼でみつけるときはもう遅すぎる、そう云おうとしたがはげしく咳《せ》きこんでしまった、喉《のど》がすっかり渇いて咽頭《いんとう》粘膜がくっついてしまいそうなのだ、唾《つば》を呑《の》もうとしたが、口もからからだった。こんどこそ水筒を忘れまいとあれほど考えていたのに、そう思うと自分のうろたえきった姿が見えるようで、眼をつむり強く頭を振りながら、なんというなさけない頼子だろう、といくたびも口のなかで呟《つぶや》いた。

間もなく西北のほうで、ずしん、ずしんという轟音《ごうおん》が起こった、「敵機来襲」という叫び声と、警鐘が次ぎ次ぎ鳴りわたり、ずん、ずしん、という轟音が連続して聞えた、頼子は全身の血がいっぺんに頭にのぼるように思った、心臓はいちど鼓動を止め、ついでひき裂けるかと思えるほど烈《はげ》しく搏ちだして、そのまま喉から口までつきあげてきそうだった。

「敵機頭上」という父の大きな喚《わめ》き声が聞えた、「……待避」そして父が壕へはいろうとしたとき、ざざざっという異様な音が空から落ちてきた。

爆弾の落下音だ、そう直感するとともに、頼子はむかっと吐き気を覚えて前かがみに手を突いた。あとはほとんど意識がなかったといってもよい、「怖《おそ》ろしい」という観念のほかはなにも見えず聞えもしなかった、そして頭のなかでは自分が直撃弾で粉ごなにされる姿や、至近弾で壕のまま埋められる姿だけを、今か、こんどかと息詰る思いで見まもっていた。ずしん、というぶきみな地響きが幾度も起こり、壕壁の土がさらさらと落ちた。母が、「こわいこと」と云い、父が「うん、あんまり気持のいいものじゃないね」と云った、そしてすぐに、「おやおや、あの蠟梅《ろうばい》はどうしたんだ、もう咲きだしているねえ」とのんびりした声で続けた。

頼子は逆上するような気持だった、「こわいこと」と云った母のこわさは自分の感じている恐怖とはまるで違う、壕の口から蠟梅の咲きだしたのをみつけた父は、まさか剛胆を装《よそお》っているのではあるまい。だとすればこの恐怖は自分ひとりが感じているのだ、そう思うと、恐怖の孤絶感とでもいおうか、なにものもたのめないという深い絶望のためにくらくらとなった。

父と母とは、それからなお、なにかしきりに話し合っていた、頼子はほとんどなにも聞いていなかったが、やがて外の爆音が鎮《しず》まり、あたりがやや静かになったとき、「はじめの音はたしかにあちらでしましたよ」という母の声が耳についた、「なに、はじめの音は高射砲だよ」父がそう云った、「聞えた音はたいてい高射砲さ、よく聞いているとすこんと空へぬけるからわかる、爆弾はそう多くはなかったし、ずっと北へ寄ってからだ、康子《やすこ》の工場はもっと西だよ」「……あの子はどんな気持だったでしょう」「あの眼をまんまるにしたことはたしかだね」そう云って父は壕を出ていった。

自分は妹のことを考えもしなかった、頼子は誰かに頬を打たれでもしたように、そう思いながら両手で自分の顔をおおった。手も、膝《ひざ》がしらも、いや、からだ全体がぶるぶる震えているのがはっきりと感じられた。

## 二

ただいまという妹の元気な声が聞えたのは七時を過ぎてからだった。頼子は玄関へとびだしたいのを我慢してじっと耳を澄ませた。「お帰りなさい、ご苦労さま」母が特徴のあるおっとりした声で云う。「今日はたいへん遅かったじゃないの」「ええ空襲で二時間ばかり損しちゃったでしょ、だもんでそれだけ取返しましょうっていうことになったの、夜勤のかたたちが困るから交代なさいって、職長さんが二度も三度もおっしゃったけれど、あたしたちきかなかったのよ、二時間損したのはわたくしたちですからわたくしたちでそれだけ取返しますって、にやごさんがそれは勇敢にがんばりとおして……」とめどもなしにおしゃべりをしながら、廊下の端にある自分の部屋へはいってゆく、母もいっしょにいったとみえて、そこでややしばらく二人の笑い声が聞えていた。頼子はペンを握ったままかたく眼をつむった。妹もやっぱり自分ほどの恐怖は感じていないようだ、父も母も、そして妹も感じない恐怖を、自分ひとりだけ感じる、もしかするとそれは自分が臆病《おくびょう》なのかも知れない。……臆病、臆病者。そうつぶやいて頼子は否定するように頭を振った。そんなことはない、死に直面して恐怖を感ずるのは当然だ。生命あるものには自己保存の本能がある。死ぬかも知れないという瞬間に恐怖を感じないとすれば、むしろそのほうが異常というべきだ、「……でも、こんなことはいくら考えてもしようがない、仕事をすればいいんだから、仕事だわ」頼子はもういちど頭を振り、椅子《いす》にかけ直した。

妹のために後れた夕餉《ゆうげ》の膳《ぜん》につくと、頼子はさりげない調子で、「今日は怖くなかった」と訊いた。康子は眼をまんまるくして、「怖かったわあ」と語尾をながく引いて答えた。頼子は父に似てすべてが細い、背丈もあるし顔も面ながで、眉《まゆ》も眼も細く、どっちかといえばぜんたいが神経質にみえる、康子は母親似で、頼子とは反対にからだつきも顔もまるまるとしていた。自分でも、「あたし声までまるいのよ」と云うくらいであるが、なかでも眼がとくに大きくておどろいたときなどにはあきれるほどまんまるくなってみえる。「……それでも工場の中にいるときはまだそれほどじゃなかったけれど」と康子は眼をまるくしたまま云った、「……職長さんから待避命令が出たでしょ、そして壕の中へはいったら怖くなったの、訊いてみたらみなさんそうなのよ、安全な壕の中へはいってから怖くなるなんて変だわねえってみんなでずいぶん考えちゃったわ」「それと同じような話があるよ」と父が微笑しながら口を挿《はさ》んだ、「……郡長の宮田君もお隣りの吉田さんも、それから向うの佐藤さんなんかついこのあいだ南方からお帰りになったばかりなんだが、訊いてみるとやっぱりいい気持じゃないと云う、前線で敵の鉄砲や爆弾をあびたときはなんでもなかったが、こっちで空襲を受ける気持はまるでべつだそうだ」「これは心理学の問題ね」康子がまじめくさってそう云ったので、父は笑いだしながら続けた、「……いや僕に云わせるとすこぶる簡単なんだよ、つまり前線にいるときは戦っているんだ。軍服を着、銃を握り、剣をとって戦っているんだ、だから鉄砲も爆弾もあらためて怖れる対象にはならない、ところが帰還して平服になると違う、こんどは自分が戦うんじゃないから、敵を頭上に迎えるということはいい気持ではなくなるんだ。……康べえが壕へはいってから怖くなるのも、工場にいるときは戦っているからそれほど感じないが、待避はその戦いから離れるので安全な壕の中でかえって怖くなるんじゃないか」

「……とすればこれは行動心理学の問題だわ」

父と妹がにぎやかに話したり笑ったりするのを、頼子は自分ひとり突き放されたような気持で聴いていた。頼子の脳裡《のうり》を去来するつきつめた観念に比べると、二人の話はまるでふざけていると思えるほどそらぞらしい、それで聴いているのさえ辛《つら》くなり、食事もそこそこに茶の間から出てしまった。

父がいま、「工場の中では戦っているから」と云ったが、そういう単純な考えかたが頼子にはやりきれないものだった。康子はいま女学校の四年生で、一年まえから挺《てい》身隊《しんたい》として某航空機工場へ通っている、はじめはそれほどでもなかったが、半年ほどまえからひじょうな熱意をもちだして、頼子にも工場へ挺身するようにとしきりに勧める、「……今はなによりも一機よ、精神を籠《こ》めた一機が勝敗の鍵《かぎ》になるのよお姉さま、ねえ、工場へいらしってよ」それは姉を勧めるというより、自分の情熱をたしかめる言葉かも知れなかった。頼子はただ笑うだけでなんとも云わなかったが、心のなかでは少なからず反撥《はんぱつ》を感じた。精鋭の一機に勝敗の鍵があるということは事実に違いない、しかし戦争そのものはそういう現実的なものを積み上げたところにだけあるのではない、いちおうは不急のもののようにみえる文化面とか思想問題のなかにも戦争の目的を担《にな》う重大な意義がある、たとえば頼子のいまやっている仕事がその一つだった。

三

母校の恩師である貞松《さだまつ》博士が、某省の依託で回教の研究をはじめたとき、頼子はすすめられるままに悦《よろこ》んでその助手になった。某私大の文科の教授である父と、貞松博士とが昵懇《じっこん》、あまり丈夫でない頼子のためにそういう仕事が与えられたのだと思う。助手といっても回教に関する外国雑誌の小論文の翻訳とか、恩師の原稿の清書などが主なもので、たいてい自分の部屋にいてできることだったから、「この時局に手を白くして」という反省はおりおり頭にうかばないではなかった、しかしこの戦争が大東亜十億の開放と繁栄をめざすものなら、その盟主たるべき日本に回教の理解が必要なこと、しかもかなり緊急な必要に迫られていることは否定できまい、貞松博士の云うところによると、日本にはその種の研究が乏しく、資料を集めるのにさえ不自由だそうで、機会さえあれば博士自身すぐにも南方へゆきたいと云っているくらいである。——ここにも戦争があるのだ、頼子はそう信じていた。戦局が進展してくると、なによりも現実が貴重であるように考えられやすいが、こういう眼に見えない抽象的な面が忘れられては片輪になる。自分の戦いはここにあるのだ。確信をもってそう思っていた。

「……みんなそれぞれの戦いがある」自分の部屋へはいった頼子は、椅子へかけて、机に両手を置きながらそうつぶやいた、「……工場も戦いだ、あたしの仕事も戦いだ、あたしの仕事も戦いだ、あたしにはこの仕事にうちこむほかに戦いはないんだ」

そしてしばらく閉めてある窓のあたりを茫然《ぼうぜん》と見まもっていた。窓框《まどがまち》のところに花瓶があって、それに薔薇《ばら》が四五本挿してある、いつか隣りの吉田さんの老人からもらった四季咲きの花で、色も美しく匂《にお》いも高雅な珍しい種類のものだったが、敵機の来襲が始まってからは、つくづく眺める時間もなく忘れていた。今はもうすっかり萎《しお》れてしまい、花弁は一片も残らず、葉もからからに縮んで、みじめに枝へしがみついているさまは、これがあの薔薇だろうかと疑われるばかりだった。

「……ヴェルレーヌ、それともマラルメだったかしら」哀れに枯れた花をぼんやりと見まもりながら、なんの意識もなく頼子はそう呟いた。「……こういう薔薇の姿を頌《うた》った詩が」そしてはっとわれに返り、ああ仕事だと思いながら追われるような気持でペンを取上げた。

二日めに夜間空襲がきた。少数機だったけれど、頼子は同じ恐怖にうちのめされた。警報を聞くと逆上するような気持になり、壕の中にいるあいだじゅう、ほとんどずっと呼吸が詰る感じが続いた。――どうしてこんなに怖いのか、恐怖感からのがれるために、ひそかにほかのことを考えようとしてみた。――いったいこの恐怖は動物的なものだろうか、それとも人間的なものだろうか。また生命とは、死とは、……溺《おぼ》れる者が藁《わら》にでも縋《すが》りつくような気持で、けんめいに考えをそちらへ集中しようとしたが思考力は古い糸屑《いとくず》のようにふつふつと切れ、一つの命題を考え続けることなどとうていできなかった、そして激しい渇きと、呼吸困難に陥りそうな息ぐるしさに襲われ続けた。

敵機の来ることはやまなかったし、そのたびに感ずる恐怖は強くなるばかりだった。これまでは無事だったがこんどは、……そう思うことが度を重ねるにしたがって烈しくなる、遠い省線電車の警笛を聞いても椅子からとびあがりそうになるし、食欲は無いし、仕事は少しもはかどらなかった。頼子はとうとう悲鳴をあげたくなった。――

もうなにもいらない、ただこの恐怖からのがれたい、そのためならどんなことでもしよう、そこまで気持が追詰められたとき、「工場の中にいるときはそれほどでもなかった」という妹の言葉を思いだした。もしそれが本当なら工場へでもゆこう、……まじめにそう考えはじめたとき、ちょうど符を合わせるような機会がきた。

俎板《まないた》の上でいま切った物が凍りつくほどの、厳しい寒気が四五日つづいたある夜、夕食のとき康子が、挺身隊員で感冒にかかる者が多く、とくに機翼の塗工部では欠勤者が続出して困っているという話をした、「誇張して云《い》えば半分も欠勤なんですって、一時間という時間さえ問題なときなのに困った困ったって、塗工部のかたたち悲鳴をあげていたわ」「塗工というのはむずかしい仕事なの」頼子がそう訊《き》くと、びっくりしたように振り向いた、「そうね、やさしくはないけれどそうむずかしいというほどでもないわ、康子も初め少しやったけれど」「……あたしお手伝いにゆこうかしら」康子はきょとんとした眼でこちらを見た、頼子は微笑しながらまぶしそうにそれを見かえした、「……でも手伝いにはいるなんてことはできないのでしょう」「お姉さまそれ本当……」康子はいきいきと例の眼をまるくした、「もし本当なら、でもいやだわお姉さま、からかっていらっしゃるんでしょ」

# 四

「からかってなんかいませんよ、一時間がたいせつなときだっていうから、もしそういうことができるならお手伝いにゆきたいと思うのよ」そう云いながら頼子はしぜんと顔を俯《うつむ》向けてしまった、本心を妹に悟られはしないかという不安が、眼をあげていられなくしたのである、しかし康子はまっすぐに姉の言葉をうけとった、姉の気持を疑ってみる余裕もないほどうれしかったのかも知れない、——もし本当なら工場へいって無理にでも頼んでみる、「今は手続きのことなんか云っているときじゃないんですもの」そう云ってひどく力んだ顔つきをしてみせた。

明くる日、頼子は妹といっしょに工場へいった。省線を下りるその駅は、しばしば空襲の目標になる地帯だということを聞いていたので、潮のような人波に押されて駅を出るときから頼子の気持はもうおちつきを失っていた、——妹は毎日ここへ来るんじゃないの、そう自分を叱《しか》ってみた。妹だけではない、今このまわりを歩いている人たち全部が、みんな日々ここへ通勤しているではないか、もっとしっかりしなくては、……けれど今にも警報が鳴りだしそうだし、鳴りだせばもうおしまいだという気がして、工場へ着くまでずっと宙を歩いているような気持だった。

工場での話は割合と簡単にきまった、工場長という人にも会い、塗工部主任というまだ若い青年にも会った、「……普通ではこんな例は許されないんだが」中林《なかばやし》という若い主任はぶっきらぼうな調子でそう云った、「しかし今はなにより仕事が先だから、手続きは後でするとしてともかくすぐにでも来てください、責任は僕が引き受けます」「どうぞお願いいたします」頼子はおじぎをしながら、このかたはどんな責任をひきうけるのだろう、そう思ってふとおかしくなった。……それから工場へ案内されて、塗工部の仕事を見た、これでも人が足りないのかと疑わしいほどの女子工員や、女子挺身隊とみえる少女たちがいてもう作業を始めていた。これまで映画や雑誌で紹介されるのをときどき見たが、だいたい想像していたような仕事でさほど困難なものではないと見当がついた、「……どうです、ひと塗りためしてみますか」説明していた中林主任が愛想のない声でぶっつけるように云った、そして頼子が返辞をするのも待たずに、そこへ塗料を運んで来た少女を呼びとめ、「おゆみさんこの人に刷毛《はけ》の使いかた教えてあげなさい」と云い、そのままさっさとどこかへ去ってしまった。

頼子はその翌日から工場へ通勤し始めた。はじめに刷毛の使いかたを教えてくれた少女は三浦由美子といって、妹と同窓の挺身隊員であり、その級の班長だということがわかった、はきはきした明るい気質の少女で、なんにでも「あそばせ」言葉を使うが、それが軽くすなおで、上品な温かさを感じさせる、動作もおっとりしているようにみえて敏捷《びんしょう》だった。塗工部の人数は多いようでじつは今ひじょうに足りないこと、中林主任は誰をも名前に「お」をつけて呼ぶこと、それは地方から来ている女子工員の人たちに差別感を与えない心遣いらしいということなど、学友の姉だという親しさからであろう、控えめな調子でいろいろ話してくれた。……仕事そのものはさして困難ではなかったが、機翼の上での作業の姿勢が辛かったし、塗料のために手指の荒れてゆくのも悲しかった。そして昼間の勤務だけで帰るので、帰るとすぐ机に向うが、原稿紙や辞書をひろげ、ペンを手に持つと、やっぱり工場よりはここに自分の本当の仕事がある、そういう気持が消えなかった。

少数機による夜間の空襲は執拗《しつよう》に続いた、頼子の感ずる恐怖の烈《はげ》しさは少しも変らず、そのうえいま通勤している工場地域は危険だという考えがしだいに強くなって、ときおり「やめようか」と思うことさえある。けれど実際に人の不足なことがわかってきたし、紹介した妹の立場もあるので、さすがにそう云いだすことはできなかった、……そして十日ほど経《た》ったとき昼間空襲にぶつかった。

午後二時を過ぎて間もなくだった。同じ機翼の上で作業をしていた女子工員のひとりが、ふいと顔をあげ、東北の訛《なま》りのある言葉で、「警報ではないか」と云った。そのとき頼子はもう遠い警報を聞き止めていて、そうではないかと手を止めたとたんに、ちょうどその女子工員の言葉といっしょに、この工場の警報が鳴りだした。じかに脊《せき》椎《つい》へ響くような深い大きな吹鳴である。頼子は頭がかっとなり、しゃがんでいるからだが波のように揺れるかと思えた、どこかで中林主任の「がんばれ」という叫びが聞えたようだった、そのほかにも少女たちの励まし合う声がしていたらしい、だが頼子はすべてががあんというひとつの騒音に聞え、ひき裂けそうな心臓の鼓動と、胸のひしゃげそうな息ぐるしさとで身が竦《すく》んだ。——いつもと同じだ、やっぱり怖い、そのことだけで頭がいっぱいになった。

敵の第一編隊が伊豆半島から関東西部へ侵入したという、三度めの軍情報が伝えられたとき、工場の空襲警報が鳴りはじめ、中林主任の「総員待避」という大きな声が、すさまじい吹鳴音を圧倒して響きわたった、頼子は夢中で、まっさきに機翼からとび下りていた。

五

定員十人ずつの壕が、男子と女子とに分れて並列していた、頼子は女子用のいちばん端にある壕へはいった。家の壕よりは浅いし機材も細い、二方に板が張ってあるのでよりかかる姿勢は楽だが、十人はいるとぎっしり詰った感じで、息ぐるしさはいっそうひどかった。すぐ右にある男子用の壕で、ひとりが調子はずれの歌をうたいだし、それがすぐ……来るなら来てみろ赤とんぼ、という元気いっぱいの合唱になった。そこへおっかけてずしん、ずしんという爆発音が起こった、警報が鳴りだし、「敵機来襲、待避」という叫び声をうち消すように、対空射撃か爆弾の炸裂《さくれつ》かわからない轟音《ごうおん》が地を震わせた。

頼子の恐怖は頂点にまで達した。喉《のど》がひりつきそうに渇き、吐きけがこみあげてきた。それでなかば無意識に立ちあがると、壕を出て、塗工部の建物へ走りこんだ、骨の節ぶしが音をたてるかと思えるほど震え、ものがはっきり見えない感じだった。……まず手洗い場へゆき、備付の茶碗《ちゃわん》で水を飲んだ、手がわなわなと戦《おのの》くので水がこぼれ、作業衣の胸がひどく濡《ぬ》れた。それから担当している機のところへゆき、足場を伝って翼の上にあがった。これらのことはまるで夢とも現《うつつ》ともわかちがたい動作だった。自分の意志ではなく、誰かにひきずられているような気持だった。けれど刷毛をとって作業の姿勢になると、その瞬間にふしぎなちからが身内にわきあがるのを感じた――この一機が頭上の敵を撃つのだ、そういう考えが大きな実感になって頭を占め、そうだ、という烈しい感動がつきあげてきた。――そうだ、この一機だ。この一機一機が、いま頭上にある敵を撃つのだ、敵はこの一機を造らせまいとして来る、空襲の目標はこの一機にあるのだ、したがってこの一機を造ることが自分たちの戦いなのだ。それほど理論だってはいなかった。かなりきれぎれではあったが、頼子はまざまざしい実感をもってそう思った。怖《おそ》ろしいという感じは残っていたが、いつもの恐怖はもうなかった。刷毛をとる手にもかつて覚えない力がはいったし、呼吸もずっと楽になっていた。……どれほどの時間が経ったのでもない、「お姉さま」という叫び声を聞いてふり返ると、すぐ下に妹が蒼白《あおじろ》い顔で、苦しそうに喘《あえ》ぎながら立っていた、「……お姉さま待避なさらなくちゃだめよ」「知っててよ」頼子は微笑した、「……でもあたしここで作業をしていたいの、あなたの云うとおり壕の中にいるほうが怖いわ、お父さまのおっしゃった、工場の中にいるときは戦いだからというお言葉も、表現ではなくて事実だったのね、いいから康子ちゃんは待避していらっしゃい、お姉さまの気持はよく話すわ」「康子も」と妹は手を伸ばしながら叫んだ、「……康子もいっしょに塗るわ」そして足場を登ろうとした。頼子は妹の顔を見た、とめてもきくまいということはすぐにわかった、「いらっしゃい」そう頷《うなず》きながら、ふと妹の足許に花瓶が倒れて、咲きはじめたばかりの梅の花枝が転げているのをみつけた、「ああ康ちゃん」と頼子はしずかに指さしながら云った、「……あがるまえにその梅を挿《さ》し直していらっしゃい、花瓶へ水をいれてね」

敵の編隊機は二次三次と襲って来た、対空射撃と敵の投弾の炸裂音とが、工場の四壁をびりびりと震動させた。今か、こんどか、と敵弾の落下を待つ気持と、この機といっしょなら死んでもよい、さあ来いという気持とが頭にいっぱいで、逆上するようなあの恐怖感は嘘《うそ》のようにけしとんでいた……工場の入口から、中林主任がなにか叫びながら駈《か》けこんで来た。

その夜、頼子は日記にこう書いている。

「……おんなは花を愛する、おんながおちつくべきところにおちつくと、きまってそこを花で飾りたくなる、貞松先生のお手伝いが意義のないことだとは思わない、けれど自分はお部屋の薔薇が枯れるのも知らなかったし、枯れてからもそのまま置き忘れていた。きょうあの騒ぎのなかで、床の上に投げだされている梅の花枝を見たとき、自分はながいこと空虚だった心の一部がみずみずしい感情で満たされるのを覚えた。日々あの烈しい作業を続けながらそこに花を飾るのはあのかたたちの心に花の位置があるからだ。……どの仕事が正しく戦うものであるかについて、理論をもてあそぶ必要はもうない、ただ考えるだけでも身ぶるいのするあの恐怖もなく、久しく忘れていた花の位置をみつけただけで、自分の戦場がどこにあるかを知るのにじゅうぶんだ。

きょうは中林主任にたいへん叱られたけれど、自分はこれからも空襲中に作業を続けることはやめないであろう。生とか死とかにとらわれていたのは、なまはんかな批判がはたらいたからである、ひと枝の梅のもつ美しさが、浅はかな自分の批判をぬぐい去ってくれた。明日は自分も庭の蠟梅《ろうばい》を持ってゆこうと思う」

（「婦人倶楽部」昭和二十年三月号）

# 解　説

木村久邇典

最近、未知のかたから電話をいただきました。「自分の周囲には山本ファンが大勢いるが、山本周五郎を愛することにかけては、絶対ひとに後れをとるものではない。ぜひわたしのこの胸のうちを聞いてもらいたい……。山本周五郎を大衆作家だとかなんとか、全く見当はずれのことをいうひとがおります。見当ちがいも甚だしい。昭和の作者たちのなかで、山本周五郎以上に本当の人生、真実の人間を描けた小説家がひとりだっておりますか。しんそこ山本作品を理解しているのは、わたし以外にはない、とさえ考えているんです」

自分だけがこの作家を理解している。この熱い思いは絶対ひとに劣らぬものだ――文学愛好者にはさして珍しくない精神風景であろう。しかし、山本周五郎のばあいの熱狂ぶりは、他の作家に比べると、音階がひときわ高いようなのです。山本作品はこういう多数の読者たちによって支持されているのである。「作者にとって読者から寄せられる好評に優《まさ》るいかなる賞があろうとも思われぬ」といい、持ち込まれた文学賞のすべてを一蹴《いっしゅう》した作者の冥利《みょうり》、ここに極まると申しましょうか。

本集では戦時中の昭和十五年から戦後の昭和三十二年にわたる短編をえらんでみました。

『三十二刻』　佐竹《さたけ》藩の譜代、外様の重職、疋田《ひきだ》、山脇家の確執が爆発したとき、舅《しゅうと》に遠ざけられて実家に戻っていた疋田の嫁宇女《うめ》が敢然と婚家に立ち還《かえ》り、策略をめぐらして敵襲を防ぎ、身を挺《てい》して矢弾から舅を守り、三十二刻を戦いぬいて家名を全うするという物語です。一種の極限状況におかれた人間の行動を描いている点で、後年の『砦山《とりでやま》の十七日』の結構を思わせます。だが、危急に臨んだ宇女にこのような力を与えたのは何によるものだったのでしょうか。

それは江戸にたつ夫の主馬《しゅめ》がいった「初めての留守だ、父上と家のことを頼むぞ」のひと言のためでした。彼女は夫の頼みを全身全霊でうけとめたのです。作者が訴えようとしたのは、この夫婦の信頼のすばらしさだったのではありますまいか。原忠彦氏は『山本周五郎の「妻の世界」』で、山本が家を描く場合、夫婦という家族単位にもっとも重点を置いたことを鋭く指摘しています。山本作品のいつの世にも変らぬ〝新しさ〟はそんなところにも潜んでいるように思われます。

『殉死』〝殉死〟をめぐる武士の生き方についていろいろ考えさせられる小説です。藩公の逝去《せいきょ》で特に寵愛《ちょうあい》された八島主馬《やしましゅめ》と福尾庄兵衛は、周囲から殉死してしかるべきだ、と見られます。だがそのころ殉死の禁制はきびしく追腹《おいばら》を切るのは不忠とされる時代になったものの、だから殉死をしないということには世間の思惑と自分の良心が絡《から》み合うのです。庄兵衛は主君の墓所で菩提《ぼだい》をまもり続け、一方、八島主馬は新君に抜擢《ばってき》されてお側用人《そばようにん》となり、新君と共に新政策をどしどし打ち出してゆきますが、庄兵衛には墓守りの小屋が与えられたにすぎず、従って主馬への藩内の風当たりはよくありません。主馬は心中を語ります。「禁令の御趣意は生きて御奉公するべしという意味だ、／あたら屠腹《とふく》して果てるというのは、国家の大きいところからみて無益な損失だ……家臣たちがみな屠腹したり世を捨てて墓守りになったとしたらどうなるか」

　福尾庄兵衛が弟に語った感懐は「あの場合いずれかひとりは故殿のお供をしなければならなかった。／おれか主馬かとなれば主馬を生かして置くのがお家のためだった」というのでした。弟は初めて兄の覚悟が、故殿に殉ずる壮烈な心ばえのほかに、己れを無にして有為の人材を生かす配慮によるものだったことを知るという小説です。藩家を発展させる才幹を評価すべきか、真実一途に忠義に励む誠実な人格を買うべきか。作者は己れを無にして忠義に生きる庄兵衛に軍配をあげているようです。

『夏草戦記』 掟《おきて》のきびしさと掟を守る真の勇気を感動的に描いた作品です。三瀬新九郎は、見張りの部署を絶対に離れてはならぬという厳重な軍律を犯して持ち場を脱し、挙動不審の裏切者を仕留めますが、巡察にきた隊長に立番を放棄したことを見咎《みとが》められ、軍律どおり死罪を宣せられます。だが新九郎は一言も弁明せず、ただひとり事情を知る同志の戸田源七にだけ心境を明かします。「掟を枉《ま》げてまで、命を助かろうとは思わないよ」自分が何をしたかは自分がよく知っている、真実さえ確かなら死の名目などは末の末だ……。

このような心ばえで毎日を生きるのは至難のわざかもしれません。至難なればこそ、作者は潔《いさぎよ》くまた厳粛な生き方を願って、太平洋戦争の日々を生きたのではないでしょうか。

『さるすべり』 この作品も夫婦愛の物語であり、『夏草戦記』『誉れの競《くら》べ矢』『牡丹《ぼたん》花譜』『樅《もみ》ノ木は残った』などと共に作者の〝仙台もの〟に属しています。浜田治部《はまだじぶの》介《すけ》は手勢五十余名と、白石城に立てこもりました。白石城は家康と政宗の密約で会津の上杉軍を牽制《けんせい》するために敵陣中に取り残された捨て城で、その使命を知っていた治部介は援軍を求めることもせず、幽鬼のように闘って白石を死守しました。籠城《ろうじょう》中に敵の包囲線をくぐって濠端《ほりばた》までたどりつき、敵に撃たれてたおれた者がありましたが、日暮れて救い出してみますと、それは治部介の妻奈保で「お眼にかかりたいと存じまして」という言葉を残してこときれます。「おまえ、そんな未練者だったのか」と治部介はどなりつけるようにいいました。だが、実は援軍が到着したとき、妻は城内の様子を見るために遣わされたことを、治部介は聞かされます。あっぱれだった……夫の眼に熱い涙がこみあげてきました。

戦国の夫と妻の姿を深い感動で謳《うた》った作品で、妻の遺骸《いがい》の埋められたそばにある猿《さる》滑《すべり》が印象あざやかな読後感をのこします。山本作品の巧みさは描かんとするテーマが率直簡明に、力強く押し出されていることによっています。

『薯粥《いもがゆ》』岡崎藩主水野忠善《ただよし》について山本周五郎は並ならぬ関心をもっていたらしく『蕭々《しょうしょう》十三年』『箭竹《やだけ》』など数編の優れた〝岡崎もの〟を書いています。これもその一編でいぶし銀のような光芒《こうぼう》を放つ名作です。岡崎城下に現われた十時隼人《ととときはやと》という浪人が、許可を得て足軽を相手に剣術を教えます。稽古《けいこ》がすむと彼は門人たちに薯粥をかならず振る舞うのですが、その費用を作るために十時も彼の妻も人足や針仕事までしているのでした。十時は足軽たちにこう教えて岡崎を去ってゆきます。「一途不退転のはたらきをするのには、日常の生きかたが大切だ、百石の侍に出世することよりも、足軽として誰にも劣らぬすぐれた人間になれ」この小説は太平洋戦争開始まる二年後の昭和十八年十二月に発表されました。当時の軍部や国民には戦場に臨んで手柄功名を立て、郷党の間に名を挙げることを重んじる風潮があり、作者は自己を顕示する軽薄な世俗に真っ向から冷水を浴びせかけたのです。

『石ころ』 何度も華々しい合戦に出ながら兜首《かぶとくび》ひとつあげたことなく戦場から平凡な石ころばかり拾い集めてくる多田新蔵の物語です。妻はそれを承知で結婚したのですが、夫は芯《しん》から平凡な人間ではあるまいと思っていました。だがどうやら当て外れのようでした。けれども妻の兄や父は見ていたのです。新蔵が修羅場で敵の部将を刺し倒しても首級《しるし》を掻《か》き取らずに、とどめは味方にまかせ、素早く敵を求めて前進するさまを――。合戦は勝つのが目的である。勝つためには一人でも多くの敵を討たねばならぬ。〈名も求めず、立身栄達も求めず、/黙々としておのれの信ずる道を生きる〉、多田新蔵はそういう真のもののふであったのです。

『兵法者』 戦争末期の作品です。山本には『水戸梅譜』『新潮記』など水戸に取材した力作がありますがこれもその一編。刀法をもって水戸藩に召し抱えられた兵法者が、いつにても身命を奉《たてまつ》る一念で御奉公を仕《つかま》ると光圀《みつくに》に誓言しながら、光圀に池へ突き落されると、その瞬間に主君の左袖《ひだりそで》を小柄《こづか》で縫い込んでしたり顔をしたり、光圀が「性根をみた」と言って暇《いとま》を遣《や》ると、彼は住まいを引き払って退国します。光圀が色をなして三木幾之丞《いくのじょう》に「呼び戻してこい」と命じ、三木が追いかけてその旨《むね》を伝えると兵法者は、差添《さしぞえ》で自刃《じじん》してしまいます。三木が復命したとき光圀はただ「そうだろう」と云《い》っただけでした。二十年のち、三木がその意味を光圀に訊《たず》ねると、こう答えます。身命を奉る一念で生きる――これが侍の道だ。だが侍の生き方の厳しさは、その一念を生涯持続することだ。厳しさが常のものになることである。一念が不動のものになりきることだ、彼は自分の兵法にとらわれていた。暇をやると言ったのもそれを悟らせるためだったが、そのことに気づいてか彼は自害してしまった。わたしが「そうだろう」と言ったのは、その覚悟がすぐに分かったからである――と。

非常なときにも厳しさを平常のものとして家常茶飯のうちに持続し通すことは、とりも直さず、山本周五郎の全生涯を通じての生き方でした。戦時中はもちろん、平和のよみがえった戦後にも、作者はあるいは戦時中よりも厳しく己れに鞭《むち》うち続けた珍しい人物でした。

『一人《いちにん》ならじ』作者の〝甲州小説〟の一つです。栃木大助《とちのきだいすけ》は箕輪《みのわ》城攻めで、壕と城に架けられた橋が、城兵に切断されるのを防ぐため、とっさに自分の大腿《だいたい》を台石と大《おお》桁《げた》にさし入れて失神してしまう。そのために大助は足を一本うしなうのですが、戦いが終ったのちの国内の評価は必ずしも香《かん》しく《ば》ありません。しかし大助は、婚約者だった初穂にこういって訓《さと》します。戦場では大勢が討死する、「誰がどう戦ったか／そういう評判は必ずおこるものだ、わたくし一人ではない、なかにはそういう評判にものぼらず、その名はもとより骨も残さず死ぬ者さえある、そしてもののふの壮烈さはそこにあるのだ」無名戦士の真の心ばえに、身をひきしめられるような厳粛な感動を覚えぬ読者は一人もありますまい。

『楯輿《たてごし》』　豪快な生き方を好み、「死にざま」という言葉を連発する神原与八郎は、関ヶ原合戦に重傷を負いながらも楯に乗って奮戦します。だがそこで見た戦場の実相は、老臣長尾勘兵衛が彼にさとしたように、多くの戦士たちは、あらためて覚悟も叫ばず、その名もとどめずに、戦場の露と散っているという通りでした。与八郎はまた、妻に大阪行きの大事を命じたとき、隣へ出掛けてゆくように平静に旅立っていった態度に、真の人間の生き方をみ、死にざまにこだわるのは我執にすぎないと知ります。ここでも作者は熱っぽく非常のなかの平常心の大切さを説いているのです。

『柘榴《ざくろ》』　若妻の真沙《まさ》は、新婚の生活を恐怖と苦痛でうけとめ、七歳年長の良人《おっと》昌蔵のまつわりつくような愛情表現をうとましく感じます。良人が柘榴を割り、お前の躰《からだ》のようにみえると言われたときなど、真沙は羞恥《しゅうち》と嫌悪《けんお》と屈辱に震えました。昌蔵が失態を犯して藩外へ逃亡したため、結婚も自然解消の形になり、真沙は江戸屋敷の老女年寄を三十年つとめあげて城下の郊外に隠棲《いんせい》します。三十代半ばから、真沙に心境の変化がおこりました。それは誰にも分からぬ二人だけの理解から真の夫婦愛が始まるという認識です。昌蔵の愛は真実のものであった、悔む心で真沙は今にして思うのです。某日、隠居所に住み込みで入った働き者の老僕が、柘榴をじっと眺めているのをみた真沙は、老僕が昌蔵ではないかと胸を騒がせるのですが、彼は伐採中に倒れてきた樫《かし》の木の下敷きになって息を引き取ってしまいます。若いことは若者の特権ですが、それゆえに人生の深奥に理解が届かぬ場合もままあります。柘榴の美しさを言われて示す真沙の生理感覚が見事に描かれているだけに、真沙と昌蔵の感情の懸隔の大きさや、年とった彼女が良人への認識を改めてゆく過程が味わいふかく読者に滲《し》みこんできます。まさに大人の小説でありましょう。

『青嵐《せいらん》』　題名のようにさわやかな短編。嫁《か》してわずか十二日めの登女《とめ》の前に、当歳くらいの男の子を負って現われた女が、旦那《だんな》の子供である、養育費が欲しいといいます。登女は動顛《どうてん》しましたが、悩みを一人胸に畳んで赤ン坊は里子に出し、女の身も立つようにしてやります。だが、その子は良人伊能半兵衛の胤《たね》ではなく、彼を讒誣《ざんぶ》して彼に代って祐筆《ゆうひつ》支配の席を横領した遠藤又十郎の卑怯《ひきょう》な奸策《かんさく》だったことがわかります。登女がよく苦艱《くかん》に耐えたのは、良人への強固な愛情によるものでした。「事実がわかってみれば悪くはない経験だったよ、ほかの夫婦なら五年も十年もかかるところを、僅《わず》かな期間でこんなに深くお互いを知りあえたんだからね」という半兵衛の言葉は、この作品の委曲をよく尽くしています。

『おばな沢』　節子への一途《いちず》な愛のために禁制を犯して砂金を盗み、換金している婚約者の戸田英之助は、土民に射られて横死します。節子の兄の泰馬も、求婚者だった相良桂一郎も、英之助の人柄を見ぬいているのですけれども、節子はあくまでも英之助の愛を信じ、彼なきのちも持仏堂にこもって英之助への愛を貫きとおそうとするのです。戸田英之助の彼女に対する愛情はひたむきなものでしたが、手段が過《あやま》っていたのは言うまでもありません。ただその愛を真率に受け容《い》れようとする節子の純粋な心ばえが、英之助の過ちを浄化してゆくようです。兄や求婚者の終始かわらぬ節子への思い遣りが、いっそうこの作品を温かいものにしています。尾花沢番所の孤絶の環境は、十年後に書いた『ちくしょう谷』の祖形といってよいでしょう。

『茶摘は八十八夜から始まる』　〝岡崎もの〟の一編ですが、実質は家政紊乱《びんらん》の咎《とが》で岡崎藩に預けられ中に自害した不行跡の明石六万石の領主本多出雲守《いずものかみ》政利を描いた物語です。山本には進歩思想の持ち主であったために悲劇の生涯を送らねばならなかった『上野介《こうずけのすけ》正信』という作品がありますが、この短編はかなり変った趣をもっています。

わがまま勝手な本多政利の相伴役を自ら願い出る水野平三郎もまた、つい遊興の誘惑から足をぬけぬ同位要素を政利と共有しているという設定がそもそも秀逸です。平三郎自身の立ち直りの努力が、そのまま本多政利の人間回復に連結するというテーマの運びも、感銘ふかい説得力をもっています。色模様として添えられている少女萩尾《はぎお》は、実は政利の血を分けた娘であり、平三郎が萩尾と結ばれる末尾もこころにくいほどたくみです。

『花の位置』「日本婦道記」シリーズの唯一《ゆいいつ》の現代小説。空襲の激化する太平洋戦争末期の東京で、挺身隊員として飛行機工場に勤労奉仕に出た姉妹は、警報発令で防空《ぼうくう》壕《ごう》に避難すると逆に恐怖に襲われ、現場に戻って作業につくと、身内に不思議な力がわいてくるのを覚えます。彼女らの父が、恐怖心は戦列から離れたという意識から生ずると言ったのは本当だったのです。これはおそらく、隣組の防空班長として受持区域を回ったという山本周五郎自身の戦争実感から描かれた小説でありましょう。空襲下の工場の片隅に誰かが飾った梅の花の位置に、非常の時の平常心を抽象させたきびしい作品であります。

（昭和五十五年一月、文芸評論家）

山本周五郎著
# 月の松山

あと百日の命と宣告された武士が、己れを醜く装って師の家の安泰と愛人の幸福をはかろうとする苦渋の心情を描いた表題作など10編。

山本周五郎著
# 雨の山吹

子供のある家来と出奔し小さな幸福にすがって生きる妹と、それを斬りに遠国まで追った兄との静かな出会い――。表題作など10編。

山本周五郎著
# 松風の門

幼い頃、剣術の仕合で誤って幼君の右眼を失明させてしまった家臣の峻烈な生きざまを描いた「松風の門」。ほかに「釣忍」など12編。

山本周五郎著
# 花杖記

父を殿中で殺され、家禄削減を申し渡された加乗与四郎が、事件の真相をあばくまでの記録「花杖記」など、武家社会を描き出す傑作集。

山本周五郎著
# 町奉行日記

一度も奉行所に出仕せずに、奇抜な方法で難事件を解決してゆく町奉行の活躍を描く表題作ほか、「寒橋」など傑作短編10編を収録する。

山本周五郎著
# 人情裏長屋

居酒屋で、いつも黙って飲んでいる一人の浪人の胸のすく活躍と人情味あふれる子育ての物語「人情裏長屋」など、〝長屋もの〟11編。

# 一《いち》人《にん》ならじ

新潮文庫　や－2－30

昭和五十五年二月二十五日　発行
平成十五年七月二十日　三十四刷改版
令和二年十二月二十五日　四十二刷

著者　山《やま》本《もと》周《しゅう》五《ご》郎《ろう》

発行者　佐藤隆信
発行所　株式会社新潮社
郵便番号　一六二―八七一一
東京都新宿区矢来町七一
電話　編集部(〇三)三二六六―五四四〇
　　　読者係(〇三)三二六六―五一一一
http://www.shinchosha.co.jp
価格はカバーに表示してあります。



印刷・錦明印刷株式会社　製本・株式会社植木製本所
Printed in Japan

ISBN978-4-10-113431-4 C0193